Jumfer Swaanwitt un Jumfer Voss-Steert

AF145420

Klaus-Peter Asmussen, geboren 1946 in Handewitt, wuchs mit plattdeutscher Muttersprache auf. Nach Abitur am Alten Gymnasium, Flensburg, und sechssemestrigem Studium an der damaligen Pädagogischen Hochschule Flensburg (heute: Europa-Universität) trat er in den Schuldienst ein und war zunächst sechs Jahre lang als Grund- und Hauptschullehrer in Dithmarschen tätig. Ab 1976 arbeitete er als Realschullehrer für Englisch und Dänisch in Tarp, Kreis Schleswig-Flensburg, bis er 2010 in den Ruhestand trat. 2007 veröffentlichte er bei BoD – Books on Demand „Planten un Blomen", ein „Wörterbuch schleswig-holsteinischer Pflanzennamen" (ISBN 978-3-8334-8589-3). Seit 2005 befasst er sich mit dem Übertragen von Märchen unterschiedlichster Provenienz in die plattdeutsche Sprache und Kultur. Sein hier vorgelegtes zwanzigstes Märchenbuch, das die Reihe „Märkens up Platt" abschließt, enthält ausschließlich schwedische Märchenstoffe, neu erzählt nach den Originaltexten, die überwiegend der Sammlung von Gunnar Olof Hyltén-Cavallius (1818-1889) und George Stephens (1813–1895) sowie der Sammlung von Eva Wigström (1832–1901) entlehnt wurden. Klaus-Peter Asmussen wohnt heute in seinem Geburtshaus in Langberg, Gemeinde Handewitt.

Klaus-Peter Asmussen

Jumfer Swaanwitt un Jumfer Voss-Steert

**un anner Märkens,
importeert ut Sweeden un
nü vertellt up Sleswigsche Geestplatt**

Märkens up Platt # 20

© 2019 Klaus-Peter Asmussen
Herstellung und Verlag:
BoD – Books on Demand, Norderstedt
ISBN 9783732235438

Wat hier insteiht

Jumfer Swaanwitt un Jumfer Voss-Steert

Dar is mal en leege Fruunsminsch we'n, de hett twee Döchter hatt, en eegne Dochter un en Steefdochter. De eegne Dochter is grimmig[1] we'n vun Utseh'n un noch grimmiger vun Hart. Man de Steefdochter is smuck we'n vun Gesicht un sachtmödig vun Natur, un darum hebben all Lüüd ehr bloots dat Allerbeste wünscht. Dar hebben de Steefmudder un de Steefsüster sik oever argert un sünd ümmerto afgünstig we'n up de stackels Deern.

Mal ward de Deern vun ehr Steefmudder na de Born schickt, se schall Water halen. As se dar henkümmt, reckt sik en lütte Hand ut dat Water un en Stimm seggt: „Jumfer smuck un fien! Giff mi din Goldappel, denn wünsch ik för di dree gude Wünsche." Do deit he de Deern leed, wo he dar so fein beden deit, un se leggt ehr Goldappel in de lütte Hand. Denn böögt se sik dal oever de Born un passt fein up, dat se dat Water jo nich grumsig maakt, as se ehr Ammer vull maakt. As se nu wedder na Huus will, wünscht de Bornkeerl, de Deern schall dreemal so smuck warrn, as se so al is, ümmer, wenn se lacht, schall ehr en Goldring ut'e Mund fallen, un rode Rosen schoe'n allerwegens upstahn, 'nem se up'e Grund pedden deit. Un dat dröppt foorts allens in. Vun de Dag an ward de Deern Jumfer Swaanwitt nöömt, un wied un sied in't Land snacken se darvun, wo smuck as se is.

As de leege Steefmudder dat allens wies ward, argert ehr dat bannig, un se oeverleggt bi sik, wodennig se dat anstellen schall, dat ehr eegne Dochter jüst so smuck ward as Swaanwitt. Darum deit se allens för

---

[1] grimmig = hässlich (dän. grim)

un klamüüstern ut, wodennig dat allens togahn is, un denn schickt se ehr Dochter uck hen för un halen Water. As de boshaftige Deern nu na de Born kümmt, reckt sik en lütte Hand oever de Waterspeegel, un en Stimm seggt: „Jumfer smuck un fien, giff mi din Goldappel, denn wünsch ik för di dree gude Wünsche." Man de Oolsch ehr Dochter is leeg un raffig, un se kann nie nich wat wegschenken. Darum haut se na de lütte Hand, schimpt de Bornkeerl ut un seggt vull Raasch: „Du bruukst nich gloven, dat du vun mi en Goldappel kriggst." Denn maakt se ehr Ammer vull, maakt dat Water eerst recht grumsig un geiht denn böös weg.

Do ward de Keerl, de oever de Born regeert, füünsch un wünscht för ehr dree leege Wünsche as Lohn för ehr Boshaftigkeit. He wünscht, se schall dreemal so grimmig warrn, as se so al is, elkeen Mal, wenn se loslacht, schall ehr en dode Rott ut'e Mund fallen, un Voss-Steerten[1] schoe'n allerwegens ut ehr Footsporen wassen, 'nem se up'e Grund pedd't. Un sodennig kümmt dat uck. Vun de Dag an ward de booshaftige Deern to Spott un Spee Jumfer Voss-Steert nöömt, un de Lüüd snacken en Barg oever ehr gediegene Utseh'n un Natur. Man de Oolsch kann dat nich af, dat ehr Steefdochter smucker is as ehr rechte Dochter, un stackels Swaanwitt mutt vun do an all Unrecht un Schimp utholen, wat man up en Steefkind fallen kann.

Nu hett Jumfer Swaanwitt en Broder, de hett se bannig leev un he ehr jüst so vun ganzen Harten. De Jung is al lang' vun to Huus weggahn un deent nu bi en König wied, wied weg in en frömde Land. Man de

---

[1] Ackerschachtelhalm (Equisetum arvense)

anner Hofflüüd dar koenen em nich utstahn vun wegen, dat he bi sin Herr so guut anschreven is, un se woe'n em geern dalrieten, wenn se man wat finnen koenen un bringen vör gegen em.

De afgünstige Keerls passen nipp up allens, wat de Jung deit, un denn gahn se een Dag hen na de König. Se seggen: „Herr König! Wi weeten ja, du kannst keen Falschheit un Unrecht af bi din Lüüd. Darum woe'n wi di man seggen, de frömde Bengel, de du in din Deenst hest, böögt elkeen Morrn de Kneen vör en Afgott." As de König dat hört, denkt he, dat is man Boshaftigkeit un Nasnack, un gloovt dar nich an. Man de Hofflüüd seggen, he kann sik dar ja sülven vun oevertügen, um se hebben de Wahrheit seggt oder nich. Se gahn mit em vör de junge Mann sin Kamer un seggen, he schall man mal dör't Sloetellock kieken. As de König dar nu rinkickt, ward he wies, de Jung liggt up'e Kneen vör en Bild, un do mutt he ja denken, wat de Hofflüüd vertellt hebben, dat is allens wahr.

De König kümmt nu bannig in Raasch, röppt de junge Mann vör sik un verordeelt em to'n Dood för sin grote Verbreken. Man de junge Mann verdeffendeert sik un seggt: „Herr König! Du musst nich denken, dat ik dar en Bild vun en Afgott anbeden do; dat is en Bild vun min Süster, un ik be' elkeen Morrn un Avend to Gott, dat he ehr bewahren mag, denn se is in'e Gewalt vun en leege Steefmudder." Do will de König dat Bild seh'n, un dat is so smuck, he ward gar nich möö' un kieken dat an. He seggt: „Wenn dat wahr is, wat du seggst, un dat is din Süster, denn schall se min Königin warrn, un du scha'st sülven henreisen för un halen ehr. Man sünd dat Loegen, denn scha'st du to Straaf de wille Deerten in'e Lö-

9

wenkuhl vörsmeten warrn." De König lett denn en Schipp up't prachtvullste utrüsten mit Lüüd un kostbare Saken un schickt de Jung mit grote Staat afste' un halen sin Süster an'e Königshoff.

De junge Mann fahrt nu wied oever See un kümmt toletzt to Huus an in sin Land. Dar bestellt he de König sin Warv, so as em dat updragen is, un maakt sik denn klaar för un seilen torügg. Do beden em sin Steefmudder un Steefsüster, um se nich uck mitkamen dörven mit't Schipp. Dat passt de Jung ja nu gar nich, un he seggt nee. Man do snackt Swaanwitt em to för se, un do kriegen se se's Willen.

As se nu afseilt sünd un kamen rut up'e wille See, do gifft dat en gewaltige Storm, dat de Seelüüd al meenen, dat Fahrtüüg un allens geiht in'e Grütt. Man de junge Mann lett sik dat nich ankamen, he klarrt hooch rup up'e Raah un kickt, um dar nich na jichens en Siet is Land in Sicht. As he denn vun'e Mast utkeken hett, röppt he dal na Swaanwitt, de nedden an Deck steiht: „Leeve Süster, nu seh ik Land!" Man dat weiht so dull, de Deern kann sin Wöör nich verstahn. Un so fraagt se ehr Steefmudder, wat he seggt hett. Do seggt dat falsche Wiefstück: „Ja, he seggt, wi kamen nie nich up Gott sin gröne Eerde, wenn du nich din Goldschatull in'e See smittst." As Swaanwitt dat hört, deit se, wat ehr seggt is un smitt ehr Goldschatull rin in'e deepe See.

Wat later röppt de Jung nochmal dal na sin Süster, de nedden an Deck steiht: „Swaanwitt! Dat ward Tied, dat du di as Bruut utstaffeerst, wi sünd bald dar!" Man de Deern kann sin Wöör wedder nich verstahn vun wegen de dulle Storm. Do fraagt se ehr Steefmudder, wat ehr Broder seggt hett. Un dat falsche Wiefstück seggt: „Ja, he seggt, wi kamen nie nich up Gott sin gröne Eerde, wenn du di nich sülven in'e See smittst." Dat kümmt Swaanwitt nu doch gediegen vör; man de leege Steefmudder löppt hen un schuppt ehr gau oever Boord. Do ward de Deern mitnahmen vun'e Bülgen un kümmt hen na dat Meerwief, wat oever all de Minschen bestimmen deit, de up See umkamen.

As de Jung nu dalkümmt vun'e Raah un seh'n will, um sin Süster t'recht is, vertellt de Steefmudder em mit vel Krokodillstranen, Swaanwitt is oever Boord fullen. Do verfehrt de junge Mann sik un all de Seelüüd mit, denn se weeten woll, wat dar för'n Straaf up se luert, dat se nich beter up de König sin Bruut uppasst hebben. Man dat falsche Wiefstück lett sik noch en Hallunkenstück infallen. Se seggt, se koenen man ehr eegne Dochter as Bruut utstaffeern, denn markt dat ja keeneen, dat Swaanwitt weg is. Dar will de Jung nix vun weeten, man de Schippslüüd sünd bang' för se's Leven, un do mutt he doon, wat de Steefmudder seggt hett. Jumfer Voss-Steert ward denn up't allerprachtvullste rutputzt mit rode Ringen un gollne Keden. Man de junge Mann is schiet topass, he kann nich vergeten, wat sin rechte Süster för'n Unglück tostött is.

Wieldes löppt dat Fahrtüüg in ünner Land, un dar kümmt de König mit sin heele Hoff un grote Staat se in'e Mööt. Dar warrn nu düre Teppichen utbreed't, un de König sin Bruut ward mit grote Ehren vun Boord bröcht. Man as de König Jumfer Voss-Steert to Gesicht kriggt un hört, *dat* schall sin Bruut we'n, do markt he, dar stimmt wat nich, un ward splitterndull. He lett denn de junge Mann vör de Deerten in'e Löwenkuhl smieten, man he will nich sin Königswoort t'rüggnehmen un nimmt de grimmige Deern to Fruu, un do ward se Königin an ehr Süster ehr Stä'.

Nu hett Jumfer Swaanwitt en lütte Hund hatt, de hett se bannig leev hatt. Sneewitt hett he heeten. As de Deern nu weg is, do is dar ja keeneen mehr, de sik um dat true Deert kümmert, un do löppt he rup na de Königshoff un verkrüppt sik in'e Slottskoek un leggt sik dar dal vör de Füerstä'. To Avend, as al allens to Bett is, markt de Koekenmeister upmal, wo de Dör vun alleen upgeiht, un en nüdliche lütte Ent kümmt in'e Koek rinhoppt, de is anbunnen mit en Ke'. Allerwegens, 'nem de lütte Vagel up'e Grund pedden deit, stahn de smuckste Rosen up. Man de Ent geiht hen, 'nem de Hund in'e Heerdkuhl liggt, un seggt:

„Du stackels lütte Sneewitt!
Ans leegst du up Küssens vun Sied so blau,
nu musst du liggen in'e Asch so grau!
Min stackels Broder! He sitt in'e Löwenkuhl.
Falsche Jumfer Voss-Steert!
Se slöppt in min Herr sin Arm."

Denn seggt de Ent: „Ik arme Stackel! Ik kaam hier nu noch twee Nachten, darna seh ik di nie nich wedder." Denn eit 'n de lütte Hund, un de Hund wackelt darför mit'e Steert. Man kort darna geiht de Dör wedder vun alleen up, un de lütte Vagel verswinnt.

De neegste Morrn, as dat Dag ward, nimmt de Koekenmeister all de smucke Rosen, de dar up'e Del liggen, un leggt se um dat Fatt, wat na de König sin Disch bröcht ward. De König kann sik gar nich nugg wunnern oever de dare Blöme, he lett de Koekenmeister kamen un fraagt, wo he bi so'n feine Rosen kümmt. Do vertellt de Kock, wat dar de Nacht passeert is un wat de Ent to de lütte Hund seggt hett. As de König dat hört, ward em ganz gediegen tomoot, un he seggt to de Koekenmeister, he schall em Bescheed geven, wenn de Vagel sik dat neegste Mal wiesen deit.

De neegste Nacht kümmt de lütte Ent wedder in'e Koek un snackt mit ehr Hund as vörher. Do kriggt de König Bescheed, un he kümmt an, as de Vagel jüst wedder ut'e Dör hoppt. Man allerwegens up'e Del liggen smucke Rosen, de rüken so fein, sowat is noch nich dar we'n.

Do nimmt de König sik vör, wenn de Vagel sik nochmal wiest, denn so schall 'n nich utkniepen. Darum stellt he sik in'e Slottskoek un passt up. As he dar nu lang' luert hett un dat geiht up Middernacht to, do kümmt de lütte Vagel so as gewöhnlich, hoppt hen na de Hund, de bi de Füerstä' liggt, un seggt:
„Du stackels lütte Sneewitt!
Ans leegst du up Küssens vun Sied so blau,
nu musst du liggen in'e Asch so grau!
Min stackels Broder! He sitt in'e Löwenkuhl.
Falsche Jumfer Voss-Steert!
Se slöppt in min Herr sin Arm."

Denn seggt de Ent: „Ik arme Stackel! Nu seh ik di nie nich wedder." Se eit de lütte Hund, un de Hund wackelt mit'e Steert. As de Vagel nu weg will, springt de König to un grippt 'n bi de Foot. Do ward de Ent upmal to en gresige Draak; man de König hollt fast. Se verwannelt sik noch wieder un ward to Slangen, Wülf un anner gefährliche Deerten, man de König lett nich los. Nu treckt dat Meerwief hart an'e Ke'; man de König hollt fast, un de Ke' ritt af mit

13

grote Larm un Geroeter. Do steiht dar mitmal en feine Deern, vel smucker as up dat smucke Fruunsbild, un se dankt de König, dat he ehr ut dat Meerwief ehr Gewalt erlöst hett. Do freut de König sik oever de Maten. He nimmt de smucke Deern in'e Arm un gifft ehr en Söten un seggt: „Di oder keen up'e Welt will ik as min Königin hebben; un nu seh ik woll, din Broder weer unschüllig." Denn schickt he gau sin Lüüd na de Löwenkuhl to nakieken, um he noch an't Leven is. Un do sitt de Jung heel un gesund merrn mang all de wille Deerten, un de hebben em gar nix daan. Do ward de König wedder vergnöögt tomoot, un he freut sik, dat allens noch so guut aflapen is. Un denn vertellen em Broder un Süster, wodennig de falsche Steefmudder an se hannelt hett.

As dat hell ward, lett de König tostellen to en grote Gastbott un heet de vörnehmste Lüüd in sin Riek na de Königshoff kamen. As se nu all to Disch sitten un lustig sünd, ward de König de Geschicht vertellen vun Broder un Süster, de vun se's Steefmudder verraden wurrn sünd, un he vertellt allens so, as dat passeert is, vun Anfang bet Enne. As de Geschicht ut is, kieken de König sin Lüüd sik an, un all meenen se, sowat dörv ja woll nich wahr we'n. Man de König dreiht sik na sin Swiegermudder un seggt: „Nu mutt dar mal een wat seggen to min Geschicht. Ik much geern mal weeten, wat för'n Straaf so een verdeent hett, de so'n unschüllige Leven verraden deit." De falsche Oolsch markt gar nich, dat ehr Hallunkenstück upflagen is, un seggt driest: „Ja, de harr woll verdeent un warrn kaakt in hitte Blie." De König dreiht sik denn um na Jumfer Voss-Steert un seggt: „Ik much uck mal din Meenen hören. Wat för'n

Straaf hett een verdeent, de so'n unschüllige Leven verraden deit?" De leege Deern antert hastig: „Ja, de harr woll verdeent un warrn kaakt in hitte Teer." Do ward de König splitterndull, he steiht up un seggt: „Denn hebben I nu ju's eegne Ordeel spraken. Un dat Ordeel schoe'n I uck ünnergahn." Do lett he de beide Wiever wegbringen un dootmaken, so as se dat sülven seggt hebben, un dar is keeneen, de för se um Gnaad beden deit – anners keen as Swaanwitt.

Denn fiert de König sin Hochtied mit de smucke Deern, un all dücht se, en smuckere Königin kann't gar nich geven. Man sin eegne Süster verheiraad't he mit de flinke Jungkeerl, Swaanwitt ehr Broder, un do is dar grote Freud an'e heele Königshoff, un do leven se denn glücklich un tofreden, ja, uck vundaag noch.

De Jung, de de Ries sin Gör in'e Soot fullen is

Dar is mal en Ries we'n, de hett in't Holt wahnt. Dat Land rund um sin Kaat hett düchtig wat afsmeten, un de Ries sin Veeh hett ümmer guut in Fudder stahn; man de Lüüd in't neegste Dörp hebben bloots ringe un magere Weid hatt.

Nich wied af vun de Ries sin Hoff hett en arme Fruunsminsch wahnt, de hett een Soehn hatt. He is man en lütte Spink we'n, man bannig plietsch un driest. Mal seggt de Jung to sin Mudder, se schall em dree Keesen maken. De Fruu deit dat. As de Keesen nu ferdig sünd, rullt de Jung se in'e Asch, dat se gries utsehn warrn un nich to eten. Dar ward sin Mudder vergrellt oever un schimpt em ut, dat he de Gottsgaav sodennig verasen deit. Man de Jung seggt, se schall dat man guut we'n laten; se kann ja nich weeten, wat he vörhett.

Fröh an'e neegste Morrn treckt de Jung to Holts mit sin Mudder ehr Veeh un mött de Flock rin up'e Ries sin Weiden. Dar drifft he sik rum, ahn dat em dar een verdwass kümmt, so lang' as de Sünn an'e Heven steiht. Hen to Avend haalt he sin Veeh denn tosamen un will wedder na Huus. Man de Ries is wieldes sin Besöök wies wurrn un kümmt nu mit grote Schre' up em to. He is bannig füünsch un kickt so wild, de Jung ward rein bang', liekers he anners so driest is. „Wat deist du hier up min Land?" bölkt de Ries. De Jung seggt, he hett Weid söcht för sin Veeh. De Ries seggt: „Seh foorts to, dat du Land winnst, anners will ik di so drücken as nu düsse Steen!" Un do kriggt de Ries en grote Feldsteen faat, de dar an'e Grund liggt, un drückt 'n, dat de Steen in dusend Splittern springt.

De Jung seggt: „Du büst ja bannig stark, man min Knoev sünd nich ringer, wenn ik uck man lütt bün." Denn kriggt he een vun sin Keesen faat un quetscht 'n, dat de Waai[1] dar rutlöppt. As de Ries dat süht, is he düchtig verbaast un meent, dar stimmt sachs wat nich bi. He kriggt sik en anner Steen her vun'e Grund un drückt 'n to Gruus un Muus; man de Jung nimmt sin tweete Kees un quetscht dar dat Water rut as vörher. Denn maken se dat dare Spill nochmal, un de Jung drückt dat Water ut de drütte Kees.

Do seggt de Ries: „Dat harr 'k nich dacht, dat du so vel Knoev harrst. Kumm mit na min Hoff un gah bi mi in Deenst; wenn du mi truu deenen deist, gev ik di dree Schepel Gold. Man deist du din Arbeit nich so, as ik dat hebben will, denn snied ik di dree breede Reemens ut'e Rügg." – „Ja", seggt de Jung, „dat, dücht mi, is en gude Afmaken. Man nu mutt ik eerstmal min Beester to Dörps drieven." Do maken se af, se woe'n sik de neegste Dag wedder drapen, un darmit gahn se ut'neen.

De neegste Dag geiht de Jung denn to Holts un dröppt sik dar mit de Ries, so as dat afmaakt is. Denn gahn se tosamen na de Ries sin Kaat. Man de Ries sin Oolsch is so groot un kickt so füünsch, de Jung is mehr bang' vör ehr as vör de Ries.

Na en Tied schoe'n de Ries un sin Knecht denn to Holts un hau'n Brennholt. De Ries seggt: „Wo du so'n Knoev hest, kannst du man min Äx drägen." Man de Äx is bannig groot un swaar, de Jung kann 'n knapp

---

[1] Waai = Molke

böhren. Do seggt he: „Buer, mi dücht, dat is beter, du driggst din Äx sülven, denn so kann ik vörutgahn un de Weg wiesen." Dar is de Ries mit inverstahn, un se trecken afste'. As se denn dar sünd, blifft de Ries stahn bi en grote Boom. He seggt: „Wo du doch so'n Knoev hest, kannst du man de eerste Hau doon, denn maak ik de tweete." – „Nee", seggt de Jung, „ik bün dat nich wennt un hau'n mit so'n lütte Äx. Maak du man sülven de eerste Hau, denn do ik de tweete." Dat is de Ries uck recht, he böhrt de Äx tohööcht un deit en gewaltige Slag na de Wuddel. Man de dare Hau is so dull, dat de Boom mit grote Krach umfallt. Do bruukt de Jung för dütmal keen Proov vun sin Knoev geven.

As de Boom nu na Huus bröcht warrn schall, fraagt de Ries: „Wullt du bi de Topp drägen oder bi de Wuddel?" – „Bi de Topp", seggt de Jung. De Ries böhrt de Boom up'e Schuller, man de Jung röppt em to, he schall dar wieder ünner gahn. De Ries deit dat, un toletzt hett he de heele Boom in'e Balangs up'e Nack. Denn hoppt de Jung sülven rup un verstickt sik mang de Telgens vun'e Boom. As se denn na de Hoff kamen, is de Ries fix un ferdig, man de Knecht meent, dat weer ja keen sware Arbeit.

De neegste Dag seggt de Ries, he will up Reisen gahn; de Knecht schall to Huus blieven un de Fruu helpen un karnen Bodder. Do kriggt de Riesenoolsch en Karn vull Melk her; man de Karn is so groot, de Jung kann knapp de Karnstock böhren. He seggt: „Fruu, mi dücht ja, dat is bannig lichte Arbeit; man du musst mi eerst wiesen, wodennig ik dat maken schall." De Riesenoolsch deit, wat he seggt hett, un geiht bi un boddern, un de Jung steiht darbi un kickt to. Do fangt mitmal dat Riesengör an to blarrn. Do seggt de Oolsch: „Gah du man mit de Lütte na de Soot un maak ehr rein; ik karn denn so lang' wieder." De Jung geiht, man he hett dat dar nich so hild mit. As he denn na de Soot kümmt un schall de Lütte reinwaschen – de is meist so groot as he sülven –, do hett he dat Mallöör, dat dat Riesengör daltrünnelt in't Water un versüppt. De Bengel meent, dar is ja nich vel Schaden bi; man he denkt sik, darna is dat sachs nich anbröcht un blieven noch lang' bi de Ries.

As de Jung wedder an'e Kaat kümmt, is de Oolsch ferdig mit karnen. „Dat hett ja arig lang' duert mit di", seggt se to de Knecht; „man wonem büst du mit min Kind afbleven?" „Ja", seggt de Jung, „as ik ehr wuschen harr, is se in't Holt rinlapen, ehr Vadder in'e Mööt." – „Na ja", meent de Oolsch, „denn kamen se sachs bald tosamen na Huus."

Hen to Avend kümmt de Ries vun't Holt torügg un is bannig möö'. De Oolsch röppt em in'e Mööt: „Vadder! Wonem hest du unse Deern laten?" – „Ik heff keen Deern sehn", seggt de Ries. Do verfehrt de Riesenoolsch sik un ward luud bölken un jammern. Och, seggt de Jung, he un de Ries woe'n man losgahn un dat Kind söken. Un denn trecken se to Holts un söken na alle Kanten, man se koenen keen Kind finnen.

As de Ries un sin Knecht lang in't Holt rumlapen sünd, kamen se upletzt an'e Grenz vun de Ries sin Rebeet. Do seggt de Jung: „Buer, ik bün nu nich mehr wied af vun to Huus. Giff mi doch Verlööv un gahn hen na min Mudder, de luert up mi. Morrn kaam ik denn wedder un help di söken." De Ries seggt: „Ja, denn kannst du gahn, wo du mi so truu deent hest; man kumm bald wedder." Un darmit kriggt de Ries dree Schepel Gold rut un gifft se de Jung as Lohn för sin Deenst. Un de Jung bedankt sik un seggt, dat neegste Mal will he em noch beter deenen.

De Ries un de Jung trecken nu elk in sin Richt. De Jung geiht na Huus na sin Mudder un gifft ehr allens, wat he verdeent hett, un vun do an sünd se riek un glücklich we'n. Man de Ries is wieder in't Holt rumstromert un hett na sin Kind söcht. Dar gahn he un sin Oolsch vundaag ümmer noch un söken.

De Prinzessin in'e Kaat

Dar is mal en Prinzessin we'n, de is so smuck we'n, dar hett elkeen vun snackt, un sodennig hett se an elkeen Finger en Frier hatt. Darum hett se dar uck nich vel na fraagt, wodennig se mit se umgahn is. Toletzt kümmt dar en Prinz na ehr Vadder sin Slott, de verkickt sik sodennig in ehr, he harr dree Daag för ehr up'e Kopp stahn, wenn se dat verlangt harr.

Nu weet een ja, wenn een sodennig oever beide Ohr'n verleevt is, stellt he sik nich jüst plietsch an. Un de Prinzessin hett dar ehr Spaaß an hatt un kriegen de dare Frier darto, dat he hengeiht, 'nem se henwiest, wenn se em man bloots en beten fründlich ankieken deit. As he denn mal to ehr seggt, se schall doch man ingahn up sin Frierie, do seggt se, se gloovt noch nich so recht an sin Leev. Dar is sachs nich mehr mit los, meent se, as mit sin Leev to sin feine Perd, un se kann em nich ehr Ja-Woort geven, ehrer se seh'n kann, um he för ehr wull sin Perd de Ohren afsnieden un dar denn up rieden.

De Prinz is doof un blind för all Verstand, so as de Barkhahn to Paartied. Un do snitt he würklich dat Perd de Ohren af un ritt denn hen na ehr Finster. Man do ward se luuthals lachen un fraagt em, um he würklich gloovt, se heiraad't so'n Doesbartel, un seggt, he schall man afhulen up sin Krack ahn Ohren. Un de heele Hoff lacht mit de Prinzessin, as he wegrieden deit vun't Slott. –

Na en Tied kümmt dar an'e Königshoff en junge Daglöhner oder Buernjung, will ik mal seggen, un de hett dat allersmuckste gollne Spinnrad mit, un dar kriggt de Prinzessin so'n Lust to, se will em dat foorts afkopen. De Buernjung ward ruprapen na ehr, un se bütt em en arige Handvull Geld an för dat Spinnrad. Man he will dat anners nich verkopen as bloots för een Pries, un dat is, dat he to Nacht bi ehr Dör liggen dörv. Dar will se natürlich nix vun weeten; man wenn dat nu mal nix warrn kann för en betere Pries, do kriggt he upletzt doch Verlööv un liggen bi de Dör, un se kriggt dat Spinnrad. Un denn glitt he sik för dat Mal wedder af.

As denn en Tied vergahn is, kümmt he wedder un do hett he en gollne Gaarnwinn mit. Un do geiht dat mit de Prinzessin jüst so as dat Mal vörher; de Winn will un mutt se hebben, un wenn de nich för weniger to kriegen is, as dat de Verköper to Nacht in ehr Kamer liggen dörv, denn mutt dat even we'n. Un denn glitt he sik dat tweete Mal wedder af.

Dat drütte Mal kümmt he mit en gollne Haspel, un nu hett de Prinzessin keen Ruh, ehrer se all dree Dinger hett, wo de doch so fein tohopen passen. Man süh mal kiek, de dare Haspel will de Bengel bloots hergeven, wenn he blangen de Prinzessin in ehr Bett slapen dörv. Un wodennig dat nu is oder nich is, he kriggt uck dütmal sin Willen.

De neegste Morrn glitt he sik wedder af. Man na de behörige Tied hett de Prinzessin denn en lütte Soehn up'e Schoot. Dat gifft ja grote Stahoi[1] in't Slott, un dar ward vel oever ehr hertrocken, dat se meist keen vergnöögte Stunn mehr hett.

Sodennig vergahn heele dree Jahr, un narms süht se wat vun de Vadder to dat Kind, un so vel mehr mutt se an em denken. Man denn een Dag kümmt dar na't Slott en armselig antrockene junge Mann un söcht

---

[1] Stahoi = Aufstand, Aufhebens (dän. ståhej)

Arbeit, un in em kennt de Prinzessin foorts de Jung mit dat Spinnrad, de Winn un de Haspel wedder. Nu lett se sik keen Ruh, bet se mit em snacken kann; un do vertellt se vun se's Kind un seggt, he schall se doch to sik nehmen, se wünscht sik nix Beteres as leven mit em tohopen. Ja, seggt he, he wull uck nix leever as hebben ehr un dat Kind; man he is ja so arm, he hett nix as en Kaat buten in't Holt un mutt sin Broot as Daglöhner un Arbeitsmann verdeenen, un dat is ja doch nix för ehr as Königsdochter. Man se seggt, se will geern allens upgeven un mit em in sin Kaat leven. Un do kriggt se ehr Willen, un se nimmt ehr Kind un treckt mit em na en anner Königriek, dar steiht sin Kaat.

De eerste Tied, de se tohopen leven, geiht he Dag för Dag na en Slott dar in'e Neegde un verdeent sik se's Brood, un de Prinzessin is so vergnöögt un glücklich, as wenn ehr ehr fröhere Herrlichkeit gar nich fehlen deit.

Man denn een Morrn klaagt de Mann, he is süük un kann nich up Arbeit. Dar schall grote Backdag we'n up't Slott, un dar harr he bi helpen schullt, man nu mutt se hengahn för em. Ja, dat will se uck geern, man se seggt uck foorts, se hett ja noch nie nich backt un weet nich, wodennig se sik darbi hebben mutt. „Och, gah du man hen, du kriggst sachs wat to doon, wat du kannst", seggt he. „Man denk an un bringen mi en Fienbrood mit, dar heff ik so'n gresige Jieper up." Se deit, wat he seggt, un se helpt bi't Backen, wat se kann, un as se na Huus schall, stickt se sik heemlich en lütte Wittbrood in'e Tasch. Man ehrer se ut't Slott rutkümmt, ward se fastholen vun en paar Bedeenters, de ünnersöken ehr Tüüg, un se finnen dat Brood un seggen ehr up'e Kopp to, se hett stahlen. Man as se denn ingesteiht, dat Brood is för ehr süke Mann, do dörv se dat beholen. Bedrippst oever dat, wat passeert is, kümmt se na Huus un gifft ehr Mann dat Brood, man wat se dörmaakt hett, dar seggt se nix vun.

De neegste Dag is he ehrer noch süker as beter, un do mutt se nochmal för em na't Slott up Arbeit gahn un bi't Slachten helpen; un wo he so'n gresige Jieper up Wust hett, do seggt se em to, se will em een mitbringen, dat mag kosten, wat et will. Se hollt uck ehr Verspreken, de Stackel, man nu kriggt se uck wedder eerstmal utschimpt vun'e Bedeenters för ehr Klauerie, man denn dörv se doch de Wust beholen.

De drütte Dag is de Mann so risch, dat he sülven na't Slott up Arbeit gahn kann, un dat deit he denn en ganze Tied elkeen Dag un slitt dar rein sin Tüüg bi up. Man denn kümmt he een Dag mit Bott för sin Fruu, se schall na't Slott gahn un bi't Neih'n helpen, un do seggt he to ehr, se schall en Stück Tüüg mit na Huus bringen för em. Un uck nu kann se em dat nich afslaan. Dat Tüüg nimmt se, man de Klauerie ward updeckt, jüst so as vörher, un se kriggt so vel Schimp to hör'n, se seggt to ehr Mann, sowat will se nie nich wedder mitmaken, un do seggt he ehr to, he will nie nich wedder so'n Deenst vun ehr verlangen.

Man denn kümmt he een Dag na Huus un vertellt, de Prinzessin, 'nem se up't Slott för tostellen to Hochtied, de liggt süük to Bett, un nu koenen de Snieders nich ehr Maat nehmen för dat Bruutkleed. Darum hett se Order geven, de arme Katenfruu, de is ja – gediegen – de is wussen as de Prinzessin, de schall sik an ehr Stä' Maat nehmen laten. Dat ward denn uck maakt. Man as denn Hochtied holen warrn schall, kümmt dar wedder Bott na de Kaat, de Prinzessin is noch nich wedder so wied up'e Damm, dat se sik truut un fahren to Kirch, un do hett se Order geven, de Katenfruu schall heemlich na't Slott bröcht warrn un as Bruut antrocken un utstaffeert warrn, un denn schall se sik an de Prinzessin ehr Stä' mit de Brüdigam truu'n laten, un dat is en ganz vörnehme Prinz. Dat ward maakt, as de süke Prinzessin se dat heeten hett. De Bruut ward mit en Sleuer vör't Gesicht in'e Kutsch sett, un de Brüdigam kleed't sik in vulle Königstüüg un nimmt Platz blangen ehr; un denn fahrt de Tog afste'. Man de Weg na de Kirch geiht bi de Kaat vörbi, un as de Kutsch dar dicht bi is, sleit upmal Füer ut all veer Ecken vun'e Kaat, un de Flammen slaan hooch bet an'e Heven.

„Och, min leeve Mann! Min lütte Soehn! De verbrennen!" röppt de Bruut un will Hals oever Kopp ut'e Kutsch jumpen, man de Brüdigam hollt ehr bi de Arm.

„Kiek mi mal an, Prinzessin!" seggt he. „Hier hest du din Mann, un hier hest du unse Soehn!" Do ritt de Prinzessin sik de Sleuer vun't Gesicht un ward de Brüdigam kennen as ehr Mann, de Katenbuer, un de smucke Prinz, 'nem se vör Jahren ehr Spijöök mit dreven hett, un nu versteiht se, he hett ehr Leev winnen un up'e Proov stellen wullt.

Denn ward de Hochtied fiert mit all Staat, de een sik denken kann, un de Prinzessin is naher jüst so glücklich wurrn in't Slott, as se dat eersten in de armseelige Kaat we'n is.

De Jung, de mit de Ries um'e Wett eten hett

Dar is mal en Jung we'n, de is mit Schaap up'e Weid gahn. As he darbi in't Holt rumstromert, kümmt he na en Ries sin Kaat. As de Ries, de dar in wahnt, Larm un Ropen dicht bi hört, kümmt he rut un will kieken, wat dar los is. Nu is de Ries ja groot wussen un süht grimmig[1] ut, un do ward de Jung bang' un neiht ut, all wat he kann.

To Avend, as de Schäperjung sin Schaap na Huus drifft, is sin Mudder bi un maken Kees. De Jung nimmt en Stück vun de frische Kees, rullt 'n in'e glöhnige Asch un stickt 'n denn in sin ledderne Dwersack. De neegste Morrn treckt he so as ümmer afste' mit sin Schaap un kümmt denn wedder na de Ries sin Kaat. As de Ries nu Larm hört vun de Schäperjung un sin Schaap, ward he füünsch, geiht rut, grippt sik en grote Feldsteen un drückt 'n in'e Fuust, dat de Steensplittern wied rum fleegen. De Ries seggt: „Wenn du nochmal hierher kümmst un maakst Larm, denn will ik di so lütt quetschen, as ik nu düsse Steen drück." Man de Jung lett sik nich bang' maken, he deit so, as wenn he uck en Steen faat nimmt; man he nimmt darför de Kees, de he in'e Asch rullt hett, un quetscht 'n, dat de Waai[2] em dör de Fingern löppt un up'e Grund drüppelt. De Jung seggt: „Wenn du di nich afglittst un mi in Ruh lettst, will ik di drücken, as ik nu dat Water ut düsse Steen quetschen do." As de Ries hört, de Jung hett so'n

---

[1] grimmig = hässlich (dän. grim)
[2] Waai = Molke

Knoev, ward he bang' un geiht na binnen. Darmit gahn de Schäperjung un de Ries för dat Mal ut'neen.

De drütte Dag bemöten se sik wedder in't Holt. De Jung fraagt, um se wedder se's Knoev mit'nanner meten schoe'n; dar is de Ries mit inverstahn. De Jung seggt: „Buer, mi dücht dat is en gude Proov vun Knoev, wenn een vun uns din Äx so hooch smieten kann, dat 'n nich wedder dalkümmt." Ja, dat meent de Ries uck. Do schoe'n se bi un versöken dat, un de Ries smitt toeerst. He swunkt ganz dull, un de Äx jaagt hooch in'e Heven, man so dull he sik uck anstrengt, de Äx kümmt ümmer wedder dal. Do seggt de Jung: „Buer, dat harr ik nich dacht, dat du nich mehr Knoev hest. Tööv man, denn scha'st du noch wies warrn, wat smieten heet." De Jung swunkt denn mit'e Arm, as wenn he ganz dull smieten will, man denn lett he flink de Äx in sin Dwersack glieden, de hett he up'e Rügg. De Ries markt dar nix vun, he luert un luert, dat de Äx up'e Grund fallen schall; man dar kümmt keen Äx. Do denkt he bi sik, de dare Jung mutt gewaltige Knoev hebben, so lütt as he uck is. Do gahn se ut'nanner un begeven sik elk in sin Richt.

As dar wat Tied vergahn is, bemöten de Ries un de Schäperjung sik wedder, un do fraagt de Ries, um de Jung mit sin Knoev nich bi em in Deenst gahn will. Dar is de Schäperjung mit inverstahn, he lett sin Schaap in't Holt un geiht mit de Ries mit. Do kamen se na de Ries sin Huus.

Mal schoe'n de Ries un de Schäperjung to Holts un hau'n en Eek dal. As se dar henkamen, fraagt de Ries, um de Jung holen will oder hau'n. „Ik will holen", seggt de Jung, man he seggt foorts, dat deit em ja leed, man he kann nich ruplangen. Do kriggt de Ries de Boom faat un büggt 'n dal. Man as de Jung denn fastholen schall, springt de Eek wedder t'rügg un smitt em hooch in'e Luft, dat de Ries meist gar nich so gau kieken kann. De Ries steiht lang' un wunnert sik, wonem sin Knecht afbleven is, denn kriggt he de Äx faat un geiht bi un hau'n. As dar denn en Tied vergahn is, kümmt de Jung anhumpelt, denn he is dar man knapp mit heele Knaken vun kamen. De Ries fraagt em, warum he nich biholen hett. Man de Jung deit, as wenn nix los is un fraagt torügg, um de Ries sik truut un maken jüst so'n Sprung, as he dat eersten daan hett. Nee, seggt de Ries. Do seggt de Jung: „Buer, wenn du nichmal dat wagen deist, denn musst du sülven holen un hau'n." Dat lett de Ries gellen un haut alleen de grote Eek dal.

As de Boom denn na Huus bröcht warrn schall, seggt de Ries to sin Knecht: „Wullt du bi de Kroon drägen, denn dräg ik bi de Wuddel." – „Nee, Buer", seggt de Jung, „dräg du man sülven bi de Kroon, ik will geern bi't dicke Enne drägen." Dar is de Ries mit inverstahn un böhrt dat dünne Enne vun'e Eek up sin Schuller. Man de Jung steiht achter em un röppt, he schall de Boom wieder na vörn trecken. De Ries deit dat un hett toletzt de heele Stamm in'e Balangs up'e Schuller. Un de Jung hoppt sülven rup up'e Boom un verstickt sik mang de Telgens, dat de Ries em nich seh'n kann. De Ries geiht nu los un meent, de Jung driggt an't anner Enne. As se sodennig en Tied gahn sünd, dücht de Ries, dat is doch en böse Stück Arbeit, un he ward düchtig anken. „Büst du noch gar nich möö?" fraagt de Ries sin Knecht. „Nee, bün ik nich", seggt de Jung. „De Buer is doch woll nich al möö' vun so'n beten?" Nee, dat will de Ries ja nu nich togeven, un he geiht wieder. As se denn ankamen sünd, is de grote Keerl halvdoot vun de dare Tour.

He smitt de Boom denn dal; man de Jung is wieldes dalhoppt un deit, as wenn he dat dicke Enne vun'e Eek dragen hett. „Büst du gar nich möö'?" fraagt de Ries. De Jung seggt: „Och, de Buer mutt doch nich gloven, dat ik vun so'n beten al möö' warr. De dare Stamm dücht mi gar nich so swaar, de harr ik uck alleen drägen kunnt."

De neegste Morrn seggt de Ries: „Wenn dat hell ward, schoe'n wi bi un döschen." – „Nee", seggt de Jung, „mi dücht, dat is beter un döschen al in't Schummern, ehrer wi Fröhstück eten." Dar is de Ries eenig in mit em un geiht hen un halen twee grote Döschfloegels; dar nimmt he de eene sülven vun faat. As se nu döschen schoe'n, kann de Jung sin Döschfloegel gar nich böhren, so swaar is 'n. Do snappt he sik en Knüppel un ballert dar jüst so dull mit up'e Del, as de Ries döschen deit. De Ries markt dar nix vun, un se maken wieder up de Aart, bet dat hell ward. Denn seggt de Jung: „Nu woe'n wi man ringahn un fröhstücken." – „Ja", seggt de Ries, „mi dücht wi hebben uns al düchtig afmarst."

Wat later kriggt de Ries sin Knecht bi to plögen. Un do gifft he em Bescheed: „Wenn de Hund kümmt, musst du de Ossen utspannen un rinbringen in'e Stall, 'nem de Hund vörut hengeiht." Ja, seggt de Jung, dat will he doon. Man as de Ossen utspannt warrn, krüppt de Hund ünner de Grundmuer dör in en Gebüde rin, un dar is narms en Dör. Dar will de Ries mit rutfinnen, um sin Knecht nugg Knoev hett för un böhren ganz alleen dat Huus hooch un stellen de Ossen in se's Boos. De Jung spickeleert dar lang oever na, wat dar nu bi to doon is. Toletzt fallt em wat in; he slachtet de Deerten un smitt de Stücken rin dör't Lock. As he nu na Huus kümmt, fraagt de Ries, um he hett de Ossen in'e Stall kregen. „Ja", seggt de Jung, „rinkregen heff ik se, man ik heff se en beten verännert."

Nu ward dat de Ries bi lütten krupen, un he oeverleggt mit sin Fruu, wodennig se koenen de dare Knecht vun'e Welt bringen. De Oolsch seggt: „Ik slaa vör, du nimmst din Küül un haust em oever Nacht doot, wenn he slöppt." Dat, dücht de Ries, is en gude Raat, dat will he doon. Man de Jung hett sik dat afluert un mithört, wat se snackt hebben. As nu de Avend kümmt, leggt he en vulle Karn[1] in't Bett un verstickt sik sülven achter de Dör. Hen to Middernacht steiht de Ries up, grippt sik sin Riesenküül un haut up'e Karn, dat de Rohm em in't Gesicht speutet. Denn geiht he na sin Fruu, lacht un seggt: „Ha, ha, ha, ik heff em haut, dat de Brägen hooch an'e Wand sprütten dä." Do freut de Oolsch sik, laavt ehr Mann sin Kraasch un meent, nu koenen se in Ruh slapen, wo se nich mehr bang' we'n moeten vör de dare achtertücksche Bengel.

Man knapp is dat hell, do kümmt de Jung rut ut sin Verstek, geiht rin un seggt Moin to dat Riesenpack. Do wunnert de Ries sik bannig un fraagt: „Wat? Büst du nich doot? Ik dache, ik harr di doothaut mit min Küül." De Jung seggt: „Och, *dat* weer dat, ik dache oever Nacht, mi harr en Floh beten."

To Avend, as de Ries un sin Knecht eten schoe'n, hett de Riesenoolsch to Avendkost Grütt kaakt. „Dat

---

[1] Karn = Butterfass

is ja fein", seggt de Jung, „nu woe'n wi mal seh'n, wokeen an meisten eten kann, de Buer oder ik." Ja, dar is de Ries foorts paraat to, un do gahn se bi un eten all, wat se koenen. Man de Jung is ja plietsch, he hett sik sin Dwersack vör de Buuk bunnen un stickt denn een Lepel Grütt in'e Mund un twee in'e Dwersack. As de Ries nu soeven Foet Grütt uteten hett, is he satt un ward swaar anken un kann nich mehr. Man de Jung itt noch jüst so sloeksch as vörher. Do fraagt de Ries, wo dat angahn kann, he is man so lütt un kann doch so vel vertehren. De Jung seggt: „Buer, dat will ik di geern lehr'n. Wenn ik so vel eten heff, as ik mag, denn riet ik mi de Maag up, un denn kann ik nochmal so vel eten." Un darmit kriggt he en Knief faat un snitt sin Dwersack up, dat de Grütt dar rutlöppt. De Ries dücht, dat is en gude Infall un will em dat namaken. Man as de Ries sik sin Mess in'e Maag stickt, löppt dar foorts dat Bloot rut, un dat Enne darvun is, he blifft doot.

As de Ries nu doot is, nimmt de Jung all de Kraam, de dar in'e Kaat to finnen is, un glitt sik bi Nacht af. Un dat is dat Enne vun de Geschicht vun de plietsche Schäperjung un de doesige Ries.

De Halvtroll oder De dree Swerter

Dar is mal en Smidt we'n, as dat woll männigeen geven deit, as dat in'e Märkens heet. Mal is he ferdig mit sin Fröharbeit un will to Holts un hau'n wat Holt to en Koehlenmiller[1]. As he sin Fröhstück vertehrt hett un is klaar un gahn los, seggt he to sin Fruu: „Du büst woll so guut un bringen mi dat Middag, buten bi dat lütte Föhrenholt?" Ja, dat seggt de Fruu em to, dat will se doon. De Smidt glitt sik denn af to Holts un geiht bi un hau'n. As dat nu hen to Middag geiht, kümmt sin Fruu – as he meent – na em mit Middag, un de Mann itt. Denn leggt he sik dal to Middagsslaap, as dat in'e Sommer so begäng is, un slöppt en Tied in'e Fruu ehr Arm.

As se en Tiedlang slapen hebben, steiht de Fruu up un geiht weg, man se nimmt de Smidt sin Äx mit. „Wat wullt du denn mit de Äx?" fraagt de Smidt. „Dar hängen doch veer Äxen to Huus up'e Äx-Riech!" De Fruu seggt nix un geiht wieder. Dat dücht de Mann gediegen. Man he denkt: „Se stellt de Äx sachs an jichens en Busch, 'nem ik 'n wedderfinnen kann." De Smidt geiht denn wedder bi un stapeln Holt up to sin Koehlenmiller.

Na en Tied kümmt de Smidt sin Fruu an bi ehr Mann mit dat Middageten. Se fraagt: „Wullt du nich din Middag eten? Dat is ja al recht laat up'e Dag." De Smidt wunnert sik un seggt: „Eten, nu? Wat is dat denn för'n Mahltieed?"

„Ja", entschülligt sin Fruu sik, „dat is ja al en beten oever de Tied, dat ik kaam; man ik bün uck nich fuul we'n. Ik heff backt, dat du Brood kriegen schu'st, un

---

[1] Koehlenmiller = Kohlenmeiler

ik heff karnt, dat du Bodder kriegen schu'st." Do wunnert de Smidt sik ümmer duller, un he denkt bi sik, dar kann wat nich richtig we'n. Aver denn sett he sik dal un itt so vel, as he kann; man seggen deit he nix, em dücht, dat is sachs an besten un laten allens, as dat is.

So'n soeven Jahr later steiht de Smidt een Avend up sin Holtplatz un haut Füerholt. Do kümmt dar en Jung an, de hett en Äx up'e Schuller. De Smidt fraagt: „Wat fehlt din Äx? Schall de maakt warrn oder slepen?" De Jung seggt nix. Do nimmt de Smidt de Äx faat un kickt sik de nipp an. He seggt: „De dare Äx fehlt gar nix. Man ... Düvel uck, dat is doch *min* Äx!" Do seggt de Jung: „Is dat din Äx, denn büst du uck min Vadder." Do mutt de Smidt em as sin Soehn reken, so as he de Äx för sin hett reken musst, un do geiht he heel bedrippst rin na sin Fruu un vertellt ehr, dar is en Bengel kamen, de will he as Hülp in sin Smä' hebben. Man dar will sin Fruu nix vun hör'n, dat se's Huusholt grötter warrn schall, de is so al groot nugg, meent se. Eerst na vel Triffeler'n kriggt de Mann ehr besnackt. De Jung ward denn in'e Stuuv rinhaalt, kriggt wat to eten un to antrecken un geiht denn bi Dag mit sin Vadder in'e Smä'.

Dar vergeiht nu wat Tied. De Jung is plietsch un willig un darto hett he bannige Knoev, denn he is ja halv Christenminsch un halv Troll. Man he is uck bannig swaar to ünnerholen un hett ja woll keen Borm in'e Maag, un do kann sin Vadder sik toletzt nich mehr dörseh'n, wenn he em noch länger dörfuddern schall. Darum geiht de Smidt een Dag hen na de Königshoff un fraagt, um de König sin Koekenmeister en Jung to Hülp hebben will in'e Koek. „Ja", seggt de Kock, „jüst nu kunn ik guut een bruken.

Laat de Bengel man herkamen, jo ehrer, jo beter." Do freut de Smidt sik un denkt bi sik: „Kümmt min Soehn an'e Königshoff, denn kann he sik doch mal richtig satt eten." Denn geiht de Mann na Huus un vertellt, wodennig sin Warv aflapen is.

As de Jung dat hört, seggt he: „Vadder, denn musst du mi nu dree Swerter smeden, een vun dree Lies-pund[1], een vun söss, un een vun twölf Liespund. Un denn musst du mi dree linnene Oeverröcke kriegen, een to elkeen Swert. Wenn du dat allens deist, denn warr ik so vel winnen, dat du dat nie nich mehr nö-dig hest un smeden." De arme Smidt kümmt böös in'e Kniep un kriegen so vel Iesen un Stahl tohopen, man he truut sik nich un gahn gegen sin Soehn an. As denn allens t'recht is, so as de Jung dat hett heb-ben wullt, wiggt dat drütte Swert man ölben Lies-pund; een Liespund is in't Smä'füer wegbrennt. Do ward de Jung füünsch un seggt: „Weerst du nich min Vadder – man dat büst du ja nu mal –, denn schu'st du din Wark sülven pröven. Nu mutt sik dat eerst noch wiesen, um ik mi dar mit behelpen kann." As de Smidt süht, wo füünsch sin Soehn is, ward he bang' un seggt nix. Man he denkt bi sik: „Dat dare Swert ward di noch suer nugg warrn un regeern, wenn du uck en Barg Knoev hest. Ik kann mi dar noch guut up besinnen, wat ik för'n Mars[2] harr un böhren dat vun't Füer up'e Ambolt." – De Jung nimmt de dree Swerter un de dree linnene Oeverröcke un verwahrt se ünner en grote, eerdfaste Steen. Denn geiht he mit sin Vadder na de Königshoff un kümmt in Deenst bi de Kock, so as dat afmaakt is.

---

[1] Liespund = 14 Pfund (7 kg)
[2] Mars = Mühe, Anstrengung (dän. mas)

Mal is de König, de oever dat Land regeert, ünner-
wegens up See. Do gifft dat en gewaltige Storm un
Seegang, dat se all meenen, dat Schipp mit allens,
wat dar up is, schall in'e See afbuddeln. Man dat
dare leege Unwedder ward maakt vun dree See-
riesen; un de woe'n de König nich an Land laten,
wenn he se nich sin dree smucke Döchter toseggt. As
de König denn na Huus kümmt, lett he Bott utgahn,
wenn dar en Mann oder Ridder is, de dar sin Leven
an wagen will un retten de dree Prinzessinnen, denn
schall he een vun se to Fruu hebben un König oever
dat halve Riek warrn. Man keen Ridder hett so vel
Kraasch, dat he dat waagt un hau'n sik mit de dare
gresige Seeriesen, bet up een Snieder, de deit bannig
driest un versprickt, he will allens doon, wat he
kann.

As dat denn bi lütten so wied is, dat de Königsdöch-
ter schoe'n an de Seeriesen utlevert warrn, gifft dat
oeverall in't Riek grote Truer un Jammer; man an
dullsten truern de König un sin Fruu, de Königin. De
öllste Prinzessin ward denn mit vel Staat dalbröcht
an'e See, un all Lüüd gahn mit lang. As se denn an'e
Seekant kamen, sett de Deern sik in'e witte Sand,
stütt' ehr Back in'e Hand un weent solte Tranen.
Man de grootmastige Snieder hett ja woll rein verge-
ten, wat he mit sin grote Muul toseggt hett, he klarrt
rup up en hoge Dann, de wasst dar jüst an de dare
Stä'.

Wieldes geiht de Jung na sin Deenstherr un fraagt
um Verlööv un gahn to Stadt un ammesseern sik en
beten. De Kock hett dar nix gegen, man he seggt, he
schall nich so lang' wegblieven. Do löppt de Jung na
Huus, haalt dat Swert vun dree Liespund, treckt en
linnene Oeverrock over sin Tüüg, röppt sin Hund un

sleit de Weg in na de Seestrand. As he dar nu hen-
kümmt, 'nem de Königsdochter sitten deit, geiht he
hen, grötet ehr, as sik dat hört, un fraagt: „Wat sitt
de schöne Jumfer hier so alleen un trurig?" – „Ik
schall woll trurig we'n", seggt de Prinzessin; „min
Vadder is in Seenoot we'n un hett mi en gresige See-
ries toseggen musst. Ik bün bang', de kümmt nu bald
un haalt mi stackels Deern." Do fraagt de Jung:
„Gifft dat denn in Ju's Vadder sin Riek keen Mann
und Ridder, de Ju's Leven retten kann?" – „Doch",
seggt de Prinzessin, „dar sitt en Snieder hier up düs-
se Boom, de hett toseggt, he will doon, wat he kann."

As de Jung sik nu umdreiht un süht, wo de Snieder
ganz baven in'e Dannenboom sitt, ward he lachen un
seggt: „Jumfer, verlaat Ju nich up so'n Ridder. Man
wenn I mi en beten lusen woe'n, denn will ik Ju's
Leven woll retten." Dat dücht de Königsdochter denn
doch wat driest un verlangen sowat; man in ehr gro-
te Noot truut se sik nich un seggen nee. Do seggt de
Jung to sin Hund: „Min lütte Truu, pass fein up!"
Denn leggt he sin Kopp up'e Jumfer ehr Kneen, un
se geiht bi un luust em. De Snieder sitt still up sin
Dann un kickt sik dat an. Man de Königsdochter
treckt en rode Siedenfaden ut ehr Spenser un knütt't
de in de Jung sin lange Haarlocken.

Do kümmt dar en grote Larm un Spektakel vun'e
See, de Bülgen slaan hooch rup an Land, un ut'e
Deepde kümmt en gresige Seedeert mit dree Köppe.
De Ries sin Hund is so groot as en joehrige Bullkalv.
Dat Undeert fraagt: „Wonem is de Königsdochter, de
mi toseggt is?" De Jung seggt: „De sitt hier. Man du
musst sachs wat dichter rankamen, dat wi tohopen
snacken koenen." Do seggt de Ries: „Wullt du lütte
Spittelfix mi up'e Arm nehmen?" – „Nee", seggt de

Jung, „ik bün kamen för un hau'n mi för de junge Prinzessin." – „Na", seggt de Ries, „man denn moeten wi eerst unse Hünne sik bieten laten." – „Dat is mi recht", seggt de Jung.

De Jung un de Seeries hissen nu se's Hünne up'nanner, un dat ward en böse Bieterie mang se. Dat Enne vun't Leed is denn, dat de Jung sin Hund, de lütte Truu, de Ries sin Hund in'e Hals bitt, dat dat Bloot man so rutlöppt, un do blifft de See-Hund doot up'e Sand liggen. Do seggt de Jung: „Dar kannst du seh'n, wodennig din Hund dat gahn hett. Un di geiht dat jüst so." Denn geiht he up'e Ries los, treckt sin Swert vun dree Liespund un haut to, un do fallen de Ries sin Köppe all dree in'e See. Do is dat to Enne mit de dare Seeries.

As de Deern dat süht, röppt se luut: „Nu bün ik erlöst!" Denn seggt se, de frömde Ridder schall mit ehr na Huus na de Königshoff kamen un dar Ehr un Lohn för sin grote Deenst kriegen. Man dat will de Jung nich, he seggt, wat he daan hett, is doch man en Kleenigkeit, dat is doch nich un snacken vun. De Jung snappt sik denn wecke Parlen un Goldsaken, de de Seeries anhatt hett, seggt de Königsdochter adjüs un maakt sik gau up'e Weg.

Wieldes dat allens passeert is, hett de grootmastige Snieder baven in'e Dann seten un in grote Angst afluert, wat darbi rutsuert. As de Gefahr nu vörbi is, klarrt he hastig dal, treckt sin Plemp, un denn mutt de Königsdochter en Eed doon, se will seggen, dat is he we'n un keen anner, de ehr rett't hett. Denn gahn se tosamen na de Königshoff, un I koenen ju ja denken, wat se sik dar freu'n, as de Prinzessin heel un gesund wedderkümmt. De König lett foorts tostellen to en grote Gastbott, un de Sniedergesell sitt blangen em un ward för de gröttste Held an'e heele Hoff rekent.

De neegste Dag schall de middelste Prinzessin henbröcht warrn na de neegste Seeries, un do is dar jüst so'n Truer as vörher. Man wo de düchtige Snieder ja al de öllste Königsdochter rett't hett, meent männigeen, do ward he sachs uck ehr Süster erlösen. Do setten se denn vel Tovertruu'n in de dare Sniedergesell, un sülven lett he dat uck nich an grote un stolte Wöör fehlen. De junge Prinzessin ward denn dalbröcht an'e See, un all de Lüüd gahn mit langs. As se denn dar ankamen, sett de Königsdochter sik an'e Seekant un ward losweenen, dat ehr solte Tranen man so in'e witte Sand fallen. Man de Snieder dücht, dat is nich antoraden un blieven dar, 'nem he nu is, un do klarrt he rup up'e Dann un verstickt sik mang de Telgens, jüst so as dat Mal vörher.

Wieldes dat passeert, geiht de Jung na sin Deenstherr un seggt: „Herr, giff mi doch Verlööv un gahn en bet' to Stadt un ammesseern mi. Güstern heff ik mi man knapp umseh'n kunnt." De Kock seggt: „Wenn de Snieder de Ries an'e Kant kriggt, denn gifft dat vundaag noch en gröttere Gastbott as güstern, un denn bün ik hier ganz alleen un maken dat Eten. Dar achtern steiht en Ballig, dar gahn achtein Fatt[1] rin, un ik heff keen, de mi helpt un kriegen dar uck man een Ammervull rin." Do fraagt de Jung, wenn he de Waterballig vullmaakt hett, um he denn gahn dörv. Ja, dat is de Kock recht, un he denkt bi sik, dat ward Avend, bet de dare Ballig vull is. Man de Jung kriggt de grote Ballig mit beide Hänne faat, löppt

---

[1] Variables Hohlmaß; in Schleswig-Holstein: 1 Fass = 63,56 l.

dar na de Soot mit un treckt 'n so vull na baven, dat dat Water an alle Kanten oeverswulert, un denn kriggt he wecke smucke Parlen rut un drückt sin Herr de in'e Hand. Süh, dat lett de sik ja geern gefallen. As de Kock nu wies ward, wat de Bengel för'n gewaltige Knoev hett, truut he sik nich mehr un slaan em sin Bed af, he seggt: „Denn gah man to, man bliev nich so lang' weg!" Do löppt de Jung na Huus na dat Swert vun söss Liespund, treckt en linnene Oeverrock oever sin Tüüg, röppt sin Hund un geiht de Weg na de See to.

As he dar nu ankümmt, 'nem de Königsdochter sitt un blarrt, freut de Snieder sik bannig dar baven up sin Boom. Man de Jung lett sik nix marken, he geiht hen na de Prinzessin, grötet ehr, as sik dat hört, un fraagt: „Schöne Jumfer, wat sitten I hier so alleen un trurig?" – „Ik schall woll trurig we'n", seggt de Prinzessin; „min Vadder is in Seenoot we'n un hett mi en gresige Seeries toseggen musst. Ik bün bang', de kümmt nu bald un haalt mi stackels Deern." Do fraagt de Jung: „Gifft dat denn in Ju's Vadder sin heele Riek keen Mann und Ridder, de Ju's Leven retten kann?" – „Doch", seggt de Prinzessin, „dar sitt en mannhafte Snieder hier in düsse Boom. He hett toseggt, he will mi retten, so as he min Süster rett't hett."

De Jung dreiht sik um un süht, wo de Snieder ganz baven in'e Dannenboom sitt. Do ward he lachen un seggt: „Jumfer, verlaat Ju nich up so'n Ridder. Man wenn I mi en Tiedlang lusen woe'n, denn will ik Ju's Leven woll retten." Dat dücht de Königsdochter denn doch wat driest un verlangen sowat; man in ehr grote Noot deit se doch, wat he seggt. Do seggt de Jung to sin Hund: „Min lütte Truu, pass fein up!" Denn leggt he sin Kopp up'e Jumfer ehr Kneen, un se geiht bi un luust em. De Sniedergesell sitt still up sin Dann un kickt sik dat an. Man de Königsdochter treckt en swatte Siedenfaden ut ehr Mantel un knütt't de in de Jung sin lange Haarlocken.

Do ward Truu bellen, un dat gifft en grote Larm un Ramentern in'e See, dat de Bülgen hooch up'e Sand lopen. Denn kümmt dar ut'e Deepde en gewaltige Seeries, de süht gresig ut un hett söss Köppe. De Ries sin Hund is so groot as en tweejoehrige Oss. Dat Undeert fraagt: „Wonem is de Prinzessin, de mi toseggt is?" Do seggt de Jung: „De is hier. Man du musst sachs wat dichter rankamen, dat wi tohopen snacken koenen." Do seggt de Ries: „Wullt du lütte Spittelfix di vellicht mit mi hau'n?" – „Darum bün ik hier", seggt de Jung. – Do seggt de Ries: „Güstern hest du min Broder doothaut; vundaag warr ik din Oevermann. Man wi moeten eerst unse Hünne sik bieten laten." – „Dat is mi recht", seggt de Jung.

Do hissen se se's Hünne up'nanner, un dat gifft en dulle Bieterie mang se. Dat Enne vun't Leed is, dat de Jung sin Hund, de lütte Truu, de Ries sin Hund in'e Hals bitt, dat dat Bloot man so rutlöppt un dat Deeert doot an'e See liggen blifft. Do seggt de Jung: „Du sühst ja, wodennig dat din Hund gahn hett; nu schall di dat jüst so gahn." Denn geiht he gegen de Ries vör, swunkt sin Swert vun söss Liespund un haut to, dat de Ries sin Köppe all söss in't Water rullen. Dat is de Ries sin Dood.

As de Königsdochter dat süht, freut se sik gewaltig un röppt ut vullen Harten: „Nu bün ik erlöst!" Denn seggt se, de frömde Ridder schall mit ehr na ehr Vadder sin Hoff kamen un dar Ehr un Lohn kriegen för sin grote Deenst. Man dat will de Jung nich, he meent, wat he daan hett, is doch man en Kleenigkeit, dat is doch nich un snacken vun. De Jung snappt sik denn wecke Parlen un Goldnadeln, de de Seeries anhatt hett, seggt de Königsdochter adjüs un maakt sik gau up'e Weg.

So lang', as de Hauerie in'e Gang' we'n is, is de Snieder dar baven up'e Dann meist halvdoot we'n vör Angst un Bangen. As nu all Gefahr vörbi is, klarrt he hastig dal vun'e Boom, treckt sin Plemp, un de Prinzessin mutt dar en Eed up doon, dat se seggen will, he is dat we'n un keen anner, de ehr rett't hett. Dar hett de Prinzessin keen grote Lust to, man se is bang' um ehr Leven un truut sik nich un seggen nee. De Snieder geiht denn mit ehr na de Königshoff, un dar warrn se mit grote Freud un Ehren upnahmen. Denn ward dar en noch gröttere Gastbott up'e Beens stellt as de Dag vörher. De Sniedergesell sitt blangen de König un ward vun all in grote Ehren un Würden holen. Sülven seggt he en Barg stolte Wöör un laavt düchtig sin Heldendaden.

De drütte Dag schall denn de jüngste Königsdochter henbröcht warrn na de drütte Seeries. Do gifft dat en noch gröttere Truer as vörher, nich bloots an'e Königshoff, man in't heele Riek; denn all hebben se de Prinzessin leev, wiel dat se so smuck un so fraam is. Vel Lüüd setten nu se's Tovertruu'n up de mannhafte Snieder, dat he de Königsdochter retten ward, so as he ehr Süstern rett't hett. Man de Prinzessin sülven will sik nich tröösten laten, se weent solte Tranen. Se ward denn na de See bröcht un sett sik an'e Seekant. Man de Sniedergesell vergitt all sin grootsnutige Versprekens un klarrt rup up de hoge Dann, as he dat al wennt is.

Wieldes all düt passeert, geiht de Koekenjung na sin Deenstherr un seggt: „Herr, giff mi doch Verlööv un ammesseern mi nochmal in'e Stadt. Ik will uck nich so bald wedder um Verlööv beden." Wo de Kock nu ja vun de Jung sin unbannige Knoev weet un uck markt hett, wo friegevig he is, do will he em so'n Kleenigkeit nich afslaan. He seggt: „Denn gah man to, man bliev nich so lang' weg. Wenn de Snieder winnt, gifft dat hier vundaag noch en gröttere Gastbott as vörher." De Jung kriggt denn en paar Goldsaken rut un drückt se sin Deenstherr in'e Hand, un dat lett de Kock sik geern gefallen, wenn de hiere Geschicht nich lagen is. Denn löppt de Jung los un haalt dat drütte Swert, wat ja twölf Liespund harr weegen schullt, man bloots ölben weegen deit. As he dat in'e Hand swunkt un markt, wo licht dat is, ward he wedder dull un seggt to de Smidt: „Weerst du nich min Vadder, wat du ja nu mal büst, denn schu'st du dat sülven to smecken kriegen. Nu mutt dat Glück wiesen, um ik wedderkaam oder in't Gras bieten mutt." De Jung binnt sik denn dat Swert um, treckt en linnene Oeverrock oever sin Tüüg, röppt sin Hund un maakt sik up'e Weg na de See to.

As he an de Stä' kümmt, 'nem de Königsdochter an'e Seekant sitt to blarrn, freut de Snieder sik baven in'e Spitz vun'e Dann. Man de Jung lett sik nix anmarken, he geiht hen na de Prinzessin, grötet, as sik dat hört, un fraagt: „Schöne Jumfer, wat sitten I hier so trurig to weenen?" De Königsdochter seggt: „Wat schull ik woll nich weenen; min Vadder is in Seenoot we'n un hett mi en Seeries toseggen musst. Ik bün bang', de kümmt glieks un haalt mi stackels Deern."

As de Jung süht, wo trurig se is, deit em dat in'n Harten weh, denn so'n feine Fruunsminsch hett he noch nie nich to sehn kregen. He fraagt: „Gifft dat denn in Ju's Vadder sin heele Riek keen Mann un Ridder, de Ju's Leven retten kann?" – „Doch", seggt se, „dar sitt en mannhafte Snieder baven up de dare Dann. He hett toseggt, he will mi retten, so as he min Süstern rett't hett."

As se dat seggt, dreiht de Jung sik um un süht de Snieder ganz, ganz baven in'e Boom sitten. Do lacht he un seggt: „Eddele Jumfer, verlaat Ju nich up so'n Ridder. Man wenn I mi en Tiedlang lusen woe'n, denn will ik för Ju min Leven wagen." – „Dat will ik geern doon", seggt de Königsdochter, denn se mag de Jung lieden, so'n fixe Keerl, as he is. Do seggt de Jung to sin Hund: „Lütte Truu, pass fein up!" Denn leggt he sin Kopp up de Deern ehr Kneen un slöppt en beten, wieldes se em lusen deit. Man as de Königsdochter de Fadens wies ward, de ehr Süstern in de Jung sin Haar knütt't hebben, kümmt ehr dat gediegen vör. Un do treckt se en Siedenfaden ut ehr scharlacken Mantel un knütt de, ahn dat he dat markt, uck in de Jung sin Haarlocken.

In't sülvige ward Truu bellen, un dar kümmt en grote Larm vun'e See. Do seggt de Jung: „Dat is Tied un stahn up. Schöne Jumfer, gevt mi Ju's Schört, de kunn uns vun Nütten we'n." De Königsdochter deit, wat he seggt hett, un de Jung snitt mit sin Swert dat Tüüg in twölf Stücken. Nu gifft dat en gewaltige Ramentern in't Water, dat de Bülgen hooch rupdreven warrn up't dröge Land, un denn kümmt dar en gresige Seeries rut, de hett twölf Köppe, de eene grimmiger[1] as de anner. De Ries sin Hund is so groot as de gröttste Bull. Dat Undeert fraagt: „Wonem is de Prinzessin, de mi toseggt is?" Do seggt de Jung: „De is hier. Man du musst sachs wat dichter rankamen, dat wi tohopen snacken koenen." Do seggt de Ries: „Wullt du lütte Spittelfix vundaag vellicht mi doothau'n, so as du dat mit min Bröder maakt hest?" — „Darför bün ik hier", seggt de Jung. — Do seggt de Ries: „Tööv man af, hier bemöttst du din Oevermann. Man wi moeten eerst unse Hünne sik bieten laten." — „Dat is mi recht", seggt de Jung.

Denn hissen se se's Hünne up'nanner, un dat gifft en böse Bieterie. Man dat Stück is gau to Enne, denn de Ries sin Hund kriggt de Jung sin Hund faat mit'e Tähns un sluukt 'n in een Happs oever. Dat is dat Enne vun Truu un lett as en leege Vörteeken. Man de Jung lett sik nich bang' maken, he geiht vör un haut düchtig to mit sin Swert, dat de Ries sin Köppe all twölf in'e See fallen. Man de dare Ries hett wat Gediegenes an sik: Ween en Kopp afhaut is un in't Water kümmt, ward 'n wedder lebennig, hoppt rup un sitt wedder dar, 'nem 'n we'n is. As de Jung dat wies ward, röppt he de Königsdochter to: „Eddele Jumfer, nu is gude Raat düer. Legg en Stück vun Ju's Schört up't Halsenne, so draa as ik en Kopp afhaut heff, anners ward 'n wedder lebennig." Denn haut de Jung dat tweete Mal to, un do fallt een Kopp dal; man de Königsdochter is flink bi de Hand un deit, wat he seggt hett. De Jung haut denn dat drütte Mal to, un wedder fallt en Kopp; man de Prinzessin is wedder paraat un leggt en Stück vun ehr Schört up'e Halsstummel. Jüst so de veerte Slag.

---

[1] grimmig = hässlich (dän. grim)

As de Jung sodennig soeven Köppe dal hett, ward de
Ries för sik beden un seggt: „Stek doch din Swert in,
ik will de Jumfer geern in Freden laten, wenn ik
man vun hier weg dörv." Man de Jung is vull Raasch
un seggt: „Du bruukst nich denken, dat du lebennig
vun hier wegkümmst, wo ik doch al wunnen heff
gegen di." Un denn swunkt he sin Swert un haut
gewaltig to, dat een Kopp na de anner dalfallt. Un de
Königsdochter is ümmer fix dar un leggt en Tüüg-
lapp up'e Wunn. Dat hollt eerst up, as de Jung de
Ries all sin twölf Köppe afhaut hett; un dat is dat
Enne vun de dare Seeries. Man de heele Tied sitt de
Snieder baven in'e Spitz vun'e Dann un waagt dat
nich un roegen sik vör Angst un Bangen.

As dat nu to Enne is, ward de Königsdochter ut vul-
len Harten ropen: „Nu bün ik erlöst!" Denn dankt se
ehr Ridder för sin Kraasch un sin Hülp un seggt, he
schall mitkamen na ehr Vadder sin Hoff, dat he dar
Ehr un Lohn kriggt. Man dat will de Jung nich, he
meent, dat dare beten, wat he för ehr daan hett, dat
is doch nich wert un snacken vun. He grippt sik denn
wecken vun de Ries sin Goldsaken, seggt de smucke
Königsdochter ganz leev adjüs un geiht weg.

As de Jung weg is, klarrt de Sniedergesell hastig dal
vun'e Boom, treckt sin Plemp un drauht, he will de
Prinzessin um'e Eck bringen, wenn se dar nich en
Eed up doon will, dat he un nümms anners dat we'n
is, de ehr vör de Seeries rett't hett. Dat, dücht de
Königsdochter, is grote Schiet, denn se hollt mehr
vun de junge Mann, de so mannhaft för ehr sin Le-
ven waagt hett. Man in ehr Noot truut se sik nich un
seggen nee, un do seggt se de Snieder to, se will
doon, wat he seggt hett. Denn gahn se tosamen na de
Königshoff. De Prinzessin lett de Kopp hängen un

seggt nich vel; man de Snieder geiht blangen ehr mit stolte Schre' un tiert sik gewaltig, as wenn he en grote Held is. As de König se nu vun wieden ankamen süht, freut he sik bannig, denn he harr dar nich an gloovt un seh'n sin Dochter nochmal lebennig wedder. Denn geiht he se in'e Mööt mit de heele Hoff un vel Trara. Un an'e Königshoff freu'n se sik all, dat de dree Prinzessinnen erlöst sünd, un in't heele Riek ward res't vun de düchtige Snieder.

Denn is dat Tied, dat dat Gastbott anfangen schall; man dar steih nix to eten up'e Disch. Do ward de König vergretzt un schickt sin jüngste Dochter hen för un fragen, warum dat Eten noch nich ferdig is. De Kock entschülligt sik, sin Deener is weg we'n, un do hett he dat all alleen maken musst. Mit de dare Bescheed geiht de Prinzessin torügg. As se nu an'e Koekenjung vörbi kümmt, dreiht de sik weg. Dat dücht ehr snaaksch, un as se em neeger bekieken deit, do ward se de düchtige Held wedderkennen, de sik eersten för ehr slaan hett. Nu freut de Königsdochter sik un löppt gau hen na ehr Süstern un vertellt se, wat se hört un sehn hett.

As de Prinzessinnen dar noch vun snacken, kümmt de König, se's Vadder, dar oever to un hört, wat se seggen. Do wunnert de König sik un kriggt sin Döchter vör't Brett, dat se dar ahn Fisematenten mit rutkamen schoe'n, wodennig dat allens togahn is. De jüngste Königsdochter vertellt nu allens, as dat we'n is, vun vörn bet achtern, un de öllere Prinzessinnen seggen ja, dat stimmt. De König ward bannig füünsch oever de falsche Snieder, man he freut sik, dat he dat nu de rechte Ridder wedderbetahlen kann. Do schickt he en Bedeenter na de Koekenjung, he schall na em henkamen.

As de Bedeenter in'e Koek kümmt, wunnern de König sin Deeners un Hülpsjungs sik all bannig. Man de Koekenjung will nich gahn, he seggt: „Wo schall ik woll ringahn vör de König. Ik bün man en ringe Keerl un heff ringe Plünnen an." Do seggt de Bedeenter, he schall man leever doon, wat de König will. Do geiht de Jung denn driest rin in'e Saal, 'nem de König to Disch sitt mit all sin Gäste; un de Snieder hett sin Platz blangen de König.

As de Sniedergesell nu de Keerl wies ward, de de Prinzessinnen erlöst hett, do ward he blass as de Dood; man de König dreiht sik na de Koekenjung un fraagt mit lude Stimm: „Büst du dat, de min dree Döchter erlöst hett?" De Jung seggt frie weg: „Nee, dat hett doch de Snieder daan, dat is doch allerwegens vertellt wurrn." – „Nee", ropen de Königsdöchter as ut een Mund, „dat büst du, de uns rett't hett, un hier sitten de dree Siedenfadens, de wi di in'e Haar knütt't hebben, as du bi uns up'e Kneen leegst." Denn lopen de Prinzessinnen hen, fallen de Koekenjung um'e Hals un wiesen elk ehr Siedenfaden mang sin lange Locken. Do sehn se dat ja all, dat is wahr, wat de Königsdöchter vertellt hebben. Un de König seggt: „Wenn du dat büst, de de Prinzessinnen erlöst hett, denn scha'st du dar uck de Lohn för hebben. Ik gev di min jüngste Dochter un darto min halve Land un Riek."

Nu gifft dat grote Lust un Freud an'e heele Königshoff, un de Hochtied ward herrlich un in Freuden fiert. Man de mannhafte Snieder sliekert sik sliepsteerts weg vun't Gastbott, un de Geschicht vertellt nix vun sin wiedere Heldendaden.

De Riesenkaat mit en Dack vun luter Wüst

Dar is mal en arme Katenmann we'n, as dat sachs en Barg geven deit, de hett deep in't Holt wahnt. He hett twee Kinner hatt, en Jung un en Deern. Mal seggt de Mann, se schoe'n losgahn un hau'n Dannentwiegen. De Kinner doon, wat he seggt; de Jung nimmt en Äx, sin Süster geiht mit, un denn trecken se to Holts un hau'n Twiegen, so as se's Vadder dat seggt hett. Man as se dar hen un her lopen, koenen se toletzt de Weg na Huus nich wedderfinnen. Dat ward Middag, dat ward Avend, un jo länger dat duert, jo duller verbiestern de stackels Kinner in'e Wildnis. Do kriggt de Deern dat mit'e Angst un sett sik dal up en Holtstapel un weent solte Tranen. Man de Jung lett sik dat nich ankamen un trööstet sin Süster so guut, as't geiht. „Ween man nich", seggt he, „ik buu uns en Hütt. Morrn bi Dag finnen wi denn sachs na Huus." As seggt, so daan. He nimmt sin Äx un buut en lütte Hütt vun Dannentwiegen, de Deern wischt sik de Tranen af, un denn blieven se de Nacht oever in't Holt.

De neegste Morrn maken de Katenkinner sik wedder up'e Padd, man se koenen de Weg jüst so wenig finnen as de Dag vörher. As se nu beid lang' un wied gahn sünd, ward de Deern möö' un sett sik dal un weent. „Ween man nich", trööstet ehr Broder ehr, „de Dag is ja noch lang, un wi kamen sachs na Huus, ehrer de Sünn dalsackt in't Holt." Do seggt de Deern: „Ik kann nich mehr lopen, un ik heff so'n Smacht, so'n gresige Smacht!" Man de Jung lett sik dat nich ankamen un meent, de dare Sorg will he woll Raat schaffen för. Un he seggt to sin Süster, se schall man

dar töven, wieldes he losgeiht un kriegen se wat to
eten ran.

As de Jung en Tiedlang gahn is, kümmt he an en
lütte apene Platz, un merrn up'e dare Platz steiht en
Kaat mit en Dack vun luter Wüst. Do freut he sik un
sliekert sik sachten ran, he will mal seh'n, um he
nich kann bi wat vun dat dare feine Eten kamen.
Dar is keen Minsch to hör'n un to seh'n, un de Jung
waagt dat toletzt un klarrn rup up't Dack vun de
Kaat. As he nu dalkickt dör dat Rooklock, ward he
binnen en ole Ries wies, de wahnt dar mit sin Fruu.
Do will de Jung sik afglieden, man de Ries hett wat
hört un röppt mit harte Stimm: „Wokeen russelt dar
up min Dack?" De Jung antert mit en lüerlütte
Stimm: „Bloots en ganz, ganz lütte Vagel." – „Na,
denn", brummelt de Ries, „du kannst ja keen Scha-
den doon." De Jung snappt sik nu en Handvull Wüst
un löppt gau afste' na sin Süster, de hett wieldes mit
Angst un Bangen luert, dat he wedderkümmt.

Dat geiht en paar Daag, ahn dat de beiden Noot lie-
den moeten, wenn se uck de Weg ut'e Wildnis nich
finnen koenen. As se denn nix mehr to eten hebben,
mutt de Jung ja wedder afste' un kriegen mehr ran.
He sliekert sik darum wedder ran an'e Riesenkaat
mit dat Dack ut luter Wüst un krabbelt sachen rup
up't Dack. Man de Ries hört wat un röppt mit ruge
Stimm: „Wokeen russelt dar up min Dack?" Un de
Jung antert mit en lüerlütte Stimm: „Bloots en ganz,
ganz lütte Vagel." – „Na, denn", brummelt de Ries,
„du kannst ja keen Schaden doon." De Jung snappt
sik denn wedder en Handvull Wüst un löppt gau weg
na sin Süster, de mit Unruh afluert hett, wodennig
sin Gang woll aflopen mag.

Wat later mutt de Jung denn wedder afste' un kriegen wat to eten ran för sik un sin Süster. Man dütmal will de Deern mit un seh'n wodennig he dat anstellt. De Jung sleit ehr dat lang' af un meent, dat is beter, he geiht alleen. Man de Süster blifft bi, un, as dat för gewöhnlich geiht bi sowat, toletzt gifft he na. As se nu na de Riesenkaat kamen, ward de Deern bang' un ward weenen. „Och, wes man still", seggt ehr Broder, du scha'st seh'n, dat is nich so gefährlich." Denn krüppt he rup up't Dack un smitt sin Süster, de nedden steiht, wecke Wüst to. – As de Ries dar wat hört up't Dack, brummelt he wedder: „Wokeen russelt dar up min Dack?" Un de Jung antert mit hoge Stimm: „Bloots en ganz, ganz lütte Vagel." Man do kann de Deern sik nich mehr holen un lacht luut los: „Hi, hi, hi!" Do kriggt de Jung dat mit'e Angst un will gau weg; man he glitt ut, brickt dör't Dack un fallt koppoever dal in'e Stuuv. As de Deern dat Mallöör wies ward, verfehrt se sik gewaltig un neiht gau ut, t'rügg in't Holt.

„Ja, nu seh ik, wat du för'n lütte Vagel büst", seggt de Ries, as de Jung dalfallt dör dat Katendack. Denn seggt he to sin Fruu: „Mudder", seggt he, „nimm de Bengel un maak em fein fett, dat wi uns bi wecke Daag en gude Braa kriegen koenen." De Riesenoolsch deit, wat ehr Mann seggt hett, se snappt sik de Jung un sparrt em in en Buur. Dar kriggt he Noetkarns un söte Melk so vel, as he mag, un dat sleit an, he leggt sik düchtig ut.

Dar vergeiht en Tied, un de Ries will weeten, um de Jung noch nich is fett nugg. Darum geiht he hen na dat Buur un röppt, de Jung schall em sin Finger rutsteken. Man de ahnt nix Gudes un stickt darför en Holtpinn rut. De Ries föhlt dar up un meent, de Jung

mutt noch bannig mager we'n, wo he sik so hart an-
föhlen deit. De Ole geiht nu hen na sin Fruu un
seggt, de Jung schall dubbelt so vel Noetkarns un
söte Melk kriegen as vörher. Un dat kriggt he uck.

En paar Daag later geiht de Ries wedder na dat
Buur un will seh'n, um de Jung al fett nugg is. De
langt em wedder en Holtpinn hen so as vörher. De
Ries wunnert sik, dat dat bi de Jung so wenig an-
sleit, un ward rein vergrellt up sin Fruu. Man de
Riesenoolsch meent, dat lohnt de Upwand nich un
fuddern de Jung wieder, de ward doch nich fetter.
„Wenn dat is, as du seggst", seggt de Ries, „denn will
ik vundaag noch afste' un laden unse Fründschop in
to Gastbott. Du kannst wieldes man al mal de Back-
aben anböten un de Braa klaarmaken." Dat, dücht
de Oolsch, is en gude Vörslag, un se will doon, wat
ehr Mann seggt hett. Denn sadelt de Ries sin Hingst
un ritt afste'.

As de Ole weg is, fengt de Oolsch en grote Füer an
un maakt de Backaben düchtig hitt. Denn haalt se
de Jung ut dat Buur un lett em sik up'e Broodschu-
ver setten för un schuven em rin in'e Aben. Man de
Jung markt, nu gellt dat sin Leven, un darum fallt
he elkeen Mal dal, wenn de Oolsch de Stoel vun'e
Broodschuver faat nimmt. De Riesenoolsch argert
sik oever so'n Tüffeligkeit; man de Jung seggt, he
weet nich richtig, wodennig he sitten schall. „Beste
Fruu", seggt he, „sett Se sik doch mal sülven up'e
Broodschuver un maak mi dat vör, dat ik dat lehr'n
kann." De Oolsch deit dat un sett sik mit krumme
Rügg up'e Broodschuver. Foorts is de Jung bi de
Hand, kriggt de Stoel faat un schüfft de Oolsch rin
in'e glöhnig hitte Aben. Dat is dat Enne vun de Rie-
senoolsch.

As de Oolsch doot is, sammelt de Jung gau allens tosamen, wat he in't Huus finnen kann to eten, un geiht denn los un söken sin Süster. He finnt ehr in se's lütte Hütt vun Twiegen, un een kann sik ja denken, wat se sik freu'n, as se sik drapen, wo se al dacht harrn, se schullen sik nie nich wedderseh'n. Man de Deern hett sik wieldes an't Leven holen mit de Wüst, de de Jung dalsmeten harr vun't Dack, do, as he faat't wurrn is bi de Ries. Nu harr se dacht, ehr Broder weer lang' upfreten, un sülven hett se de ganze lange Tied bloots ümmer um em blarrt.

Wieldes all düt passeert, kümmt de Ries wedder na Huus un wunnert sik, dat sin Fruu em nich in'e Mööt kümmt, as se dat anners ümmer deit. „Na", denkt he, „se hett sachs so vel Ackewars[1] mit dat Gastbott, dat se nich rutkamen kann." De Ries stiggt nu dal vun't Perd un geiht rin; man de Oolsch is keen Stä' to finnen. „Vellicht", meent de Ries, „vellicht is se ja to Holts gahn. Ik will man mal na de Braa kieken." As he nu de Abenluuk upmaakt, kiek, do sitt sin Fruu dar braden un verbrennt in'e Aben, un de plietsche Bengel is utknepen. As de Ries dat süht un em klaar ward, wodennig dat allens togahn is, do ward he so vergrellt, dat em dat Hart bassen deit, un he fallt doot um bi de Füerstä'.

En paar Daag later hebben de Katenkinner wedder nix mehr to eten. Do oeverleggt de Jung, he mutt man mal hen un kieken, wodennig dat bi de Ries steiht. Man dütmal dörv de Deern nich mit. As de Jung nu na de Riesenkaat kümmt, krabbelt he ganz sachten rup up't Dack un pliert mal dör de Schosteen. Man wat meenst, wo he sik hoegen deit, as he

---

[1] Ackewars = Umstände

de Ries doot vör de Aben liggen süht. De Jung löppt
nu hen na sin Süster un vertellt ehr dat. Denn gahn
de Katenkinner wedder t'rügg un nehmen all dat
Sülver un anner Kraam mit, wat de Riesen tohört
hett. Un up'e anner Siet vun de Riesenkaat warrn se
denn en Stieg wies, de geiht dar dör't Holt. De gahn
se lang un kamen sodennig glücklich wedder na se's
Vadder. Darna bün ik dar denn nich mehr mit bi
we'n.

De Seehex un de Königskinner

Vör lange Tied is dar mal en König we'n un en Königin in en grote Königriek, de hebben lang' tohopen levt, aver Kinner hebben nich hatt. Man toletzt ward de Königin vörutseggt, se schall en lütte Prinz kriegen. Aver de schall se wedder verleer'n, wenn he ünner de frie Heven kümmt, ehrer he föftein Jahr oold is.

De König un de Königin freu'n sik bannig, as de Prinz baren is, un de heele Hoff passt up em, dat he jo nich ünner de frie Heven kümmt, wo geern de Prinz, as he ranwasst, uck rut will in'e Boomhoff bi't Slott.

Sodennig vergeiht de Tied bet to de Prinz sin föfteinste Geburtsdag. Do bedelt he bi sin Uppassers so dull, dat he mal rut dörv, bloots en lüerlütte Ogenblick, un do koenen se nich nee seggen, un se gloven uck nich, dat dar noch Gefahr bi is, dar fehlen ja bloots noch en paar Stunnen, bet de Prinz föftein is. To Sekerheit gahn se sülven mit rut in'e Boomhoff. Man knapp is de Prinz ünner de frie Heven kamen, do kümmt dar en grote, swatte Wulk un nimmt em mit.

Do gifft dat grote Truer un Angst up't Slott, dar ward söcht un söcht in'e Boomhoff, man dar is keen Prinz to finnen.

De grote, swatte Wulk, dat is en leege Seehex we'n, de wahnt wied, wied weg vun de Prinz sin Tohuus. Se bringt em dal in ehr Slott vun Glas, un dar schall he nu ehr Knecht we'n.

De Prinz blarrt un is bannig trurig, man dar quält de Seehex sik nich um. Nu schall he wat anners to doon kriegen as sitten un denken an to Huus, seggt se. Denn nimmt se een Tunn[1] Roggen un een Tunn Weeten un kippt dat tosamen, un denn seggt se to de Prinz, ehrer de Dag um is, schall he de Roggen ut'e Weeten sammelt hebben. Deit he dat nich, will se em na ehr Süster schicken, dat Holtwief, un dat is en noch vel leegere Hex. So draa as de Seehex dat seggt hett, geiht se weg.

Nu is dar en Prinzessin in de Seehex ehr Slott, de is uck wegslept, un de is dar al so lang', se hett sik en beten dat Hexen lehrt – nix, wat Schaden maakt, bloots, dat se sik wiederhelpen kann in ehr Deenst bi de Seehex. De kümmt nu hen na de Prinz, as he dar sitt un blarrt, un denn seggt se to em, he schall man nich trurig we'n; wenn he ehr toseggen will un we'n ehr truu, denn will se em noch helpen bi sin Arbeit.

De Prinz süht, se is en junge, smucke Prinzessin, un do seggt he ehr to, he will ehr truu we'n un se woe'n tohopenholen in allens, wat up se tokamen mag. Do puust't de Prinzessin mal up'e Koornhupen, un foorts flüggt de Weeten na de eene Siet un de Roggen na de anner, un do is de Arbeit klaar, as de Seehex na Huus kümmt. Dar wunnert se sik oever, man se seggt bloots: „Wenn du dat vundaag klaarkregen hest, scha'st du morrn swarere Arbeit kriegen."

De neegste Dag seggt de Seehex to em, he schall vun en Boom all de dröge Bläder afplöcken; man de Boom is so groot as en ganze Holt un so hooch, de Prinz süht keen Moeglichkeit un kamen rup mang de Telgens. Do sett he sik eerstmal wedder dal un blarrt sik en Stück. Man as he dar so sitt un blarrt un nich

---

[1] Tunn: Hohlmaß, in Flensburg und Schleswig ca. 137 l.

weet, wat he maken schall, do kümmt de Prinzessin hen na em un seggt, he schall man nich trurig we'n. Wenn he ehr man toseggen will un we'n ehr truu, denn will se em woll helpen bi sin Arbeit. Ja, seggt de Prinz ehr to, he will ehr för wiss truu we'n un se woe'n tohopenholen in allens, wat up se tokamen mag. Do puust't de Prinzessin mal rup in'e Kroon vun'e Boom, un foorts fallen all de dröge Bläder dal un liggen up een Hupen tohopen.

„Pass up", seggt de Prinzessin denn, „wenn de See-hex süht, du hest düsse Arbeit uck klaarkregen, denn is ehr klaar, wokeen di hulpen hett. Denn harr se geern een vun uns um'e Eck bröcht, man dar hett se keen Macht to, un darum schickt se di hen na ehr Süster. De kann di uck nich dootmaken, man du musst di wahren un eten wat vun dat, wat se di an-bee'n deit; denn wenn du dat deist, kümmst du nie nich ut düsse Süstern se's Gewalt rut. Un denn gev ik di hier en Büss mit Öl; wenn du ünnerwegens an en Heck kümmst, musst du de smeren un de Büss achter di smieten. Denn hest du hier en Scheer, denn wenn du en beten wieder kamen büst up'e Weg na dat Holtwief ehr Slott, denn bemöttst du en Perd; dat musst du klippen un de Scheer achter di smie-ten. Toletzt kümmst du na en Appelboom, de musst du schüddeln, man du dörvst keen vun de Appeln eten. Wenn du nipp un nau na düsse Raatslääg hörst, denn kümmst du sachs heel wedder hierher t'rügg."

De Prinz seggt ehr to, he will allens so maken, as se dat seggt hett, un knapp is de Prinzessin wedder in ehr Kamer gahn, do kümmt de Seehex na Huus. As se süht, de Boom is leddig vun all de dröge Bläder, do seggt se: „Nu is mi klaar, wokeen di hulpen hett. Man nu scha'st du alleen mit Bott na min Süster gahn. Ik will sülven mit langgahn un di wiesen, wonem de rechte Weg löppt."

De Seehex geiht mit de Prinz an Land un wiest em, wonem de Weg dör dat grote Holt geiht. Denn geiht se wedder na ehr Slott, un de Prinz geiht alleen sin Weg. As he do en Stück gahn is, kümmt he an en Heck, dat quietscht gewaltig, as he dat upmaakt. Do kriggt de Prinz dat Öl rut, smert de Hängen vun dat Heck un smitt de Büss achter sik. As he wedder en Tiedlang gahn is, kümmt he na en Perd, dat hett so'n lange Mahn, dat et dar ümmer up pedden deit. Do nimmt de Prinz sin Scheer un klippt un putzt de Mahn, un denn smitt he de Scheer achter sik un geiht wieder. As he denn wedder en Stück wieder vörankamen is, ward he en Appelboom wies, un de Telgens bögen sik dal bet an'e Grund vun all de Appeln, de dar an hängen. Do schüddelt de Prinz de Appeln dal, man nehmen deit he dar nich een vun. Denn geiht he wieder na dat Holtwief ehr Slott.

Dat Holtwief is to Huus un deit heel fründlich gegen de Prinz, un as he sin Bescheed vun ehr Süster loswurrn is, do gifft se em en Stück Wust. De Prinz nimmt de Wust; man as dat Holtwief mal rutgeiht, smitt he de Wust ünner de Bank. Wat later kümmt se wedder rin un fraagt, um de Prinz hett de Wust upeten. De Prinz wiest ehr sin leddige Hänne.

„Wust, wonem büst du?" fraagt dat Holtwief. „Hier ünner de Bank", seggt de Wust. Do haalt dat Holtwief de Wust dar rut un seggt to de Prinz, he schall 'n upeten. Man as se mal rutgeiht, stoppt he sik de Wust in'e Bost. As se wedder rinkümmt un süht, de Wust is weg, do seggt se: „Wust, wonem büst du?" — „Hier, in'e Bost", seggt de Wust. „Büst du in'e Bost,

kümmst du sachs uck bald in'e Maag", seggt se ver-
gnöögt, se meent ja, de Wust is binnen in'e Prinz.

As he sik denn wedder up'e Weg na de Seehex ma-
ken schall, seggt de Holthex, se will en Stück mit em
langgahn. Nich lang', do kamen se na de Appelboom,
un do seggt dat Holtwief: „Appelboom, smiet de Prinz
doot mit din Appeln!"

„Nee", seggt de Boom, „ik heff hier so vele Jahren
stahn, dalböögt vun'e Appeln, un nie nich hett mi
een de Last lichter maken wullt, ahn dat he dar uck
foorts en Deel vun mitnahmen hett, bet *he* keem."

„Na, du büst al hier we'n", seggt se, „aver tööv man."

Denn gahn se wieder, bet se na dat Perd kamen.
„Perd, pedd de Prinz doot", seggt se.

„Nee", seggt dat Perd, „ik heff hier so vele Jahren
stahn un mi up'e Mahn pedd't, un keeneen hett de
klippt, bet *he* keem."

„Na, hier büst du uck al we'n, aver tööv man, bet wi
na dat Heck kamen", seggt dat Holtwief. As se na
dat Heck kamen, seggt se: „Heck, klemm de Prinz
doot!"

„Nee", seggt dat Heck, „ik heff hier so vele Jahren
hungen un schriet, un keeneen hett mi Öl geven, bet
he keem."

„Na, denn büst du hier uck al we'n", seggt se, „aver
tööv man, bet du na min Süster kümmst!"

Dat Holtwief dreiht denn um un geiht na Huus, man
se is bannig verdreetlich. Un de Prinz geiht alleen
wieder na de Seehex, un de is denn noch vergrellter
as ehr Süster, as se süht, de Prinz is nix passeert.

Man för un klamüüstern sik wat Nües ut gegen em, mutt se alleen we'n, un do süht de Prinzessin ehr Snitt un snackt mit de Prinz. „Wenn du nu din Verspreken gegen mi holen un mi truu we'n wullt" seggt se, „denn woe'n wi tohopen utneih'n na din Vadder sin Riek. Na min eegne kann ik nich mehr henkamen." De Prinz seggt, he will allens holen, wat he ehr toseggt hett. Do gifft se em dree Gaarnkluuns un seggt, de Seehex blifft nu twee Daag un twee Nachten waak för un gruweln dar oever na, wodennig se em verdarven kann, man de drütte Nacht slöppt se denn as en Pahl. Denn schall he sik waak holen un an't Finster sitten mit ehr dree Kluuns in'e Hand. Dat seggt he ehr to.

As de Seehex nu de drütte Nacht slöppt as en Pahl, kümmt de Prinzessin an de Prinz sin Finster. Dar maakt se em to en lütte un sik sülven to en grote Vagel. Denn seggt se, he schall sik up ehr Rügg setten, man guut up ehr Kluuns passen. He deit dat, un do flüggt se afste' mit em.

As se de heele Dag flagen sünd, seggt se to em: „Kiek di mal um un segg, um du wat seh'n deist!"

„Ik seh bloots en grote, swatte Wulk achter uns herkamen."

„Dat is de Seehex", seggt de Prinzessin. „Smiet een vun de Kluuns achter uns."

De Prinz deit dat, un do steiht dar en hoge Barg up bet an'e Heven, un de Seehex kann nich mehr wiederkamen. „Sünd I so düchtig!" röppt se. „Man dat schall ju liekers nix helpen. Ik suus bloots na Huus na min grote un lütte Hacker, denn is de Barg bald weg." Se suust na Huus un haalt de Hackers, un denn haut se bloots eenmal mit de grote Hacker un eenmal mit de lütte, un do is de Barg liek mit de Grund.

Man denn will se ehr Hackers dar liggen laten. Do kümmt dar en Kreih un kickt darna. „Du nimmst doch woll nich min Hackers weg, wenn ik weg bün?" fraagt de Seehex. „Doch, dat do ik", seggt de Kreih, denn se will de Königskinner helpen. „Denn suus ik eerstmal na Huus mit se", seggt de Seehex. Dat deit se, un do kriegen de Königskinner en düchtige Vörsprung.

Se fleegen denn de heele tweete Dag. Man as dat hen to Avend geiht, seggt de Prinzessin to de Prinz: „Sühst du wat achter uns?"

„Ja, ik seh en grote, swatte Wulk."

„Dat is de Seehex. Smiet de tweete Kluun!"

De Prinz deit dat, un foorts steiht dar en dichte Holt twüschen se un de Seehex. „Na, so düchtig sünd I; man dat schall ju nix helpen", seggt se. „Ik suus bloots mal even na Huus na min grote un lütte Äx, un denn hau ik dat Holt dal mit twee Slääg!" As se dat seggt hett, so maakt se dat uck, un as dat Holt dalhaut is, will se ehr Äxen dar liggen laten, bet se t'rüggkümmt. Man do kümmt dar en Heister an un kickt darna.

„Du nimmst doch woll nich min Äxen weg, wenn ik weg bün?" seggt de Seehex. „Doch, dat do ik", seggt de Heister, de hett de Königskinner vörbifleegen sehn. „Denn suus ik dar eerstmal na Huus mit."

Un de Seehex suust na Huus mit de Äxen. Man an'e Avend vun'e drütte Dag is se wedder so dicht achter de Königskinner, dat de Prinz de drütte Kluun smieten mutt, un do ward dat en See so groot, dat de Prinzessin dar nich roeverfleegen kann mit de Prinz up'e Rügg. Do maakt se se beid to Enten. Nu moeten se oever de See swümmen, un denn sünd se in dat Riek vun de Prinz sin Vadder. Man de Seehex is se so neeg, dat se hören koenen, wo se locken deit: „Perk, Perk, kumm Perk, kumm Perk, scha'st Koorn hebben!" Man so hungerig se uck sünd, de Enten wahr'n sik un kieken sik um. Do leggt de Seehex sik up'e Kneen un süppt de heele See ut. Man as se denn wedder upstahn will, do basst se ut'neen.

De Königskinner nehmen denn wedder se's richtige Gestalten an, denn nu sünd se erlöst, un denn gahn se hen na de König sin Slott, un as de König un de Königin se in'e Hoff sehn, kamen se rut un fallen se beide um'e Hals un bringen se rin in't Slott. Un dar ward denn en grote Hochtied fiert för de Prinz un de Prinzessin.

De Ries sin Knecht

In ole Tieden, as de Riesen hier in't Land noch dat Seggen oever en grote Deel harrn, do is dar mal en fixe Bengel we'n, de hett Lust kregen un gahn in Deenst bi so'n Lüüd. He hett mal seh'n wullt, um he nich ferdig ward mit se.

Man eerst mutt ik mal vertellen, wodennig dat to-gahn is, dat ut de dare Bengel, de eerst en grote Fuuljack weer, nu so'n Düvelskeerl wurrn is. Sowat is guut un weeten, dücht mi.

As de Jung dat eerste Mal in Deenst geiht, lett he sik annehmen vun en Buer ünner de Bedingen, he mutt utslapen koenen. Dar geiht de Buer up in. „Ja, ja", seggt he, „sodennig hebben wi ja all unse Aarsgebre-ken. Süh mal, wat ik bün, ne, ik heff de Swiemel-süük, dar musst du di uck mit affinnen." Ja, dat will de Jung noch – Peter heet he. Man as he de eerste twee Daag bet up'e halve Vörmiddag in't Nest blifft, kriggt an'e drütte Dag de Swiemelsüük de Buer faat. So draa as he in't Tüüg kümmt, kriggt he sin Swep faat, un swiemelig, as he is, geiht he bi un pietschen eerst de Del, denn de Wänne un darna Disch un Bänke, un denn de Knecht sin Bett un de Bettdek, un toletzt em sülven, un do kriggt Peter mal gau sin Knaken ut't Bett! Un vun do an hett he nie nich mehr an Utslapen dacht, dat he doch nich nochmal en Buer mit Swiemelsüük in'e Hänne fallt.

So, dat weer dat. Man nu schoe'n wi seh'n, wodennig Peter dat bi de Riesen gahn hett.

De Ries will em bloots ünner de Bedingen annehmen, dat he de Dag, wo he sik argert, sin Lohn ver-lustig geiht, un de Dag, wo he de Ries so wied kriggt, dat de sik argert, schall he dubbelte Lohn hebben. Dar geiht Peter up in.

Peter sin eerste Dag in'e Deenst liggen de Riesen vun morrns bet avends in'e Puuch, un as Peter wat to eten hebben will, wiest de Riesenoolsch em, wat oever de Dör steiht, un dar kann he denn lesen:

„Eten morrn."

„Du argerst di doch woll nich. Peter?" fraagt de Ries. „Och, i wo, Buer", seggt Peter.

De neegste Dag nimmt Peter wat Roggen ut de Ries sin Schüün un verköfft dat Koorn un köfft sik dar wat to eten för un lett sik dat smecken liek vör de Ries sin Näs. „Wonem hest du denn wat to eten her?" fraagt de Ries. „Och, ik heff en Tunn Koorn verköfft", seggt Peter. „Man du büst doch nich böös, Buer?" – „Nee, wat schull ik woll", seggt de Ries gau.

De drütte Dag kriggt Peter Updrag, he schall en Brügg buu'n, de stark nugg is för de Ries sin Ossen, wenn de oever de Au schoe'n. Man Peter kriggt nich Steen un nich Holt för de dare Brügg.

Do drifft Peter twee vun de Ries sin gröttste Ossen in'e Au un stellt se sodennig hen, dat dar en Brügg vun ward. Denn haut he se een vör de Kopp, dat se up'e Stä' umfallen, so doot as Pahlen. Darna röppt he de Ries rut, dat he tokieken schall, wo Peter de anner Ossen oever de nüe Brügg drifft. „Du argerst di doch nich, Buer?" – „Och, i wo, Peter", seggt de Ries – darbi is he vör Raasch swattblau in't Gesicht.

As de Riesenoolsch dat to hören kriggt, raad't se ehr Mann, he schall Peter man doothau'n, ehrer he se heel un deel rungeneert. Se will em geern helpen un bringen de Knecht um'e Eck. De Ries dücht uck, dat is de beste Aart un Wies un kamen dar um rum un betahlen de Knecht sin Lohn. Do warrn se sik eenig, de neegste Nacht woe'n se Peter de Brägenkasten indöschen. Man Peter is ja nich achtern vun'e Waag fullen, he hett sik dat afluert un se's Raatslaan hört. „A-ha, en Brägenkasten koenen I sachs inhau'n", denkt he, „man dat schall för wiss nich min we'n, dar koenen I ju to verlaten!" Un denn kriggt he sik en Perdekopp her, de maakt he vull mit Eier un leggt dat dare Gedriev up't Koppküssen. Denn treckt he de Dek hooch un leggt sik sülven ünner't Bett.

Merrn in'e Nacht kümmt de Ries mit sin Oolsch, se woe'n Peter doothau'n. De Ries hett sin Äx in'e Hand, un dar neiht he de Perdekopp een mit, dat dat Ei-Gel de Oolsch liek in'e Snuut speutet. „Süh so, dat hebben wi hatt, Peter sin Brägen heff ik in't Gesicht kregen", röppt se un freut sik as en Stint, un denn krüppt dat Paar to Puuch un snorkt, dat et man so dör de Stuuv droehnt.

De neegste Morrn sitt Peter bi't Dagwarrn dar as ümmer, un de Ries un de Oolsch glupen sik an, dat se meist de Ogen ruttrünneln.

„Hest du vunnacht gar nix markt, Peter?" fraagt de Ries.

„Ja, ik gloov, dar weer en Muus bi mi in'e Haar to-gang'", seggt Peter. „Man mi dücht, du warrst böös, Buer?"

„I bewahre, Peter", seggt de Ries. Man he spickeleert up en nüe Aart un kriegen dat Leven ut en Minsch, de dar nich vun dootgeiht, wenn sin Brägen rut-sprütten deit. Wieldes hett de Oolsch sik wat utdacht, wodennig dat gahn schall. Peter un de Ries schoe'n de grote Berboom nedden bi de Wuddel af-hau'n, un wenn de so wied is un fallen um, denn schall Peter Order kriegen, he schall ganz rupklarrn in'e Spitz un en Tau um een Telgen leggen. De Ries schall denn gau de Boom umrieten, denn rasselt de Knecht dal an'e Grund un fallt sik in dusend Stü-cken, meent de Oolsch. De Ries dücht, dat is mal plietsch utdacht, un de neegste Dag gahn he un Pe-ter bi un hau'n de Berboom um. Man as dat nu Tied is un kriegen de Knecht rup in'e Spitz, deit de so, as wenn he rein gar nich begrippt, wodennig he dat maken schall mit dat Tau. He seggt, de Ries schall man eerstmal sülven rupklarrn in'e Boom un em wiesen, wodennig dat geiht. De Ries is dar sodennig up verseten un bringen Peter um'e Eck, he klarrt richtig rup in'e boeverste Spitz vun'e Berboom, leggt en Sner um en Telgen un smitt dat Tauenne dal na Peter. „Süh, sodennig ward dat maakt!" röppt de Ries. „Ja, nu verstah ik dat", seggt Peter, nimmt dat Tau faat un ritt de Boom um mit de Ries baven up, dat de heele Backbernkraam daldunst up'e Oolsch, de steiht dar bi to glupen.

„Du büst doch woll nich böös, Buer?" fraagt Peter. Man de Ries kann dat nu nich mehr afstrieden, denn he un de Oolsch liggen dar doot as en paar solten Herings. Un denn hett Peter se's Hoff oevernahmen un hett dar levt, bet he sik dootstorven hett. Man so'n Keerl weer he nie nich wurrn, harr he nich eerst bi en Buer deent, de de Swiemelsüük harr.

Sneeflock

Vör vele hunnert Jahr hett dar mal en König levt, de hett Eduard heeten. He is fraam we'n un wies, un darum hett sin Volk em bannig geern hatt. Nu is de König al wat in'e Jahren we'n un hett ümmer noch as Jungkeerl levt, un de Lüüd hebben meent, dat schull sachs uck so blieven.

Mal lett de König tostellen to en grote Fest, un dar hett he en Barg Försten, Prinzessinnen, Ridders un Frolleins to inladen. To Middag, as de Supp updragen warrn schall, wunnern de Gäste sik all bannig, as se statts en nüe, unwennte Supp en Teller mit söte Melk vörsett kriegen. König Eduard ward düüsterroot vör Raasch, röppt sin Hoffmeister un fraagt em mit strenge Stimm, wat he sik eegentlich denkt, dat he dat waagt un setten so'n simple Kraam up'e König sin Tafel, un denn noch, wo dar so vele eddele Prinzen un Prinzessinnen sünd, un bi so'n grote Gastbott.

De dare Anfall vun Raasch nimmt de Hoffmeister mit de gröttste Ruh un süht ut, as wenn em dat allens wied vörbi geiht. Dat regt de König noch duller up, un dat Enne vun't Leed is, de König seggt, de Hoffmeister schall foorts ut'e Deenst. Man statts dat he geiht, pedd't de driest en Schritt vör na de König un seggt: „Herr König, ehrer I so'n harde Ordeel spreken, be' ik Ju, probeer de Melk doch tominnst mal."

Nu is de König bannig rechtferdig un süht in, dat is nich mehr as recht, un do deit he, wat de Hoffmeister will. Man wat wunnert he sik, as he de eerste Lepel in'e Mund kriggt, dat is gar nich to seggen. Ahn dat he noch een Woort seggt, lepelt de König allens ut, wat in sin Teller is, un denn uck noch de Rest ut'e Schöttel. Un de Gäste doon em dat na. De Hoffmeister steiht achter de König sin Stohl as Sühst-miwoll un freut sik to elkeen Lepel, de he vertehrt. As de König ferdig is, dat heet, as de Melk all is, dreiht he sik um na de Hoffmeister un seggt:

„Deit mi bannig leed, wat ik eersten seggt heff. Harr ik ahnt, wo fein dat smeckt, wat du uns hier updischt hest, denn harr ik dat nie nich seggt. Nu is dat Unse Wunsch, dat du stüttig an Unse Hoff bliffst un Uns elkeen Dag en Patschoon vun de dare Melk geven deist. Man segg mal", will de König weeten, „wonem kriggst du de her, oder wodennig ward de maakt?"

„Ja, dat is't ja jüst, wat keen Minsch verklaren kann", seggt de Hoffmeister, „man wenn Ju dat recht is, will ik allens vertellen, wat ik rutkregen heff oever dat dare wunnerbare Gedränk."

De König nickt, man to!, un de Hoffmeister snackt wieder:

„Vör en paar Daag, as de Kohjungs dat Veeh up'e Weid drieven schullen, hett sik een Koh – Sneeflock heet de, um dat 'n so'n blennen witte Klöör hett – de hett sik vun'e oevrige Flock scheed't un is för sik alleen lapen. De Veehjungs hebben 'n lopen laten, as 'n wull, un hebben sik dar nich wieder um quält, se hebben dacht, de löppt sachs nich allto wied weg. Man na en korte Wiel is 'n ganz verswunnen we'n. Do sünd wecken vun'e Jungs gau in't Holt rinlapen för un söken dat Deert, man Sneeflock is nich to finnen we'n. De stackels Jungs sünd heel un deel dör de Wind we'n, sodennig hebben se sik verfehrt, un hebben nich wusst, wat se nu maken schullen. Do hett een vun de öllsten seggt:

‚Dat Beste is, wi laten dat eerstmal darbi. I schoe'n seh'n, Sneeflock kümmt wedder, ahn dat wi in't Holt rumbiestern na ehr. Un denn kunn dat ja uck mallör'n un all de anner Köh kneepen ut, wieldes wi na Sneeflock söken, un dat weer denn ja vel leeger.'

‚Man wi kriegen bestimmt en arige Maarsvull, wenn wi de Koh nich bet vunavend finnen doon', hett de jüngste Bengel seggt. De hett bannige Manschetten vör de Stock.

‚Ümmer büst du bang' vör en Maarsvull, Heini', hett de anner lacht. ‚Is di denn nich klaar, dat wi en vel dullere Maarsvull kriegen, wenn all de Köh weg sünd, as wenn dar bloots een fehlen deit?'

De anner Jungs düche, dat harr he mal klook seggt, un do wurrn se sik eenig, se wullen de Tied aftöven. Man een Stunn na de anner vergung, un Sneeflock weer weg un bleev weg. Toletzt wurr dat Tied un drieven de Köh na Huus. De Kohjungs, de anners ümmer lustig singen, wenn se de Köh na Huus möten, weern nu ganz still un leeten de Ohren hummeln, un an dullsten bedrippst weer lütt Heini.

Man jüst as se rutgahn wullen ut't Holt, hebben se wat luud bölken hört. De Jungs hebben sik gau umdreiht, un do hebben se sik düchtig freut, do keem Sneeflock anrönnt, na dat se de heele Dag weg we'n weer. Vun de Dag an is Sneeflock ümmer för sik lapen, un nich mit Hau'n un nich mit Slaan hebben se 'n bi de Flock holen kunnt. Man de dare Geschicht is uck Ju's Kock to Ohren kamen, un do hett he Order geven, Sneeflock ehr Melk schull nich mit de vun de anner Köh vermengeleert warrn, de schull in en extra Ammer melkt un na Ju's Tafel bröcht warrn."

Hier swiggt de Hoffmeister still, man de König is nieschierig un will dar geern mehr vun weeten, un he seggt, he schall man wieder snacken.

Un de Hoffmeister vertellt wieder:

„All Nasöken un de strengste Order för de Veehjungs, dat hett allens nix nützt, dat hett noch keeneen glückt un kriegen rut, wonem Sneeflock sik upholen deit, denn so draa as se na't Holt kümmt, löppt se so gau rin in'e allerdüüsterste Deel darvun, dat keeneen mitkamen kann. Nich bloots de Harders, uck de fixeste Snell-Löpers hebben versöcht un lopen um'e Wett mit ehr, man vergevs. All sünd se fix un ferdig un afreten t'rüggkamen. Man dat Afsünnerlichste is, se kümmt ümmer rut ut't Holt, wenn se de anner Köh na Huus möten schoe'n."

De König is bannig intresseert an allens, wat gediegen is, un he kann nich nalaten un denken an dat Afsünnerliche mit Sneeflock, un darum gifft he Order, all sin Hofflüüd un so vel vun sin Ünnerdanen, as dar man rup koenen up'e Slottshoff, schoe'n sik dar infinnen un hören, wat de König se to seggen hett.

As all de Lüüd versammelt sünd, stellt de König sik up'e Slottsbalkong un vertellt se, he hett sik nu vörnahmen un söken sik en Fruu ut, man he will bloots de nehmen, de em vullstännig Bericht geven kann, wonem Sneeflock sik elkeen Dag upholen deit, un dat Geheemnis vun ehr wunnerbare Melk klookkriggt. Dat steiht elkeen Deern in sin heele Riek frie un versöken ehr Glück, un de dat Geheemnis rutkriggt, schall sin Fruu warrn, eendoont, wat se is oder hett. All de Deenstdeerns dar up'e Slottshoff hören sik dat nieschierig an, wat de König seggt, un hoegen sik, un elk vun se süht sik al as Königin.

Mang de Tohörers is uck en Prinzessin, de is dar wied un sied bekannt för, wo raffig se is, un se hett dar lang' heemlich vun dröömt un blieven König Eduard sin Fruu, un nu dücht ehr, dat is sowied, dat dat allens wahr warrn schall. Dat kümmt ehr ja woll wat bedenklich vör, dat se för un warrn Königin eerst mit en Koh um'e Wett lopen schall. Man ehr Bedenken vergahn, as se dar an denkt, wat de König allens hett. Un do gifft Prinzessin Rebecka denn to erkennen, se will de eerste we'n, de sik an de dare doesige Upgaav versöcht.

De neegste Dag, jüst as de Köh up'e Weid bröcht warrn schoe'n, kümmt de Prinzessin denn an, fein in elegante un düre Tüüg, dat se mitgahn will. As de Köh en Stück in't Holt rinkamen sünd, ward Sneeflock, so as ümmer, för sik alleen gahn. De Prinzessin geiht achterher, un se mutt sik gar nich afmarsen, denn de Grund is noch ganz even un dat Holt apen. Man jo deeper Sneeflock dar ringeiht, jo düüsterer un willer ward et, un de Prinzessin ward bi lütten ümmer flauer, dat se knapp noch gahn kann un al gar nich lopen.

Toletzt blifft se steken in en Matschlock. En paarmal verglippt ehr dat, man toletzt kriggt se dat doch klaar un kamen dar wedder rut, man do is ehr Tüüg so tweireten, dat et knapp noch tosamenholen deit. En grote Deel vun ehr kruse Haar hängt in'e Doornbüsche, un se is oever un oever vull Schrammen un Löcker; man dat leegste is, de Koh is ehr heel un deel ut Sicht kamen. As se dat markt, is de stackels Prinzessin heel vertwiefelt. Se sett sik dal up en Steen un blarrt solte Tranen, man as se sik en beten wedder inkregen hett, denkt se, dat Klöökste is un geven

Sneeflock verlaren un un gahn wedder na Huus, dat ehr nich noch mehr passeert.

Man dat is lichter dacht as daan, denn de Prinzessin hett ja keen Idee, wonem hen se ehr Kurs leggen schall, un so löppt se bloots hen un her un blarrt.

„Och, wat schall ik bloots maken?" röppt se in gröttste Angst. „Ik wull allens geven, wat ik heff, wenn mi een ut düt wille Holt rutbringen wull!"

Een kann sik ja licht vörstellen, de Prinzessin mutt al in bannig grote Noot we'n, dat so'n düre Verspreken oever ehr Lippen kamen kann. Dat deit ehr uck foorts leed, man do is dat al to laat, denn mang wecke Büsche rut kümmt en heesche Stimm un antert up ehr Roop: „Topp, ik nehm di bi't Woort!" Un mitmal steiht dar en lütte, ole Keerl mit en rode Mütz up'e Kopp vör de verfehrte Prinzessin.

„Nu kumm man, denn wies ik di de Weg", seggt de Ole un kriggt driest de Prinzessin ehr Arm faat. „Du harrst Recht, as du sä'st du harrst hier nix verlaren, denn du warrst nie nich König Eduard sin Königin. Du kannst mi dat gloven, wenn ik di segg, dat is för di jüst so unmoeglich as för mi."

Un darmit ward de Ole so veniensch lachen, dat de Prinzessin sik richtig up'e Steert pedd't föhlt, man se waagt nich un maken ehr Arger Luft, se is bang', de Ole ward denn füünsch. Do gahn se denn mit flinke Schre' dör't Holt, un de Prinzessin wunnert sik, de Ole schient nich eenmal in Twiefel, wat för'n Weg se lang moeten. Büsche, Steens un Maratz schienen mitmal verswunnen, un de Grund is nu so even, dat de Prinzessin dar ahn Möögde up gahn kann. Dat Holt ward nu arig wat apener, un ehrer se dat recht

wies ward, is se an't Maal. Man do will se rein ver-
twiefeln, denn ehr fallt in, se hett ja ahn Nadenken
allens, wat se hett, ehr Wegwieser toseggt. Un as't
schient, hett de Ole ehr Gedanken raden, man he
seggt: „Wes man nich bang', ik will dar nix vun heb-
ben, wat du di tohopenschraapt hest. Ik heff al mehr,
as ik bruuk."

As se dat hört blifft de Prinzessin rein de Spraak
weg, sodennig freut se sik, un se oeverleggt, woden-
nig se em danken kann för sin Eddelmoot. Man ehrer
se dat wies ward, is de Ole weg. Vergevs kickt de
Prinzessin sik um na em, man as se sik darvun
oevertüügt hett, he is nich mehr dar, do süht se to un
kamen rup in ehr Stuven, dat se sik vun all de Mars
un Möögde verhalen kann, un se freut sik man, dat
se dar so billig vun kamen is. Dat is denn uck Prin-
zessin Rebecka ehr letzte Versöök we'n un warrn
Königin.

Een schull ja meenen, wo dat bi ehr sodennig up
Schiet utlapen is, dat dat de anner Deerns vun so'n
waaghalsige Ünnernehmen afschrecken dä, man dat
deit et nich. De eene Hoffdeern na de anner lett sik
up dat dare Waagnis in, man ümmer ward dar nix
vun; se kamen all wedder un hebben nix beschickt.
Un wenn se toletzt insehn, dat is unmoeglich un
kriegen dat klaar, denn hängen se mit en sware Hart
de ganze Kraam an'e Nagel.

***

Wecke Mielen vun de König sin Slott weg is en Re-
beet, dat is dat reine Paradies, un dar steiht en lütte
Kaat, deckt mit Heidplaggen, de hört en arme Schä-
per. He verlevt dar munter un vergnöögt sin Daag
tosamen mit sin smucke Dochter Elfriede, en Deern

vun soeventein Jahr. Dat gröne Holt is ehr Welt, dar is se in upwussen, un dar hängen all ehr Gedanken mit tohopen. Dar is nich een Barg, nich een Boom, de se nich kennt, dat is ehr allens jüst so vertruut as ehr Vadder sin Kaat. An leevsten geiht se mit em, wenn he de Flock up'e Weid bringt, denn wieldes he de Schaap wahrt, löppt se in't Holt rum un söcht de willste Stä'en up. Up de Aart is se in ehr Bewegen so smäätsch un flinkföötsch wurrn as en Reh un is vör keen Felsen un vör keen Afgrund bang', denn se hoppt oder swunkt sik dar so smiedig roever, dat gloovt een gar nich.

König Eduard sin Uproop is uck de Schäper to Ohren kamen. He vertellt Elfriede darvun, un se lacht vun Harten, as se vun de eventüürsche Reisen vun de Prinzessin un de Hoffdamen hört, as de achter Snee-flock ranwe'n sünd. Elfriede fraagt nu ehr Vadder um Verlööv un versöken uck ehr Glück. Nich, dat se dar na lengt un warrn Königin, sowat kunn ehr ja nie nich infallen, nee, bloots ut Schau[1] un vellicht uck för un wiesen, dat se dat in't Lopen mit elkeen upnehmen kann, sogar mit de lichtföötsche Snee-flock.

Fröh an'e neegste Morrn is se denn in't Holt, un foorts, as de Köh dar ankamen, geiht se hen un blifft ümmer dicht achter Sneeflock. Man as dat schient, hett Sneeflock oeverhaupt keen Lust un lopen, se geiht heel suutje wieder. Elfriede hett meist de Näs vull vun Sneeflock ehr Noedelie un will ehr jüst en beten andrieven, do fangt de mitmal dat Lopen an as unklook. Mit de dare gaue Umswung harr Elfriede ja nich rekent, man liekers glückt ehr dat ahn grote

---

[1] ut Schau = zum Spaß (dän. sjov)

Mars un holen Schritt mit Sneeflock. As de süht, dar is een achter ehr, verduppelt se ehr Iever, dat et in Galopp oever Stock un Steen, oever Felsen un Maratz geiht, man Elfriede verleert ehr nich een Ogenblick ut Sicht. Sneeflock suust af as en Stormwind, un Elfriede achteran mit de Smiedigkeit vun en junge Hirsch. Se kamen nu dör Flachen, de kennt se oeverhaupt nich, un dar kann se an seh'n, se moeten bannig wied weg we'n vun to Huus. De Reis geiht ümmer wieder ahn Ünnerbreken, un Elfriede gloovt al meist, de hollt nie nich up, dat lett, as wenn Sneeflock keen beten möö' ward. Darum freut se sik arig, as se vörut en grote See wies ward, de breed't dar vör ehr Ogen sin Kristallspeegel ut.

„Na, Gottloff, denn bün ik nu ja woll an't Enne vun min Reis anlangt," denkt se. Man dar hett en Uul seten. As se an'e See ankümmt stört't Sneeflock sik koppoever in'e Bülgen, as wenn se denkt, se ward nu för ümmer frie vun dat dare verdreihte Minsch. Man Elfriede lett sik nich bang' maken, se oeverleggt nich lang' un löppt ahn Bedenken rin in't Water un sitt mit een Hopp up Sneeflock ehr Rügg. Mit dat dare Manöver harr de Koh nich rekent un süht nu wat sluukohrig ut, man se swümmt doch wieder, wenn uck man heel langtoegsch, un sodennig hett Elfriede Tied un denken na oever ehr Eventüür. Dat kümmt ehr allens so wunnerlich un gediegen vör, un up een Aart is se en beten bang', man se lengt doch uck wedder darna un seh'n, wat dar woll rutsuert bi dat Ganze.

Elfriede sitt so deep in Gedanken, dat se nix mitkriggt vun dat um ehr rum, se hett sogar vergeten, dat se up Sneewitt ehr Rügg sachten oever de Bülgen dümpelt. Wieldes is de Koh al en ganze Stück

vörankamen, een kann al de Steens an'e Strand vör-
ut seh'n. Unverwahrens sleit Elfriede toletzt de Ogen
up un is dar heel verbaast oever, wat se do to seh'n
kriggt. En hoge Slott vun Marmelsteen mit gröne
Böme um rum wiest sik vör ehr verwunnerte Ogen,
as wenn dat dör en Töver tohööcht kamen is. Man se
hett nich lang' Tied un kieken dar up, denn Snee-
flock is jüst an'e Strand ankamen, un as se de Last
up ehr Rügg quiet is, stüert se ehr Kurs dör en lange
Allee, un an't Enne darvun liggt en Buuwark vun
witte Marmelsteen. Elfriede löppt ehr gau achterna,
un do gahn se beide rin in dat Buuwark dör en Door,
wat apen steiht. Sneeflock geiht drievens wieder na
en Krüff, de is vull mit Rosinen un Mandeln. Dar
blifft se stahn un geiht bi un freten mit de aller-
gröttste Aptit. Elfriede luert nich lang' af un maakt
ehr dat na, denn se hett up de lange Reis uck düchtig
Smacht kregen. Do eten de beiden um'e Wett, man
Elfriede hollt doch toeerst up.

„Ik mark woll, du hest dat richtig fein hier, min leeve
Sneeflock", seggt se un eit ehr oever dat blanke Fell.
„Du hest di warraftig keen leege Stä' utsöcht, un ik
gloov meist, ik harr sülven Lust un blieven för üm-
mer hier, man ik mutt ja t'rügg un se dat Geheemnis
vun din Melk verklookfiedeln."

Darmit geiht se rut un will sik de dare wunnerbare
Platz neeger bekieken. Elfriede is noch nich vele
Schre' gahn, do blifft se stahn un weet nich, wat för'n
Weg se nehmen schall, dat kümmt ehr allens so fein
un wunnerbar vör, dat se nich weet, wonem se to-
eerst hengahn schall.

Man toletzt is dat doch dat grote Marmelslott, wat
ehr an dullsten intresseert, un darum will se dar

toeerst hengahn. Se ward ja doch en beten bevern, as se in't Slott ringeiht; man dat lett, as weer dar keen Minsch, un do geiht se wieder. Sachten witscht se en breede Trepp hooch, un an't Enne darvun ward se en vergold'te Dör wies. De is toslaten, man de Sloetel stickt in't Slott. Elfriede toegert en Ogenblick, um se dat wagen schall un dreih'n 'n um, man de Nieschier is grötter as ehr Angst, un do maakt se de Dör up. Wat se dar to seh'n kriggt, lett ehr en paar Minuten up'e Süll stillstahn ahn sik to roegen.

Vör ehr liggt en grote, prächtige Saal, vull mit en ganze Slarrs[1] Lüüd in dat feinste un kostbarste Tüüg. Wecken stahn in Flocks tohopen, un up'e eerste Blick süht dat so ut, as wenn se ievrig bi sünd un snacken; annern sitten up feine Sofas, de stahn dar an'e Wänne lang. Elfriede nimmt nu ehr Kraasch tohopen, geiht en paar Schre' rin un maakt en deepe Knicks, man keeneen quält sik dar um, as't lett, un do ward se wat driester un grötet nochmal, wenn uck vergevs: De Lüüd in'e Saal roegen sik nich.

„De dare Minschen koenen sik woll nich roegen un nich snacken", seggt Elfriede ganz luut un geiht wieder dör de Saal. Denn geiht se dör en Reeg anner Stuven un Saalen, uck vull Minschen, un toletzt kümmt se an en to'e Dör, de maakt se ahn Bedenken up. De Saal, 'nem se nu rinkümmt, is noch prächtiger un kostbarer as de annern, de se sehn hett, denn de Wänne sünd vun Speegelglas un Gold. Merrn in'e Ruum steiht en gollne Thron mit en blaue Thronhimmel dar oever, un up'e Thron sitt en junge Mann, de is so oever de Maten smuck, dat Elfriede sik nich betähmen kann, man en Roop vun Bewunnern rut-

---

[1] Slarrs = beträchtliche Menge

lett. Sin Tüüg wiest, he is en König, denn he hett en Kroon up'e Kopp un in'e Hand hett he en Staff, de is besett mit Eddelsteens. En riek bestickte Purpurmantel hett he um, un an'e Siet hängt en blanke Swert. Elfriede is ganz hen un weg, so smuck is dat dare Bild.

„Och, wat wull ik glücklich we'n, wenn du de Mund upmaken un mit mi snacken dä'st!" röppt se. „Oder wenn du di doch tominnst roegen dä'st för un wiesen mi, du versteihst mi. Giff mi doch bloots mit een lütte Teeken Bescheed, wat ik doon mutt för un halen di in't Leven, ik will allens wagen." De Tranen lopen ehr man ümmer so oever de Backen, wieldes se vergevs versöcht un kriegen de König lebennig.

„Ik kann un kann nich gloven, dat du doot büst", röppt se, „din Ogen kieken mi ja so fründlich an, un du sühst so jung un frisch ut." Se geiht bi de Thron dal up'e Kneen un kriggt de König sin Hand faat: De is ieskoold. Denn schüddelt se em en beten, man he blifft koold un roegt sik nich.

„Denn is dat woll nich moeglich un maken di wedder lebennig", seggt se mit trurige Stimm. „Du un din heele Hoffstaat moeten för ewige Tieden versteenert blieven. Un nu mutt ik di alleen laten, denn de Sünn sackt al achter de Bargen dal, un wenn ik noch länger luer, denn löppt Sneeflock mi womoeglich weg."

Darmit geiht Elfriede na de Dör, man as se jüst rutgahn will, dreiht se sik nochmal um un kickt na de König. Un do kümmt ehr dat so vör, as wenn sin Ogen ehr so trurig ankieken, dat se dat nich nalaten kann un gahn nochmal hen na em. Se luert en ganze Tied, man de König sitt ümmer noch lieker koold un roegt sik nich. As se sik heel un deel oevertüügt hett, dat se sik dat Ganze bloots inbildt hett, will se wedder gahn, man so oever de Maten smuck as de König is, un denn sin trurige Blick, dat hett ehr sodennig faat nahmen, se kann sik nich ut'e Stä' roegen. Se markt gar nich, dat se ümmer dichter un dichter an'e König ran geiht, un ahn dat se dat sülven weet, drückt se em toletzt en Söten up sin kole Lippen.

Do steiht de König mitmal up vun sin Thron, un mit en Freudenroop fallt he vör de verbaaste Elfriede up'e Kneen. Lude Juuchhei'n klingt dör't Slott, un all de Minschen, de Elfriede eerst versteenert sehn hett, kamen nu in'e Saal rinstörmt, 'nem de König un Elfriede sünd. Up'e Kneen betügen se se's Dankbarkeit darför, dat se glücklich rett't sünd. Wieldes düt allens vör sik geiht, steiht Elfriede stiev merrn up'e Del, un ehr Gesicht is vull Freud un Verwunnern. Man se is nich in Stand un seggen uck man een enkelte vernünftige Satz. Wat dar mit de König un sin Hofflüüd passeert is, hett ehr rein de Gedanken un de Spraak verslaan.

De König markt, wat mit ehr los is un versöcht un begööschen ehr, un dat duert uck nich lang', do glückt em dat, un as se wedder to sik kamen is, freut se sik nich minner as de König. – De Sünn is al lang' ünnergahn, man Elfriede markt dar nix vun, in ehr Freud denkt se gar nich mehr an Sneeflock un an't Nahuusgahn.

In't Slott warrn wieldes Dusend Lichten anfengt, un de Speegelwänne speegeln se so velfach t'rügg, Elfriede ward rein blennt. De König gifft Order, sin heele Hoff schall sik in'e Riekssaal versammeln, un as se all dar sünd, dreiht he sik na Elfriede un ward vertellen:

„Ik weer man eerst negentein Jahr oold, do bleev min Vadder doot, un ik wurr eenstimmig to sin Nafolger bestimmt. Man min Steefmudder, Königin Regine, harr mi nie nich utstahn kunnt, un as de dat nu to weeten kreeg, weer se rein as unklook vör Raasch, denn se harr sik heemlich dacht, wo ik noch so jung weer, se sülven schull oever dat Riek regeern. Se versöche denn allens un maken mi slecht in'e Ogen vun min Volk, un as ehr dat nich glücken dä, dach'e se, se wull mi un min Ünnerdanen mit de Hülp vun en Hexenmeister för alle Tieden verwünschen. Dat keem to'n Klappen bi en grote Fest, dar harr ik tostellt to för un fiern, dat ik nu up'e Thron kamen weer. As de Spaaß up sin höchste Punkt weer, oeverkeem uns all so'n gediegene Mattigkeit, un wi kunnen uns nich mehr ut'e Stä' roegen. Wat later wurrn wi ut düsse Mattigkeit heel un deel to Steen. Denn keem de Königin rin tosamen mit de Hexenmeister un bekeek sik vergnöögt ehr Wark. Se keem hen na mi un sä mit en höhnsche Lachen: ‚Sodennig scha'st du blieven för ewige Tieden, de dare Bann kann nie nich uphaven warrn – dat hest du nu darvun, un nu gah ik hen un haal mi dar de Lohn för. Dat Riek, 'nem du di vör korten de Herr vun nöömt hest, dat is nu min. Adjüs, wi sehn uns nie nich wedder!'

Darmit gung se rut, man de Hexenmeister, de sehg arig wat minschlicher ut as de Königin, de sä noch to mi, ehrer he gung: ‚De Bann oever di un din Volk *kann* uphaven warrn, man bloots up een Aart un Wies, un dat is, wenn en junge, unschüllige Jumfer di ut frie Stücken en Söten gifft. Man dar kannst du lang' up luern, denn all de Minschen in düt Riek sünd to Steen wurrn, un sodennig is dar keen Deern, de di erlösen kann.'

As he mi de dare wenig trööstliche Naricht mitdeelt harr, gung he de Königin achterna. Wodennig min Steefmudder denn regeert hett, weet ik nich, man ik nehm an, dat is man en ganz korte Tied we'n, denn in ehr blinne Iever un strafen mi harr se dar sachs nich an dacht, dat et all min Ünnerdanen jüst so gung as mi un dat se oever nix to regeern harr as luter Steenbiller."

Darmit is de König sin Vertellen to Enne. He snackt denn noch en paar Wöör ünner veer Ogen mit sin Hoffmeister, wünscht se all en gude Nacht un geiht in sin Stuuv.

En paar junge Deerns bringen Elfriede na de Stuven, de ehr todacht sünd, un as se ehr vergevs anbaden hebben un helpen ehr bi't Uttrecken, gahn se wedder weg. Dat eerste, wat Elfriede deit, as se alleen is, dat is, se dankt Gott, dat he ehr utkeken hett as Warktüüg för un erlösen en eddele König un sin ganze Volk vun en sware Hexenbann. Denn leggt se sik in dat weeke Bett un slöppt bald in, möö' un matt vun all dat Gediegene, wat se de Dag oever belevt hett.

De neegste Morrn ward se waak vun Pauken un Trumpetten, de ramentern in'e Slottshoff, un foorts kamen de junge Deerns rin un hebben in'e Hänne de kostbarste un smuckste Kleeder. De oevergeven se Elfriede mit Gröten vun'e König, se schull doch so guut we'n un nehmen de an. Se seggen uck, de König wull geern, dat se vundaag dat feinste Kleed antreckt. Dat is en purpurrode Sammtkleed mit en Kant vun Parlen un Eddelsteens. Elfriede deit natürlich, wonem de König um beden hett, un treckt dat feine Kleed an. Un as dat daan is, setten de Deerns ehr en Myrtenkranz in ehr blonne Locken un en oever de Maten kostbare Diadem.

Denn bringen se Elfriede na en grote Saal, 'nem de heele Hoff un de vörnehmste Lüüd in't Riek tohopen sünd. De Saal is utkleed't mit gollne Tapeten, un achtern stahn twee Thronsesseln. Up de eene darvun sitt de junge König mit sin Königsmantel an, de anner is leddig.

So draa as Elfriede sik wiesen deit, stiggt König Ingemund – dat is sin Naam – de stiggt dal vun sin Thron un geiht ehr in'e Mööt, nimmt ehr bi de Hand un geiht mit ehr na de leddige Thron. Dar blieven se beid stahn, un dat ward heel still, as wenn de Lüüd up wat luern. De König sülven brickt dat Swiegen un snackt sodennig to de versammelte Lüüd:

„True Ünnerdanen! Tweehunnert Jahr is dat her, dat wi toletzt hier tosamenkamen sünd. Dat is ju ja all man alltoguut bekannt, wat uns sörre de Tied dör min Steefmudder ehr Leegheit passeert is. Man dat is nich för un snacken vun dat, wat we'n is, dat ik ju nu tohopenrapen heff, man för un verkünnen ju dat Glück, wat uns nu bevörsteiht. I schoe'n weeten, min true Ünnerdanen, dat ik as min Fruu düsse Jumfer mi utsöcht heff, de hier vör ju steiht un de mi un ju all ut de sware Hexenbann erlöst hett, 'nem wi so lang' in fastseten hebben. Ik gloov, mit de dare Wahl maak ik wahr, wat I un ik uns wünschen, un en smuckere Fruu harr ik nie nich finnen kunnt."

En Demantkroon ward up Elfriede ehr Kopp sett, un de König bringt ehr rup na de Thron. Un denn geiht dar een Hurra-Ropen dör't heele Slott, 'nem dat Volk sin Freud un Begeistern mit wiest, un de hittste Gebeden för dat Glück vun dat junge Paar warrn na baven schickt.

***

De arme Schäperdochter is nu Königin wurrn oever en grote Volk un is de Fruu vun en König, de ehr leever hett as allens up'e Welt. Elfriede hett sik uck ümmer sin Leev weert wiest, un nie nich hett en Königspaar vun sin Volk mehr Leev un Ehr wiest kregen. Se sünd arig oold wurrn, un se hebben noch de Freud belevt, dat se's junge Soehn vun't Volk to Nafolger maakt wurrn is.

Man König Eduard is ümmer Jungkeerl bleven, denn dat Geheemnis vun de wunnerbare Melk is em ja nie nich verklookfiedelt wurrn, un dat hett so laten, as wenn Sneflock jüst so as Elfriede nich mehr in sin Riek weer, liekers he ievrig na se hett söken laten. Dar is dörgahns annahmen wurrn, dat se all beid umkamen weern. Un dat stimmt uck, sowied as dat Sneeflock bedröppt. Denn as se to Avend wedder oever de See swümmen un na Huus lopen schull, hett dat mitmal so'n gresige Storm geven, dat se nich bet na't anner Över hett kamen kunnt. De stackels Koh hett ümmer wedder versöcht un retten sik, man vergevs, se hett ehr Leven in'e Bülgen laten musst. Dat Schicksal hett dat sachs so wullt, dat se nich mehr leven schull, denn wo se för dar we'n is, dat hett se ja daan un hett up ehr Aart darto bidragen un erlösen König Ingemund un sin Riek ut'e Hexenbann.

Dat Swert, de Goldhöhner, de Goldlücht un de Goldharp

Dar is mal en arme Katenbuer we'n, de hett dree Soehns hatt. De beide öllsten sünd mit se's Vadder in Holt un Feld gahn un hebben em hulpen bi sin Arbeit. Man de lüttste Jung is to Huus bleven bi sin Mudder un hett ehr hulpen bi ehr Süßel. Darum hebben sin Bröder nix vun em holen, un se hebben em triezt, wannehr un wonem se man kunnen.

Na en Tied sünd de beide Katenlüüd dootbleven, un de dree Soehns moeten se's Arv deelen. Do geiht dat, as een sik dat al denken kann: De öllste Bröder nehmen sik dat, wat Weert hett, un laten nix na för se's jüngere Broder. As nu all dat anner updeelt is, steiht dar noch en ole, tweispreckte Backtrogg, de will nümms hebben. Do seggt een vun de Bröder: „De dare ole Trogg is jüst recht för unse jüngste Broder; de backt un slabbert ja geern." Na, denkt de Jung, dat is ja man en böös ringe Arvdeel, man he mutt sik dar sachs mit tofreden geven. Aver na de dare Dag dücht em liekers, dat lohnt sik nich un blieven noch to Huus; darum seggt he sin Bröder adjüs un treckt rut in'e Welt för un söken sin Glück. As he nu an'e Kant vun en grote See kümmt, kalfatert he sin Trogg mit Heed[1], do is dat en lütte Boot, un he maakt dar twee Knüppels an fast as Reemens. Denn pullt he afste'.

As de Jung oever de See schippert is, kümmt he na en grote Königshoff. Dar geiht he rin un seggt, he will geern mit de König snacken. De fraagt em: „Wat büst du för een, un wat wullt du?" De Jung antert:

---

[1] Heed = Werg, Abfälle bei der Flachs- und Hanfverarbeitung

„Ik bün en arme Katenjung, un ik heff nix up'e heele Welt as en ole Backtrogg, dat is min Arvdeel. Nu bün ik herkamen un söök en Deenst." As de König dat hört, lacht he un seggt: „Dat is denn ja man en bannig lütte Arv, wat du hest, man dat Glück geiht faken wunnerliche Weg'." Do ward de Jung denn upnahmen mang de König sin Bedeenters, un all moegen se em geern lieden, so forsch un flink as he is.

Nu mutt ik noch vertellen, de König, de de dare Königshoff tohören deit, de hett een enkelte Dochter. Se is so smuck un so klook, vun ehr Schönheit un Verstand snacken se in't heele Land, un do kamen dar Friers vun Oosten un vun Westen un woe'n ehr geern hebben. Man de Prinzessin will keen vun se nehmen, wenn se ehr nich as Bruutgeschenk veer feine Saken bringen koenen, de en Ries güntsiet de See tohören. De dare kostbare Saken sünd en gollne Swert, dree gollne Höhner, en gollne Lücht un en gollne Harp. En ganze Deel Ridders un Königssoehns sünd al los we'n för un halen de dare Kostbarkeiten; man keen vun se is wedderkamen, de Ries hett se al grepen un upfreten. Dat, dücht de König, is grote Schiet; he is bang', sin Dochter mutt ahn Mann leven un he sülven kriggt nie nich en Swiegersoehn, de mal dat Riek arven kann.

As de Jung darvun snacken hört, denkt he bi sik, dat weer sachs en Versöök weert un winnen de smucke Königsdochter. In so'n Gedanken geiht he een Dag na de König un mellt sin Warv an. Man de König ward füünsch un seggt: „Wodennig wullt du woll as eenfache Keerl dat klaar kriegen, wat bet nu noch keen Ridder schaft hett." Man de Jung blifft bi sin Meenen un fraagt um Verlööv un versöken sin Glück. As de König nu süht, wat he för'n Kraasch hett, beruhigt he sik wedder un gifft em Verlööv. Man he seggt: „Dat gellt din Leven, un ik wull di nich geern missen." Darmit gahn se ut'neen.

De Jung geiht dal an'e Seekant na sin Boot un kickt 'n vun alle Sieden nipp na. Denn pullt he torügg oever de See un leggt sik up'e Luer bi de Ries sin Huus. He blifft dar oever Nacht. Man de neegste Morrn, noch ehrer dat hell ward, geiht de Ries in sin Schüün un döscht, dat et in en wiede Krink in'e Bargen man so droehnt. As de Jung dat hört, sammelt he sik en Barg lütte Steens in sin Rucksack, klarrt dar rup up't Dack mit un maakt dar en lütte Lock in, dat he dalkieken kann. Nu hett de Ries ümmer sin gollne Swert bi sik, un dat dare Swert hett dat Afsünnerliche an sik, dat gifft ümmer en lude Klang vun sik, wenn he füünsch is. As de Ries nu düchtig an't Döschen is, smitt de Jung en lütte Steen, dat de up't Swert fallt, un do gifft dat en starke Klang. „Warum klingst du", fraagt de Ries vergrellt, „ik bün doch nich füünsch?" He döscht wieder, man do klingt dat Swert nochmal. De Ries döscht wedder, un dat Swert klingt dat drütte Mal. Do ward de Ries dull, snallt dat Swert af un smitt dat ut'e Schünendör. „Dar ligg", seggt he, „bet ik ferdig bün mit Döschen." Man de Jung töövt nich lang' af, he klarrt gau dal vun't Dack, snappt sik de Ries sin gollne Swert, löppt na sin Boot un pullt oever de See na güntsiet. Dar verstickt he sin Büüt un freut sik, dat de Saak so fein aflapen is.

De anner Dag maakt de Jung sin Rucksack vull mit Koorn, leggt en Dock Linnenbast in'e Boot un begifft sik wedder na de Ries sin Huus. As he dar nu en Tied up'e Luer legen hett, ward he wies, wo de Ries sin dree gollne Höhner an'e Strand lopen un se's

Feddern spreeden, dat blenkert arig in'e Sünn. Foorts is he dar, lockt de Goldhöhner ganz, ganz sachten un fuddert se mit Koorn ut sin Rucksack. As de Vageln denn bi sünd un freten, geiht de Jung ümmer dichter na't Water ran, un toletzt sünd all dree Goldhöhner in sin lütte Boot. Do löppt he gau hen, schüfft de Boot to Water un binnt de Goldhöhner tohopen mit Linnenbast. Denn pullt he gau afste' un verstickt sin Roov güntsiet.

De drütte Dag packt de Jung wecke Soltsteens in sin Rucksack un schippert wedder oever de See. As dat to Nacht geiht, ward he wies he, wo de Rook oever de Ries sin Huus küselt; un dat bedüüd't ja woll, de Ries sin Oolsch is bi un maken wat to eten.

De Jung klarrt nu rup up't Dack, pliert dal dör de Schosteen un süht, dar steiht en bannig grote Graap up't Füer un kaakt. Do kriggt he de Soltsteens ut sin Rucksack un lett se een na de anner in'e Graap fallen. Denn sliekert he sik dal vun't Dack un luert af, wat dar nu kümmt.

Na en Tied kriggt de Riesenoolsch ehr Graap vun't Füer, füllt de Grütt up un stellt dat Fatt up'e Disch. De Ries hett düchtig Smacht un geiht foorts bi un eten. As he nu de Grütt smeckt un markt, de is solt un bitter, steiht he up un ward bannig füünsch. De Oolsch will dat nich wahr hebben un meent, de Grütt is guut, man de Ries seggt, se schall sik man mal sülven wat kriegen; em is de Aptiet vergahn. Nu mutt de Oolsch denn sülven de Grütt smecken, man se treckt dar en böse Snuut bi, denn so'n leege Eten hett se noch nie nich kaakt.

De Riesenoolsch weet sik nu anners keen Raat as kaken frische Grütt för ehr Mann. Darum kriggt se sik de Ammer, nimmt de Goldlücht dal vun'e Wand un löppt gau na de Soot för un halen Water. As se nu de Lücht afstellt hett up'e Rand vun'e Soot un böögt sik dal för un trecken Water up, is de Jung dar, kriggt de Oolsch bi de Fööt, kippt ehr koppoever in'e Soot un snappt sik de feine Lücht. Denn neiht he ut un kümmt glücklich oever de See.

Wieldes sitt de Ries un wunnert sik, wat sin Oolsch buten so lang' maakt. Toletzt geiht he rut un kickt na; man dar is nix to seh'n, bloots so'n dumpe Planschen kümmt dar vun'e Soot. Do markt de Ries, sin Fruu is in'e Soot fullen, un kriggt ehr mit vel Mars wedder up't Dröge hulpen. „Wonem is min Goldlücht?" is de Ries sin eerste Fraag, as de Oolsch wedder en beten to sik kamen is. „Dat weet ik nich", seggt de Riesenfruu, „man mi düche, dar kreeg mi een bi de Fööt un smeet mi in'e Soot." Do ward de Ries rein schiet topass, un he seggt: „Dree vun min kostbare Saken heff ik nu al tosett. Nu heff ik bloots noch min Goldharp; man de schall he nich kriegen, de Hallunk, wokeen dat uck is. Ik will de Harp man insluten ünner twölf Sloet."

Wieldes sik düt bi de Ries afspelt, sitt de Jung güntsiet un freut sik, dat allens so fein aflapen is. Man nu is dat Swaarste noch na, de Ries sin gollne Harp faatkriegen. De Jung denkt lang' na, wat dar to doon is, man em fallt nix in. Darum denkt he, he will man oever de See na de Ries sin Huus schippern un dar afluern, um sik nich en Schangs beeden deit.

Seggt un daan: De Jung pullt oever de See un leggt sik up'e Luer. Man as dat so geiht, de Ries is up'e Posten, ward de Jung gewahr, löppt gau hen un kriggt em faat. „So, nu heff ik di, du Hallunk", seggt de Ries vergrellt, „dat is doch keen anner as du, de min Swert, min dree Goldhöhner un min Goldlücht klaut hett." Do ward de Jung bang', denn he denkt, sin letzte Stunn is kamen. He seggt heel benaut: „Laat mi doch dat Leven beholen, leeve Vadder, ik will uck nie mehr hierher kamen!" – „Nee, nee", seggt de Ries, „di schall dat jüst so gahn as de annern. Nümms kümmt mi lebennig ut'e Fingern." De Ries sparrt de Jung denn in in en Stieg[1] un fuddert em mit Noetkarns un söte Melk, dat he arig fett warrn schall, ehrer he slacht't un upfreten ward.

De Jung sitt nu inspunnt, itt un drinkt un maakt sik gude Daag. Dar vergeiht denn wat Tied, un de Ries will weeten, um he noch nich is fett nugg. Darum geiht he hen na de Stieg, bohrt en Lock in'e Wand un seggt to de Jung, he schall dar en Finger dörsteken. Man de markt Müüs un reckt darför en frisch afschellte Ellernpinn hen. De Ries snitt dar in, dat de rode Saft ut't Holt drüppelt. Do denkt he, de Bengel mutt sachs noch bannig mager we'n, wo he sik so hart anföhlt in't Lock. Nu lett de Ries em in sin Kaschott noch mehr söte Melk un Noetkarns geven as vörher.

Na en Tied geiht de Ries wedder na de Stieg un seggt, de Jung schall sin Finger dör dat Lock in'e Wand steken. Dütmal reckt de Jung en Kohlstilk hen, un de Ries snitt dar in mit sin Knief. Do meent he, de Bengel mutt nu fett nugg we'n, wo he so'n weeke Fleesch hett.

As denn de Morrn kümmt, seggt de Ries to sin Fruu: „Mudder, de Jung is fein fett, darum krieg em man

---

[1] Stieg = Stall für Kleinvieh (dän. sti)

un braa' em in'e Backaben. Ik will wieldes afste' un laden unse Frünnen in to Gastbott." Ja, de Oolsch will woll doon, wat ehr Mann segt hett, dat seggt se em to. Se bött denn de Aben an un lett 'n arig hitt warrn un grippt sik denn de Jung, dat se em braden will. „Sett di up'e Broodschuver!" seggt de Riesenoolsch; de Jung deit dat. Man as de Oolsch denn de Stoel vun'e Schuver anlücht't, trünnelt he ümmer dal, un sodennig geiht dat woll en teinmal. Toletzt ward de Riesenoolsch argerlich un schimpt oever sin Tüffeligkeit. Man de Jung entschülligt sik, he weet nich, wodennig he recht sitten schall. „Tööv man, ik wies di dat", seggt de Oolsch un sett sik sülven up'e Broodschuver mit krumme Rügg un antrockene Kneen. Knapp is se dar rupkamen, do is de Jung bi de Hand, kriggt de Stoel faat, schüfft de Oolsch rin in'e Aben un maakt de Abenluuk to. Denn kriggt he de Riesenoolsch ehr Pelz her, stoppt 'n ut mit Stroh un leggt 'n up't Bett. Denn snappt he sik de Ries sin grote Sloetelbund, slütt de twölf Sloet up, grapst sik de smucke Goldharp un süht to un kamen dal na sin Boot, de liggt dar verstaken in't Reet.

Na en Wiel kümmt de Ries wedder na Huus. „Wonem mag Mudder woll we'n", denkt he bi sik, as sin Fruu nich to seh'n is. „Na, se hett sik en beten dalleggt un ruht sik ut, harr ik mi ja denken kunnt." Man de Oolsch slöppt un slöppt un will un will gar nich wedder waak warrn, wo doch de Festgäste bald kamen. De Ries geiht nu hen för un wecken ehr un röppt: „Mudder, kumm hooch!" Man keeneen antert. He röppt nochmal, man dar kümmt ümmer noch nix. Do ward de Ries vergrellt un schüddelt düchtig de Pelz, de dar in't Bett liggt. Nu markt he eerst, dat dat gar nich sin Oolsch is, man en Strohpopp, 'nem een ehr Tüüg oevertrocken hett. As he dat wies ward, ward de Ries ahnhaftig un löppt hen un kieken na sin Goldharp. Man dat Sloetelbund is weg, de twölf Sloet sünd up un de Goldharp is weg. Un as he toletzt na de Abenluuk geiht un na dat Eten för't Gastbott seh'n will, kiek, do sitt dar sin Oolsch braden in'e Aben un grient em in'e Mööt.

Nu ward de Ries rein unklook vör Kummer un Raasch, un he raast na buten un will de een bipulen, de em dat allens andaan hett. As he an'e Strand kümmt, süht he, wo de Jung in sin Boot sitt un up'e Harp spelt; un de Musik klingt oever't Water, un de gollne Sieten blenkern fein in'e Sünn. De Ries springt nu in'e See un will de Jung griepen; man dat is to deep, sogar för em. Do leggt he sik dal un geiht bi un supen, dat he dat Water lenzen will. As he dar mit alle Macht drinkt, gifft dat so'n Stroom, dat de lütte Boot ümmer neeger na't Land kümmt. Man jüst as de Ries 'n faatnehmen will, hett he to vel drunken, un do basst he. Dat is de Ries sin Dood.

De Ries blifft nu doot an Land liggen; man de Jung pullt fideel un munter torügg oever de See. As he an'e Strand ankümmt, kämmt he sin smucke gele Haar, treckt sik feine Tüüg an, binnt sik de Ries sin gollne Swert um, nimmt de Goldharp in'e eene Hand un de Goldlücht in'e anner, lockt de Goldhöhner achter sik her, un sodennig utstaffeert geiht he rup in'e Saal, 'nem de König mit sin Lüüd to Disch sitt. As de König de forsche Bengel wies ward, freut he sik un kickt em mit bliede Ogen an. Man de Jung geiht hen na de smucke Königsdochter, grötet ehr, as sik dat hört, un leggt de Ries sin kostbare Saken vör ehr dal. Nu gifft dat grote Freud an'e König sin heele Hoff, dat de Prinzessin de Ries sin kostbare Saken wunnen un denn noch so'n smucke un forsche Brüdigam kregen hett. De König lett denn sin Dochter ehr Hochtied mit grote Staat un Stahoi[1] fiern. Un as de ole König dootbleven is, hebben se de Jung as König oever't Land annahmen, un he hett dar noch lang' levt. Man dar bün ik nich mehr mit bi we'n.

---

[1] Stahoi = Aufwand, Aufstand (dän. ståhej)

De Kaat mit en Dack vun idel Kees

Wied weg up en Barg in't Holt hett mal en leege Hex huust, de hett so bannig geern Kinnerfleesch eten mucht. Darum hett se ehr Kaat mit Kees deckt, dat se dar de lütte Jungs un Deerns, de dar in'e Gegend rumlapen sünd, hett mit anlocken wullt. Un wenn se denn wecke Kinner faatkregen hett, hett se se braa'n in'e Backaben un denn upfreten.

Nich wied darvun af hett en arme Katenbuer wahnt, de hett en Jung un en Deern hatt. Nu is dat mal knapp mit Eten in't Huus, un do seggt de Katenbuer to sin Kinner, se schoe'n to Holts gahn un wecke Ber'n plöcken. Do gahn Broder un Süster afste' un kamen toletzt na de dare hoge Barg. Dar warrn se en Kaat wies, dar besteiht dat Dack vun ut luter Kees. Do raatslaan de Kinner mit'nanner un oeverleggen, se woe'n geern wat vun de dare feine Keesen hebben.

De Jung schall nu sin Glück versöken un krabbelt sachen rup up't Dack. Man as de Hexenoolsch dar wat hört, röppt se: „Wokeen knabbert dar an min Dack?" De Jung antert mit piepsige Stimm: „Dat sünd man Gott sin lütte Engeln, bloots Gott sin lütte Engeln." – „Denn knabber man in Freden!" seggt de Hex. Do snappt de Jung sik en Stapel Keesen un kümmt denn heel wedder bi sin Süster an. De neegste Dag gahn de Katenkinner wedder na de Barg. Man nu will de Deern afsluut mit ehr Broder mit na de Hex ehr Kaat. De Jung will dat nich hebben, man dat helpt em nich. As se nu up't Katendack kamen un bigahn un plöcken vun de feine Keesen, röppt de Hexenoolsch: „Wokeen knabbert dar an mi Dack?" De Jung antert mit piepsige Stimm: „Dat sünd man Gott sin lütte Engeln, bloots Gott sin lütte Engeln." –

„Och ja, ja", sett de Deern darto. Do kriggt de Hex Macht oever de beide Kinner, dat Dack brickt dör, un se fallen koppoever dal in'e Stuuv.

„Ja, dat is wiss un wahr, I sünd wecke smucke Gott sin lütte Engeln", seggt de Oolsch, as de Kinner daltrünnelt kamen dör dat Dack. „Dat is ja fein", seggt se, „nu krieg ik mi en feine Braa'." Wat later fraagt se: „Wodennig slacht't ju's Mudder ehr Swiens?" – „Ja – se stickt se mit en Mess", seggt de Deern. „Och wat", verbetert ehr de Jung, „se nimmt en Dock Heed[1] un tüdelt se de um'e Hals." – „Dat will ik denn uck doon", seggt de Hexenoolsch. Se rullt en Dock Heed tohopen un wickelt 'n de Jung um'e Hals. Do fallt he um, as wenn he dood is. „Büst du nu doot?" fraagt de Hex. „Ja", seggt de Jung. „Nee", seggt de Oolsch, „du büst sachs nich richtig doot, anners kunnst du ja nich snacken." Do seggt de Jung: „Ik snack aver, denn bi min Mudder is dat ümmer so we'n, dat se nie nich hett ehr Swiens slacht't, ehrer se se fett maakt hett." – „Dat will ik denn uck doon", seggt de Hex.

De Oolsch nimmt nu de beide Kinner un sparrt se in en Stieg[2]. Wat later fraagt se: „Wodennig maakt ju's Mudder ehr Swiens denn fett?" – „Mit Sei[3] un Drank[4]", seggt de Deern. „Och wat", verbetert de Jung, „se mast't se mit Noetkarns un söte Melk." – „Dat will ik denn uck doon", seggt de Hex.

Een Dag geiht de Oolsch na de Stieg un will mal seh'n, um de Kinner al hebben guut Fleesch ansett.

---

[1] Heed = Werg, Abfälle beim Verarbeiten von Flachs oder Hanf
[2] Stieg = Stall für Kleinvieh (dän. sti)
[3] Sei = Treber
[4] Drank = flüssiger Küchenabfall für die Schweine

„Stek mal ju's Finger rut", röppt se, „dat ik föhlen kann, um I sünd nugg mast't." De Deern will ja doon, wat de Oolsch seggt hett; man de Jung schuppt ehr gau weg un hollt darför en Holtpinn hen. De Hex föhlt dar up un seggt: „I sünd ja noch vel to mager, ik will ju man noch en Tiedlang masten." Se gifft se denn dubbelt to vel Noetkarns un söte Melk as vörher, dat koenen se gar nich allens vertehren.

Na wecke Daag geiht de Oolsch wedder na de Stieg för un seh'n, um Broder un Süster hebben nugg Fleesch ansett. „Stek en Finger rut", röppt se, „dat ik kann ju's Fleesch föhlen." De Jung hollt nu en Kohlstilk hen, de hett he dar in'e Stieg funnen. De Hex snitt dar in mit ehr Knief un meent denn, de Kinner sünd düchtig fett. Do nimmt se se mit in ehr Kaat, 'nem de Backaben al anbött is un allens is t'recht för un braden se.

Denn seggt de Hex, een vun de beiden schall sik up'e Broodschuver setten. Do geiht de Deern hen un will doon, wat de Oolsch seggt hett; man de Jung schuppt ehr weg un sett sik dar sülven för hen. As de Hex em denn in'e Aben schuven will, stellt he sik bannig tüffelig an un trünnelt ümmer dal, wenn de Oolsch de Stoel faatnimmt. Dar ward de Hex bannig vergrellt oever. Man de Jung is swienplietsch un seggt woll so fein to ehr, denn schall se sik doch mal sülven up'e Broodschuver setten un em dat wiesen, denn geiht et dat neegste Mal sachs beter. De Oolsch deit, wat he seggt hett un sett sik up'e Abenschuver. Man de Jung is flink bi de Hand, he kriggt de Stoel faat, schüfft de Hex rin in'e Backaben un schottet de Abenluuk to.

De Katenkinner nehmen denn all de Kraam mit, wat dar is in'e Kaat, un gahn vergnöögt wedder torügg na se's Vadder. Man ik weet nich för wiss, um de Hex al is dörbraa'n, denn dar hett sachs nümms de Abenluuk upmaakt un nakeken.

Prinz Hoot ünner de Eerde

Dar is mal vör lange, lange Tied en König we'n, de hett dree Döchter hatt. De sünd oever de Maten smuck we'n un vel leevtaliger as anner Deerns, sowat hett dat nich nochmal geven, nich neeg bi un nich wied weg. Liekers is de jüngste Prinzessin de boeverste we'n, nich bloots vun't Utseh'n, man noch mehr, wat Hart un Minschenleev angeiht. Darför hebben all Lüüd ehr bannig geern hatt, un de König sülven hett ehr sin anner Döchter vörtrocken.

Nu is dar in'e Harvst mal Markt in'e Stadt nich wied vun'e Königshoff, un de König sülven will dar hen mit sin Lüüd. As he nu afste' schall, fraagt he sin Döchter, wat se sik wünschen, wat he se vun'e Markt mitbringen schall, denn dat is bi em ja ümmer so begäng, wenn he na Huus kümmt, bringt he se en Geschenk mit. Foorts fangen de öllste Prinzessinnen an un tellen allerhand kostbare Saken vun all Slag'en up; de eene will düt hebben un de anner dat, man de jüngste Prinzessin wünscht sik nix. Dar wunnert de König sik oever, un he fraagt, um se sik nich uck en Ring oder Ked oder anners wat Smuckes wünschen will. Man se seggt, se hett mehr as nugg an Gold un anner düre Kraam. As de König nu liekers biblifft un fragen, seggt se toletzt: „Ja, een Deel is dar, wat ik geern hebben wull, wenn ik mi man truu'n dä un be'n di dar um." – „Wat kann dat denn we'n?" fraagt de König. „Segg man, wat dat is, un wenn dat in min Macht steiht, scha'st du dat hebben." – „Ja", seggt de Prinzessin, „ik heff vun de dree singen Bläder snacken hört, un de wull ik geern hebben, leever as jichens wat anners up'e Welt." Do ward de König lachen, em dücht dat is doch en allto ringe Saak, 'nem se um beden deit. Toletzt seggt he:

„Ik kann nich jüst seggen, dat du utverschaamt büst mit din Wünschen, un ik harr leever sehn, du harrst mi um en gröttere Geschenk be'n. Man liekers scha'st du kriegen, wat du di wünschen deist, un wenn dat uck min halve Land un Riek gellen schull." – Denn seggt he adjüs to sin Döchter, stiggt to Perd mit sin Lüüd un ritt afste'.

As he nu henkümmt na de Stadt, 'nem de Markt afholen ward, is dar vel Volks ut alle Kanten vun't Land un en Barg frömde Kooplüüd, de beeden se's Waren an up'e Straat un up'e Marktplatz. Sodennig is dar keen Mangel an Gold oder Sülver oder anner düre Kraam, allens, wat een sik denken kann, un de König köfft darvun för sin beide öllste Döchter. Man wenn he uck vun Bood to Bood geiht un Kooplüüd fraagt ut Oosten un Westen, dar is keeneen de wat weet vun de dree singen Bläder, de he sin jüngste Dochter toseggt hett. Dat is em gar nich na de Mütz, denn he harr ehr doch uck geern en Freud maakt, jüst so as de anner beiden. Man wo he nu in de Saak wieder nix beschicken kann un dat ward uck al Avend, do lett he toletzt sin Perd sadeln, sammelt sin Lüüd tohopen un treckt vergrellt wedder na Huus to.

As he nu in deepe Gedanken up'e Weg na Huus is, hört he upmal Musik, so as vun Harpen un Sietenspill, un dat so oever de Maten smuck, sowat hett he in sin Leven noch nich hört. Dar wunnert he sik bannig oever, he hollt sin Perd an un hört to, un jo länger he tohört, jo leevlicher ward de Musik. Man dat is al meist düüster, un he kann nich klookkriegen, wonem dat herkümmt. Do besinnt he sik nich lang', he ritt up en grote gröne Wisch, 'nem de Musik herkümmt, un jo wieder he henkümmt, jo klarer un leevlicher klingt de Melodie em in'e Mööt. As he denn en Stück reden is, kümmt he toletzt na en Hasselbusch; ganz baven up'e Busch sünd dree gollne Bläder, de roegen sik af un to, un darbi gifft dat so'n leevliche Klang, dat lett sik gar nich beschrieven. Nu ward de König arig vergnöögt, denn he versteiht, dat sünd de dree singen Bläder, 'nem sin Dochter vun snackt hett. Do will he se foorts afplöcken, man so draa as he dar de Hand na utstreckt, trecken se sik t'rügg, un dar kümmt en ruge Stimm vun ünner de Busch: „Nimm de Fingern vun min Bläder!" Dar is de König nich wenig verbaast oever; man he kriggt sik bald wedder in un fraagt, wokeen dar is, un um he nich kann de Bläder kopen för Gold oder gude Wöör. De Stimm seggt: „Ik bün Prinz Hoot ünner de Eerde, un min Bläder kriggst du nich in Bösen un nich in Guden so, as du dat wullt. Man liekers maak ik di en anner Anbott." – „Un wat is dat för'n Anbott?" fraagt de König mit grote Iever. „Ja", seggt de Stimm, „min Anbott is, du scha'st mi dat eerste Leven toseggen, wat di in'e Mööt kümmt, wenn du na Huus na din Hoff kümmst." Sowat dücht de König en wunnerliche Vörslag, man denn denkt he an sin junge Dochter un wat he ehr toseggt hett, un do geiht he up de Prinz sin Anbott in. Do trecken de Twiegen sik nich mehr t'rügg, un he kann se afbreken un ritt froh wedder torügg na sin Lüüd. Man de heele Weg, de he rieden deit, hören de Bläder nich up mit Singen, se roegen sik af un to, un denn gifft dat en Klang un Spill, dat de Perde vör Freud danzen, un as de König na Huus kümmt, süht dat mehr ut na en Triumphtog as na en Marktreis.

To Huus an'e Königshoff sitten de Königsdöchter de heele Dag un sticken an Siedentüüg un snacken vun nix anners as de feine Geschenken, de se's Vadder se mitbringt vun'e Markt. As dat denn hen to Avend geiht, fraagt de jüngste Prinzessin, um se nich tosamen de Weg langgahn schoe'n, de se's Vadder kamen ward. „Nee", seggen ehr Süstern, „warum schull'n wi dat denn woll? Dat is al laat, un de Avenddau verdarvt unse siedenstickte Strümp." Man dar maakt de Jüngste sik keen Sorgen um, se seggt: „Wenn min Vörslag ju nich gefallt, denn bliev I man hier to Huus. Denn gah ik unse Vadder alleen in'e Mööt." Un se treckt ehr Mantel oever un geiht de Weg lang.

As se nu en lütte Stück gahn is, hört se dat Trampen vun Perde un de Larm vun Lüüd un Wapen, un darmang hört se de allerleevlichste Gesang, de een sik denken kann. Do ward se sik bannig freu'n, denn se weet, de dar kümmt, dat is ehr Vadder, un ehr is klaar, he hett de dree singen Bläder mit, 'nem se em um beden hett. Se löppt hen na em, fallt em um'e Hals un heet em vull Leev willkamen. Man as de König ehr wies ward, verfehrt he sik bannig; denn em fallt foorts in, wat he Prinz Hoot toseggt hett un dat he nu sin eegne Kind weglaavt hett. Darför kann he lange Tied nich snacken un nix seggen, as sin Dochter em fragen deit, warum he so bedrippst is. Toletzt vertellt he ehr allens, wodennig sik dat todragen hett mit de dree dree Bläder un dat he dat eerste Leven toseggt hett, wat em an sin Hoff in'e Mööt kümmt. Nu gifft dat en Jammer un en Truer, sowat is noch nich dar we'n, un an trurigsten is de König sülven. Man dat Enne is, he ritt wedder hen na de Wisch un lett sin Dochter dar bi de Hasselbusch, un em dücht, em hett nu en Mallöör drapen, dat kann nie nich wedder guutmaakt warrn.

Nu laten wi man de König mit sin Lüüd na Huus rieden un gahn mit de junge Prinzessin, wo se dar sitt un weent bi de gröne Busch. Se hett dar noch nich lang' seten, do deit sik mitmal de Grund up, un se kümmt dal in en grote Saal ünner de Eerde. Man de dare Saal is nich as anner Saalen, de is vel, vel prachtvuller, utstaffeert mit Gold un Sülver un up elkeen Wies upputzt; man dat schient, as wenn dar gar keen Minschen sünd. De Königsdochter kickt sik de ganze Herrlichkeit verwunnert an, un darbi vergitt se meist ehr Kummer, un as se toletzt möö' ward, leggt se sik dal up en Bett, dat is maakt mit Deken un Lakens, witter as de wittste Snee. Man se liggt dar noch nich lang', do geiht de Dör up, un en Mann kümmt rin, geiht hen na dat Bett, heet ehr mit vel fründliche Wöör willkamen un seggt, he is de Herr oever de dare Saal, denn he is Prinz Hoot. De Prinz sett darto, em is dat vun en leege Hex upleggt wurrn, he dörv sik nie nich vör en Minsch wiesen, darum kann he bloots bi Nacht kamen, wenn't düüster is. Man wenn se sin Fruu warrn un em truu we'n will, schall dat upletzt allens anners warrn. Darmit leggt he sik dal up't Bett, un nich lang', do slöppt he. Man fröh an'e Morrn, so draa as dat hell warrn will, steiht he up, geiht weg vun sin junge Bruut un kümmt eerst laat an'e Avend wedder.

Sodennig vergeiht dar en ganze Tied. De Königsdochter sitt in'e feine Saal, un allens, wat se sik man wünschen deit, dat kriggt se; un is se trurig, mutt se bloots de dree singen Bläder anhör'n, denn is se wedder fein toweg'. As denn een Jahr rum is, kriggt se en smucke lütte Jung. Do dücht ehr, nu geiht ehr dat noch vel beter as vörher, un de Dag oever deit se nix anners as smusen mit de Lütte un lengen na ehr Leevste, Prinz Hoot. Man een Avend kümmt de Prinz later na Huus as anners. As he denn toletzt kümmt, fraagt de Prinzessin em vull Unruh, wonem he solang' we'n is. „Ja", seggt de Prinz, „ik kaam vun din Vadder sin Hoff, un vun dar heff ik arig wat Nües mitbröcht. De König hett sik en nüe Königin kregen, un wenn du Lust hest, kannst du henreisen to Hochtied un unse lütte Soehn mitnehmen." Dat, dücht de Prinzessin, is mal en gude Vörslag, un se kann ehr Mann nich dankbar nugg we'n, dat he so nett is to ehr. „Man een Deel musst du mi toseggen", sett de Prinz noch hento, „dat du di jo nich verlocken lettst un min Geheemnis verraden deist." Ja, dat seggt de Prinzessin em to, un darmit is de Saak afmaakt.

De neegste Morrn treckt de Königsdochter sik feine Tüüg an un gollne Keden un Ringen un maakt sik paraat un fahren to Hochtied. As denn allens torecht is, kümmt dar en gollne Kutsch vörfahrt, dar sett se sik rin mit ehr lütte Soehn, un denn geiht dat afste' oever Barg un Slunk, un in Null Komma nix is se dar. In'e Hochtiedssaal sünd de Gäste al versammelt, un dar ward Hochtied fiert, dat dat man so'n Aart hett. As nu de Prinzessin rinkümmt, is dar natürlich grote Freud. De König sülven steiht up vun sin Thron un nimmt ehr vun Harten in'e Arms, un uck sin Fruu, de Königin, un de beide Prinzessinnen; all gahn se ehr in'e Mööt un heeten ehr vun Harten willkamen in'e Heimat.

As denn dat eerste Begröten oeverstahn is, warrn de König un de Königin de Prinzessin na düt un dat fragen; man vör allen will de Königin wat weeten vun Prinz Hoot, wokeen he is un wodennig he sik hett gegen ehr. De Königsdochter will nich recht rut mit de Spraak, un dat is licht to marken, se snackt dar nich geern oever. Man so vel nieschieriger ward de

Königin. As de Steefmudder nu nich upholen will mit ehr Fragerie, ward de König toletzt vergrellt un seggt: „Leev Harten, wat geiht uns dat an? Dat is doch nugg, dat min Dochter tofreden un glücklich is." Do seggt de Königin eerstmal nix mehr; man knapp dreiht de König ehr de Rügg to, do fangt se foorts wedder an mit ehr doesige Fragerie.

As de Hochtied denn al en ganze Reeg vun Daag duert hett, ward de Prinzessin lengen na to Huus. Foorts fahrt de Kutsch wedder vör, de Königsdochter sett sik dar rin mit ehr lütte Soehn, seggt ehr Lüüd adjüs, un denn geiht dat afste' oever Barg un Slunk, bet se bi de gröne Busch sünd. Dar stiggt se ut un kümmt dal in dat Eerdslott; un de dree Bläder spelen so fein, dat dücht ehr vel beter dar ünner de Eerde as an de König sin Hoff. Man noch leever is ehr dat to Avend, wenn Prinz Hoot na Huus kümmt un ehr willkamen heet un vertellt, he hett ümmerto bloots an ehr denken kunnt, bi Dag un bi Nacht.

Na nochmal een Jahr kriggt de Königsdochter wedder en lütte Jung. Nu, dücht ehr, is se noch glücklicher as vörher, un nie nich deit se wat anners as spelen mit ehr lütte Kinner, hören na de dree singen Bläder un lengen na ehr Mann, wenn he nich dar is. Do blifft de Prinz een Avend mal länger weg as gewöhnlich. As he upletzt denn kümmt, fraagt de Prinzessin, wonem he so lang' we'n is. „Ja", seggt de Prinz, „ik kaam vun din Vadder sin Hoff, un vun dar heff ik arig wat Nües mitbröcht: Din öllste Süster schall sik verheiraden mit en frömde Königssoehn, un wenn du wullt, kannst du henreisen to Hochtied un unse Kinner mitnehmen." Dat, dücht de Prinzessin, is mal en gude Vörslag, un se kann ehr Mann nich dankbar nugg we'n, dat he so nett is to ehr.

„Man een Deel musst du mi toseggen", sett de Prinz noch hento, „dat du di jo nich verlocken lettst un verraden min Geheemnis." Ja, dat seggt de Prinzessin em to, un darmit is de Saak afmaakt.

De neegste Morrn treckt de Königsdochter sik feine Tüüg an un gollne Keden un Ringen un maakt sik paraat un fahren to Hochtied. As denn allens torecht is, kümmt de vergold'te Kutsch vörfahrt, de Königsdochter sett sik rin mit ehr lütte Kinner, un denn geiht dat afste' oever Barg un Slunk, un in Null Komma nix is se dar. In'e Hochtiedssaal sünd de Gäste al versammelt, un dar ward Hochtied fiert, dat dat man so'n Aart hett. As nu de Prinzessin rinkümmt, gifft dat natürlich en grote Stahoi[1]. De König sülven steiht up vun sin Thron un nimmt ehr vun Harten in'e Arms, un uck sin Fruu, de Königin, un de Bruut un de Brüdigam un de Hochtiedsgäste; all heeten se ehr willkamen un koenen gar nich seggen, wo dull se sik freu'n un seh'n ehr wedder.

As denn dat eerste Begröten vörbi is, ward de Königin wedder ehr Steefdochter na düt un dat fragen, wodennig ehr dat geiht; man vör allen will se wat weeten vun Prinz Hoot, wodennig he utsüht un wodennig he sik hett gegen ehr. De Prinzessin seggt dar man wenig to, denn se denkt dar an, wat ehr Mann seggt hett. Man so vel nieschieriger ward ehr Steefmudder. As de Königin nu nich upholen will mit ehr ehr doesige Fragen, ward de König toletzt vergrellt un seggt: „Leev Harten, wat geiht uns dat allens an? Dat is doch nugg, dat min Dochter tofreden un glücklich is." Do seggt de Königin eerstmal nix mehr; man so draa de König ehr de Rügg todreiht,

---

[1] Stahoi = Aufstand, Aufhebens (dän. ståhej)

fangt se foorts wedder an mit ehr Fragerie, wenn se uck man wenig to hören kriggt vun dat, wat se weeten will.

Sodennig vergahn dar wecke Daag; de Hochtied geiht to Enne, un de Königsdochter ward bi lütten lengen na ehr Tohuus. Foorts kümmt de Kutsch vörfahrt, de Prinzessin seggt ehr Lüüd adjüs, stiggt in mit ehr lütte Kinner, un denn geiht et afste' in susen Fahrt, bet se wedder bi de gröne Busch sünd. Dar stiggt se ut un kümmt dal in't Eerdslott; un de dree Bläder spelen so fein, dat dücht ehr vel beter dar ünner de Eerde as an ehr Vadder sin Hoff. Man noch leever is ehr dat to Avend, as Prinz Hoot na Huus kümmt un ehr mit veel Leev begröten deit un vertellt, wo sin Gedanken ümmer bloots bi ehr we'n sünd, fröh oder laat.

As denn noch en Jahr rum is, kriggt de Königsdochter wedder en Kind, dütmal en lütte Deern mit rode Backen, de allersmuckste Lütte, de een sik man denken kann. Nu dücht ehr, se hett allens, 'nem een sik to freu'n kann, un de Dag oever deit se nix anners as spelen mit ehr lütte Kinner, hören na de dree singen Bläder un lengen na ehr Mann. Do kümmt de Prinz mal een Avend vel later an'e Borg, as he dat för gewöhnlich deit. As he do rinkümmt, fraagt de Prinzessin ganz hiddelig: „Min Hartensleevste, wonem büst du so lang' we'n? Ik heff mit Bangen un Unruh up di luert." – „Ja", seggt de Prinz, „ik kaam vun din Vadder sin Hoff, un dar heff ik arig wat Nües to weeten kregen: De Prinzessin, din anner Süster, hett nu uck en Brüdigam un schall sik verheiraden mit en frömde Königssoehn. Wenn du denn Lust hest, kannst du ja henfahr'n to Hochtied un unse Kinner mitnehmen." Dat, dücht de Königsdochter, is en gude Vörslag, un se kann ehr Mann nich dankbar nugg we'n, dat he ehr een Freud na de anner maakt. Denn seggt de Prinz nochmal: „Een Deel musst du mi verspreken, dat du nich min Geheemnis verraden deist, anners gifft dat en grote Mallöör för uns beide." Ja, de Prinzessin seggt em to, se will em för wiss nix toweddern doon, un darmit is de Saak afmaakt.

De neegste Dag treckt de Prinzessin wedder feine Tüüg an un gollne Keden un Ringen för de Hochtied. As allens torecht is, kümmt de vergold'te Kutsch vörfahrt, de Prinzessin stiggt in mit ehr dree lütte Kinner, un denn geiht dat afste' oever Barg un Slunk, bet se an'e Königshoff sünd. In'e Königssaal sünd de Gäste al versammelt, un de Hochtied ward fiert, dat et man so'n Aart hett. As nu de Prinzessin rinkümmt mit ehr lütte Kinner, do freu'n se sik all bannig. De ole König steiht up vun sin Thron un nimmt ehr mit grote Freud in'e Arms. Un uck sin Fruu, de Königin, un Bruut un Brüdigam un de Gäste, all heeten se ehr willkamen un freu'n sik un seh'n ehr wedder.

As nu dat eerste Begröten vörbi is, fangt de Königin wedder an mit ehr Fragerie na Prinz Hoot, wokeen he is un wodennig he sik hett gegen ehr; man de Königsdochter will nich recht rut mit de Spraak un seggt nich vel to ehr Fragen. As de Steefmudder nu süht, de Prinzessin is up'e Posten, grippt se to Knep, wat achtertücksche Fruunslüüd ja geern doon, wiel dat se dar nich vun afgahn woe'n, wat se sik vörnahmen hebben. Se fangt an un snackt wied un breet vun de Prinzessin ehr Kinner, de dar up'e Del vun'e Saal spelen, wo plietsch se sünd un wat för'n Glück de Königsdochter hett un hebben so'n Kinner. Se seggt, de slaan ja sachs na se's Vadder, un Prinz Hoot mutt ja woll en bannig smucke junge Mann

105

we'n. Nu is en Mudder ehr Hart ja ümmer licht to besnirren, un do lett de Prinzessin sik oeverdüveln vun ehr falsche Snack, un as een Woort dat anner gifft, gesteiht se upletzt in, se weet nich, um de Prinz smuck is oder grimmig, denn se hett em noch nie nich sehn.

Do fallt de Königin ehr foorts in't Woort un sleit de Hänne tohopen un schimpt luut up'e Prinz, dat he hett sowat vör sin Fruu heemlich holen kunnt. „Un dat mutt ik ja seggen", sett se darto, „dar büst du ja ganz anners as anner Fruunslüüd, dat du di dar keen Klaarheit verschafft hest." Ja, dat Enne vun't Leed is, as ja mit to reken weer, de Prinzessin vergitt, wat ehr Mann to ehr seggt hett, un vertellt allens, wat se weet, un fraagt ehr Steefmudder um Raat, wat se doon schall för un kriegen ehr Mann mal to seh'n. Dar hett de Königin jüst up luert. Darum lett se sik nich lang' beden, man seggt, se will sik en Utweg infallen laten, ehrer se ut'neen gahn.

Denn vergahn dar en paar Daag; de Hochtied geiht to Enne, un de Königsdochter lengt bi lütten na Huus. As se afste' schall, nimmt ehr Steefmudder ehr bisiet un seggt: „Hier hest du en Ring, en Füerstahl mit en Flintsteen un en Licht. Wenn du denn mal din Mann seh'n wullt, as he würklich is, denn slaa Füer dör de Ring un stek dat Licht an. Man pass up, dat du em nich waak maakst!" Ja, de Prinzessin bedankt sik velmals för dat Geschenk un seggt, se will allens so maken, as ehr Steefmudder ehr dat lehrt hett. Denn seggt se adjüs to ehr Lüüd, sett sik in'e Kutsch mit ehr dree Kinner, un denn geiht dat so fix afste', in Null Komma nix sünd se bi de gröne Busch. Dar stiggt se ut un geiht dal. Man wat de Bläder uck spelen un so smuck un fein dat ümmer noch allens is, se kann sik dar nich recht to freu'n. Denn se denkt dar bloots ümmer an, wodennig dat woll ward, wenn se ehr Mann in sin rechte Gestalt to seh'n kriggt.

Laat an'e Avend kümmt de Prinz na Huus so as ümmer. Do is dat een Hoeg, un Prinz Hoot vertellt, wo he de heele Tied ümmer bloots na ehr lengt hett, as se nich dar weer. Denn gahn se to Bett, un de Prinz fallt in en deepe Slaap. Knapp hett de Königsdochter dat markt, do steiht se up, sleit Füer dör de Ring, so as ehr Steefmudder ehr dat lehrt hett, un geiht sachen an't Bett ran, dat se ehr Leevste bekieken will. Een kann sik dat meist nich vörstellen, wo dull se sik freut, as se süht, dat is en smucke junge Mann, de dar vör ehr liggt. Se is sodennig ut'e Tüüt, se vergitt allens anner up'e Welt un kickt ümmer bloots em an, un jo länger se kickt, jo smucker dücht he ehr, un se is heel weg vör Leev. Man as se sik nu oever de Prinz böögt, wo he dar liggt un slöppt, hett se dat Mallöör, dat en hitte Drüpp dalleckt vun't Licht un fallt em up'e Bost, un he ward sik roegen. Do verfehrt de Prinzessin sik un will gau dat Licht utpuusten. Man dat is to laat; de Mann ward waak, springt verfehrt tohööcht un süht, wat se daan hett. In'e sülve Ogenblick swiegen de dree singen Bläder still, de smucke Saal ward to en Kuhl vull Slangen un Peiten[1], un de Prinz un de Königsdochter mit se's lütte Kinner stahn dar alleen merrn in'e düüstere Nacht. Man Prinz Hoot is – blind.

Nu ward de Königsdochter dat leed doon, wat se daan hett, un se fallt dal up'e Kneen vör ehr Mann un seggt ünner solte Tranen, he schall ehr doch man

---

[1] Peit = Kröte (dän. padde)

vergeven, wat se em andaan hett. Do seggt de Prinz: „Leeg hest du all min Leev lohnt; liekers will ik di dat nasehn, un nu liggt dat bi di, um du wullt mit din blinne junge Mann mitgahn oder wedder na Huus gahn na din ole Vadder." Bi de dare Wöör ward de Prinzessin noch duller weenen, dat de Tranen man ümmer so dallopen up'e Eerde. Se seggt: „Denn hest du mi nich vun Harten vergeven, wenn du fragen kannst, um ik mit di mitgahn will. Bi di will ik blieven, so lang' as ik leven do in düsse Welt." Darmit nimmt se Prinz Hoot bi de Hand, un se trecken weg vun de Saal ünner de gröne Busch. Man dat is en bannig trurige Anblick, as de Königsdochter mit ehr dree Kinner un ehr blinne Mann sik en Weg dör dat wille Holt söken mutt.

As se sodennig en lange Tied gahn sünd, kamen se toletzt an en gröne Stieg, de geiht liekut dör dat wööste Land. Do fraagt Prinz Hoot: „Min Leevste, kannst du wat seh'n?" – „Nee", seggt de Prinzessin, „ik seh nix as Holt un gröne Böme." Do gahn se wieder, un de Prinz fraagt nochmal: „Min Leevste, kannst du wat seh'n?" Un de Prinzessin seggt wedder: „Nee, ik seh ganz nix as dat gröne Holt." Toletzt fraagt de Prinz dat drütte Mal: „Min Leevste, kannst du ümmer noch nix seh'n?" De Königsdochter seggt: „Doch, mi dücht ik seh en grote Huus, un dat Dack blenkert, as wenn dat vun Kopper weer." Do seggt de Prinz: „Denn sünd wi bi min öllste Süster ehr Hoff. Nu musst du dar ringahn, ehr gröten vun mi un ehr beden, dat se unse öllste Soehn nimmt un em uptreckt, bet he utwussen is. Man sülven dörv ik nich ünner ehr Dack kamen, un du dörvst ehr uck nich hierher kamen laten na mi, anners moeten wi uns för ümmer scheeden." Ja, de Königsdochter deit, wat ehr Mann seggt hett, se geiht rin na de Hoff un bringt ehr Warv an, wenn ehr dat uck in't Hart snieden deit un geven ehr lütte Soehn weg. Denn geiht se wedder weg vun ehr Swiegersche, un dar is en grote Leev mang de beiden. Man so geern de Prinz sin Süster uck ehr Broder bemöten wull, de Königsdochter waagt dat nich un geven ehr Verlööv, wo ehr Mann ehr dat ja verbaden hett.

De Prinz un sin Fruu maken sik nu wedder up'e Weg un gahn en lange Enne dör Holt un Wildnis, bet se an en gröne Stieg kamen, de löppt dar liekut dör dat wööste Land. Do fraagt de Prinz wedder: „Min Leevste, kannst du wat seh'n?" – „Nee", seggt de Prinzessin, „ik seh nix as Holt un gröne Böme." Do gahn se noch en Stück, un de Prinz fraagt nochmal: „Min Leevste, kannst du wat seh'n?" De Prinzessin seggt wedder: „Nee, ik seh nix as dat gröne Holt." Upletzt fraagt de Prinz dat drütte Mal: „Min Leevste, kannst du noch nix seh'n?" – „Doch", seggt de Prinzessin, „mi dücht, ik seh en grote Huus, un dat Dack blenkert, as weer dat vun Sülver." Do seggt de Prinz: „Denn sünd wi bi min tweete Süster ehr Hoff. Nu musst du dar ringahn un ehr gröten vun mi un ehr beden, dat se unse tweete Soehn upnimmt un groottreckt, bet he utwussen is. Man sülven dörv ik nich ünner ehr Dack kamen, un du dörvst ehr uck nich hierher kamen laten na mi, anners moeten wi uns för ümmer scheeden." Ja, de Königsdochter deit, wat ehr Mann seggt hett, se geiht rin na de Hoff un bringt ehr Warv an, wenn ehr dat uck in't Hart snieden deit un geven ehr Kind weg. Denn geiht se wedder weg vun ehr Swiegersche, un dar is en grote Leev mang de beiden. Man so dull de Prinz sin Süster uck beden deit, dat se rutgahn dörv na ehr Broder, de Königsdochter waagt doch nich un geven ehr Verlööv, wo ehr Mann ehr dat ja verbaden hett.

De Prinz un sin Fru maken sik nu wedder up'e Weg, bet se an en lütte gröne Stieg kamen, de löppt liekut dör dat Holt. Do fraagt de Prinz wedder: „Min Leevste, kannst du wat seh'n?" – „Nee", seggt de Prinzessin, „ik seh nix as Holt un gröne Böme." Do gahn se noch en Stück, un de Prinz fraagt nochmal: „Min Leevste, kannst du nu wat seh'n?" De Prinzessin seggt wedder: „Nee, ik seh nix as dat gröne Holt." Upletzt fraagt Prinz Hoot dat drütte Mal: „Min Leevste, kannst du noch nix seh'n?" – „Doch", seggt de Prinzessin, „mi dücht, ik seh en grote Huus, un dat Dack blenkert as dat reine Gold." Do seggt de Prinz: „Denn sünd wi bi min jüngste Süster ehr Hoff. Nu musst du dar ringahn, gröten vun mi un ehr beden, dat se unse lütte Dochter upnimmt un groottreckt. Man sülven dörv ik nich ünner ehr Dack kamen, un du dörvst ehr uck nich hierher kamen laten na mi, anners moeten wi uns för ümmer scheeden."

De Königsdochter deit nu, wat ehr Mann seggt hett, se geiht rin na de Hoff, bringt ehr Warv an un ward up't allerbeste upnahmen vun de Prinz sin Süster. Denn will se foorts wedder weg. Man as se nu ehr letzte Kind weggeven schall, geiht ehr dat sodennig an't Mager, dat ehr rein dat Hart breken will vör Kummer, un se vergitt, wat de Prinz ehr verbaden hett un allens anner, rein för ehr eegne grote Truer. Do geiht ehr Swiegersche mit ehr mit, un se denkt dar nich an un verwehren ehr dat. As se nu henkamen na de Prinz, kann de Süster sik nich betähmen, se löppt hen, fallt em um'e Hals un weent solte Tranen. Man as Prinz Hoot markt, de Prinzessin hett wedder ehr Woort nich holen, wat se em geven hett, do ward he blass un röppt: „Och, min Leevste, dat harrst du nich doon schullt!" Un do kümmt dar en Wulk dal vun'e Heben, un Prinz Hoot verswinnt in'e Luft as en Vagel.

Nu kann een sik ja denken, wat dat för'n Truer un Jammer is för de beiden; de Königsdochter wringt de Hänne un will sik gar nich tröösten laten, denn se hett nu ja allens verlaren, wat ehr leev weer up düsse Welt; un de Prinz sin Süster truert nich vel minner. As se sik denn lang' wat vörjammert hebben, fangen se upletzt an un oeverleggen, wodennig se Prinz Hoot wedderfinnen koenen. Denn de Prinzessin will nich nalaten un söken em, un wenn dat uck oever de heele wiede Welt gahn schull. Do seggt de Prinz sin Süster: „Ik kann di bloots een Raat geven: Du musst hengahn na de grote Barg, de du dar oever't Holt seh'n kannst. Dar huust en ole Töversche, Bertha heet se. Se is wies up männig en Aart, un vellicht kann se di ja Bescheed geven." Ja, seggt de Königsdochter, dat will se doon, denn se will nie nich upholen un söken na ehr Mann, so lang as se up düsse Eerde gahn deit. Denn nimmt se in Leev Afscheed vun ehr Swiegersche un ward nu ganz alleen oever Barg un Slunk un Holt un Feld gahn, so as de Prinz sin Süster ehr dat seggt hett.

As dat al laat ward un se kann nich mehr gahn, ward se en lütte Licht wies, dat schemert up'e Barg. Do vergitt se, wo möö' as se is, un fummelt sik vörwarts oever Stock un Steen, bet se na en Höhl kümmt baven in'e Barg, un de Dör na de Höhl steiht apen. Dar binnen kann se seh'n, wo en ganze Slarrs Ünnereerdschen, Mannslüüd un Fruunslüüd, um dat Füer versammelt sünd, un ganz achtern sitt en ganz, ganz ole Oolsch un püßelt dar rum mit wat Lüttkraam. De Oolsch süht gresig ut, is lütt un bannig krumm vun't Öller; un darvun meent de Königsdochter, dat mutt sachs de ole Bertha we'n, 'nem de Prinz sin Süster vun snackt hett. Do besinnt se sik nich lang', se geiht rin in'e Höhl un grötet heel sachtmödig: „Gu'n Avend, leeve Mudder!" Do hoppen all de Ünnereerdschen tohööcht un sünd bannig verbaast oever un kriegen dar en Christenminsch to seh'n. Man de Töversche maakt en fründliche Gesicht un seggt: „Di uck gu'n Avend! Wat büst du för een, dat du hier ankümmst un so fein gröten deist? Ik sitt hier nu woll al fievhunnert Jahr, man bet nu hett noch nümms, vör di, mi de Ehr andaan un hett 'leeve Mudder' to mi seggt." Ja, de Königsdochter bringt ehr Warv vör un fraagt, um dat ole Fruunsminsch wat weet vun en verwünschte Prinz mit Naam Prinz Hoot ünner de Eerde. „Nee", seggt de Oolsch, „dar weet ik nix vun. Man wo du mi de Ehr andaan hest un hest 'leeve Mudder' to mi seggt, will ik di doch helpen. Du musst weeten, ik heff en Süster, de is mal so oold as ik, un vellicht weet se Raat." Dat, dücht de Königsdochter, is bannig fründlich vun ehr, un se bedankt sik för dat ole Fruunsminsch ehr gude Will. So blifft se denn Nacht in'e Barg, un de neegste Morrn schall een vun Mudder Bertha ehr Lütten ehr denn de Weg wiesen.

As dat denn Morrn ward un de Sünn geiht up, hett de Prinzessin dat hild un kamen wedder afste', un een vun de Ünnereerdschen schall mitgahn. As se denn Afscheed nimmt vun de ole Oolsch, do seggt de: „Vel Glück up'e Reis! Un allens Gude wünsch ik di, wenn ik dar uck nich mit reken do, dat wi uns nochmal weddersehn. Man liekers, wo du mi de Ehr wiest hest un hest 'leeve Mudder' to mi seggt, be' ik di, dat du düt Spinnrad annimmst to'n Andenken. Un so lang' as du dat dare Spinnrad hest, bruukst du nie nich Noot lieden, denn dat spinnt vun ganz alleen so vel Gaarn as negen annern." Ja, de Königsdochter bedankt sik för dat Geschenk, un dat is uck nich mehr as recht, denn dat dare Spinnrad is dör un dör vun idel Gold. Denn seggt se de Töveroolsch adjüs un maakt sik wedder up'e Padd un wannert oever Barg un deepe Slunken Gott sin heele lange Dag hendör. Man as dat denn laat an'e Avend ward, kamen se wedder an en hoge Barg, un dar schient baven en Licht as en Steern. Do seggt de Lütte: „Nu heff ik di de Weg wiest as verspraken. Hier wahnt Oma ehr Süster, un nu is dat Tied för mi un gahn wedder na Huus." Darmit glitt he sik af. Un de Prinzessin fummelt sik wieder oever Stock un Steen, bet se rup kümmt up'e Barg, un dar baven finnt se en Höhl, 'nem de Dör vun apen steiht, dat de Füerschien root dör't Düüster lücht't.

Do besinnt de Königsdochter sik nich lang', se geiht rin in'e Bargstuuv un ward dar en grote Slarrs Ün-nereerdschen wies, Mannslüüd un Fruunslüüd, de sitten dar um dat Füer. Man ganz wied binnen sitt en ganz, ganz ole Oolsch, un as dat schient, hett se dat Seggen oever all de annern. De Oolsch is man lütt un süht gresig ut un is so oold, dat se af un an mit'e Kopp wackelt. Darum denkt de Königsdochter sik, dat mutt sachs Mudder Bertha ehr Süster we'n, un darum geiht se rin un grötet heel ehrbödig: „Gu'n Avend, leeve Mudder!" Do jumpen all de Ünnereerd-schen tohööcht un sünd bannig verbaast oever un seh'n dar en Christenminsch. Man de Oolsch kickt ganz fründlich un seggt: „Di uck gu'n Avend! Wat büst du för een, dat du hier ankümmst un so fein gröten deist? Ik sitt hier nu woll al an dusend Jahr, man bet nu hett noch nümms, vör di, mi de Ehr andaan un hett ‚leeve Mudder' to mi seggt." Ja, de Königsdochter vertellt ehr, wokeen se is un bringt ehr Warv vör, um dat ole Fruunsminsch wat weet vun en verwünschte Prinz mit Naam Prinz Hoot ünner de Eerde. „Nee", seggt de Oolsch, „dar weet ik nix vun af. Man wo du mi de Ehr andaan hest un hest ‚leeve Mudder' to mi seggt, will ik di doch helpen, so guut ik kann. Ik heff noch en Süster, de is mal so oold as ik, un vellicht weet de Raat." Dat, dücht de Königsdochter, is guut antert, un se bedankt sik för de Oolsch ehr gude Will. Se blifft denn Nacht in'e Barg; un de neegste Dag schall een vun de Bargfruu ehr Lütten ehr de Weg wiesen.

As denn de Morrn kümmt un dat schummert, is de Prinzessin foorts paraat un gahn wedder afste', un een vun de Ünnereerdschen schall mitgahn. As se denn Afscheed nehmen mutt vun de Oolsch, seggt de: „Ik wünsch di vel Glück up din Reis, un na düssen kriegen wi uns sachs nümmer wedder to seh'n. Man liekers, wo du mi de Ehr andaan hest un hest ‚leeve Mudder' to mi seggt, be' ik di, dat du düsse Haspel as Geschenk annehmen deist. Un so lang' as du de dare Haspel hest, bruukst du nie nich Mangel lieden, denn de haspelt vun sülven all dat Gaarn, wat din Spinnrad spinnen deit." Ja, de Königsdochter bedankt sik velmals för dat kostbare Geschenk, denn de dare Haspel is nich as anner Haspeln, de is dör un dör vun idel Gold. Denn seggt se de Bargfruu adjüs un wannert wedder oever Barg un Slunk, Gott sin heele lange Dag hendör. Man as dat laat an'e Avend ward, kamen se wedder an en hoge Barg, un baven up schemert en Licht as en lütte, klare Steern.

Do seggt de lütte Ünnereerdsche: „Nu ward dat Tied för mi un gahn wedder na Huus; denn dar baven wahnt Oma ehr Süster, un denn kannst du de Weg ja nu alleen finnen." Darmit löppt he afste'. Un de Prinzessin fummelt sik wieder oever Stock un Steen, bet se rup kümmt up'e Barg. Dar baven finnt se en Bargstuuv, 'nem de Dör vun apen steiht, dat dat Füer dör dat pickswatte Düüster schient.

As se nu rinkümmt, ward se en ganze Barg Ünnereerdschen wies, Mannslüüd un Fruunslüüd, de sitten um dat Füer; man ganz wied binnen sitt en ganz, ganz ole Oolsch un püßelt dar mit wat Lüttkraam. Se is nich jüst smuck, richtig grimmig süht se ut, hett en ganz, ganz lange Näs, de stött mit ehr Kinn tosamen, un se is so oold, dat ehr Kopp ümmer vör un torügg geiht. Darum denkt de Prinzessin sik, dat mutt sachs Mudder Bertha ehr öllste Süster we'n. Darum geiht se vör un grötet heel ehrbödig: „Gu'n Avend, leeve Mudder!" Do springen all de Ünnereerdschen tohööcht un sünd bannig verbaast oever un seh'n dar en Christenminsch. Man de Oolsch maakt en fründliche Gesicht un seggt: „Di uck gu'n Avend! Wat büst du för een, dat du hierher kümmst un so fein gröten deist? Ik sitt hier nu al bi tweedusend Jahr; man bet nu hett mi noch nümms de Ehr andaan un hett ,leeve Mudder' to mi seggt." Ja, de Königsdochter vertellt, wokeen se is, bringt ehr Warv an un fraagt, um se nich wat weet vun en verwünschte Prinz mit Naam Prinz Hoot ünner de Eerde. Do ward de Oolsch bannig eernsthaftig utseh'n un denkt lang' na; toletzt seggt se: „Ja, ik heff vun Prinz Hoot vertellen hört un kann di seggen, wonem he sik uphollt. Man dat lohnt sik nich, dat du achter em ranlöppst, denn he is behext un hett di un allens anner vergeten." Man denn seggt se: „Aver wo du mi de Ehr andaan hest un seggen ‚leeve Mudder' to mi, will ik di doch helpen, so guut ik kann. Bliev du vunnacht man hier, un denn koenen wi morrn wieder snacken." Ja, dar is de Königsdochter mit inverstahn. Se bedankt sik darum vun Harten un blifft denn Nacht in'e Barg.

As denn de Morrn kümmt un in't Oosten ward dat schummern, is de Prinzessin wedder paraat un maken sik up'e Weg. As se do vun de Bargfruu Afscheed nehmen mutt, seggt de to ehr: „Wenn du vun hier recht mit de Sünn geihst, kümmst du upletzt na en grote Königshoff. Dar musst du ringahn un doon, wat ik di nu seggen will, denn dar wahnt de Königssoehn, din Leevste." De Oolsch gifft ehr denn en Barg gude Raatsläg, wodennig de Prinzessin sik in allens hebben schall. Toletzt seggt se: „Ik wünsch di nu Glück up'e Reis, un wi warrn uns hierna sachs nie nich wedder bemöten. Man liekers, wo du mi de Ehr andaan hest un hest ‚leeve Mudder' to mi seggt, be' ik di, dat du düsse Knipp annehmen wullt as Andenken un Geschenk." Un se langt de Prinzessin en prachtvulle Siedenknipp hen, de is dörweg stickt mit dat rodeste Gold. Man dat is mit düsse Knipp nich so as mit anner Knippen, denn de hett dat Afsünnerliche an sik, dat 'n ümmer vull is mit Sülvergeld, eendoont, wovel een dar rutnehmen deit. Ja, de Prinzessin bedankt sik för dat kostbare Geschenk, un se kann ja woll uck nich guut anners, un denn seggen se un de Bargfruu sik in grote Fründschop adjüs.

Dat löppt nu in allens so af, as de Oolsch dat seggt hett. As de Prinzessin bargup un bargdal un dör männig en gröne Holt wannert is, kümmt se toletzt na en ganz, ganz grote Königshoff, de is so oever de

Maten prachtvull, so wat hett de Königsdochter noch nich sehn up'e Welt. Nu hoegt se sik düchtig, dat se so dicht bi ehr Leevste is, un besinnt sik nich lang' un geiht dar rin. As se do de Slottspoort upmaakt, ward se en grote Fruunsminsch wies, de kümmt liek up ehr to, un de Fruu is so fein antrocken, dat de Prinzessin foorts versteiht, dat is de, de dat Seggen hett oever de Hoff. De Hex fraagt foorts: „Wokeen büst du, un wonem kümmst du her?" – „Ja", seggt de Prinzessin, „ik bün man bloots en arme, frömde Deern un bün herkamen, ik wull um en Deenst fragen." – „Och wat", seggt de anner, „du meenst woll ik schall elkeen in Deenst nehmen, de hier anlapen kümmt, wa'? Nee, nee, huul du man foorts wedder af!" Un darbi kickt de Oolsch so füünsch, dat de Prinzessin sik rein verjaagt. Man se faat't wedder Moot un seggt heel ünnernäsig: „Wenn't denn so is, mutt ik dat woll nehmen, as I dat woe'n. Man liekers much ik be'n, dat ik en paar Daag hier blieven un mi utruh'n dörv na min lange Wannern." – „Ja", seggt de Töveroolsch, „dat kannst kriegen. Du kannst in'e Goosstall liggen; dat is jüst en passen Harbarg för een as di." Dar blifft dat bi. De Hexenkönigin geiht weg; un de Prinzessin mutt in'e Goosstall wahnen, wieldes se sik utruht vun ehr lange Reis.

As de Prinzessin denn alleen is, deit se, wat de ole Bargfruu ehr seggt hett. Eerst schüert un schrubbt un fegt se in alle Ecken. Denn nimmt se ehr Spinnrad un spinnt dat allerfeinste Gaarn vun Gold un Sied. Denn kriggt se ehr Haspel her un haspelt dar Gaarn up un wevt Golddook un feine Siedentüüg un kleed't dar de heele Stuuv mit ut. Un se hollt nich up, ehrer de Goosstall to de nobelste Harbarg an'e heele Königshoff wurrn is. As dat klaar is, kriggt se ehr Siedenknipp her un geiht los un köfft wat to eten un Wittwien un Rootwien un wat et anners noch gifft för't Geld. Un denn geiht se bi un kaakt un braad't un discht up un stellt to to en Gastbott; vun uns is sachs nümms to en Fest we'n, wat uck man halv so prachtvull we'n is. Toletzt geiht se rup na de Königshoff un seggt, se wull geern mal mit de Königin snacken. Ja, de Hexenoolsch lett ehr henkamen na sik un fraagt, wat se will. „Ja", seggt de Prinzessin, „min Warv is, ik wull di un din Dochter beden, dat I mi de grote Ehr andoon un kamen vunavend bi mi mi to Gast." Süh, dat gefallt de Hexenkönigin, denn se hett al vertellen hört vun de grote Anstalten, de dar in't Gooshuus maakt sünd. Darum nimmt se de Prinzessin ehr Inladen an un seggt to un kamen to fastsette Tied.

As dat nu to Avend geiht un de Königin un ehr Steefdochter gahn dal na dat Gooshuus, do warrn se dar up't Beste upnahmen, un dar is tostellt to en Gastbott, dar is dat Enne vun weg. As se nu to Disch sitten un eten un drinken un laten sik dat guut gahn, kriggt de Prinzessin ehr gollne Spinnrad faat un geiht bi un spinnen. Do wunnert de Hexenkönigin sik bannig, un ehr dücht, so wat Kostbares hett se noch nie nich sehn. Un do fraagt se, um se nich kann dat dare Spinnrad kopen. „Nee", seggt de Prinzessin, „för Geld is dat nich to kriegen, un schenken do ik di dat uck nich. Man liekers", seggt se, „will ik di dat laten ünner een Bedingen." – „Un wat is dat för'n Bedingen?" fraagt de Hexenkönigin mit grote Iever. „Ja", seggt de Prinzessin, „min Bedingen is, dat ik vunnacht in een Stuuv mit din Brüdigam slapen dörv." Dat kümmt de Königin ja wat gediegen vör, un se spickeleert lang' na oever de Saak. Man se hett nu mal so'n grote Lust un kriegen dat dare Spinnrad un sitt oeverto vull vun all Slag'en vun Falsch, un do meent se, eenmal mag dat woll hengahn. Dat Enne vun't Leed is denn, de Oolsch kriggt dat Spinnrad, un de Königsdochter dörv de Nacht in desülve Kamer slapen as ehr Allerleevste, Prinz Hoot.

De Königin geiht denn wedder na Huus na de Königshoff un oeverleggt bi sik, wodennig se kann de beide junge Lüüd dat verpurren un snacken tohopen. Un do seggt se to ehr Steefdochter, se schall sik heemlich in de Prinz sin Slaapkamer upholen un fein uppassen, wat de frömde Fruu bi Nacht seggt oder deit. Denn schenkt se en Beker vull Wien, deit dar en Slaapmiddel rin un gifft 'n de Prinz. Un knapp hett he de Beker utdrunken, do fallt he in en deepe Slaap un hört un süht nix mehr. Do lacht de Hexenoolsch in ehr falsche Hart, bringt de Prinzessin rin in'e Slaapkamer as verspraken un meent, nu kann se geern mit de Prinz snacken so vel, as se Lust hett.

As de Königsdochter nu alleen is mit ehr Leevste, löppt se hen, fallt em vull Freud um'e Hals un seggt, wo dull se sik freut, dat se em nu upletzt funnen hett. Man de Prinz ward nich waak, he slöppt. Do ward se ganz, ganz trurig, röppt em mit vele Leevswöör un vertellt, wodennig se dör de heele Welt wannert is un hett em söcht. Man dar kümmt nix na, de Prinz seggt nix un antert nich. Do mutt de Prinzessin jo denken, he hett ehr nich mehr leev. Darum fallt se dal up'e Kneen, seggt, he schall ehr doch vergeven, wat se em allens andaan hett, un weent so dull, dat kunn en Steen to Harten gahn. Man de Prinz slöppt wieder un ward nich waak, so stark is de dare Slaapdrunk. Aver de Königin ehr Dochter liggt un hört elkeen Woort, wat dar snackt ward, un do deit de frömde Fruu ehr so leed, se hett nich dat Hart un verraden ehr an ehr leege Steefmudder.

Sodennig vergeiht de heele Nacht, un fröh morrns, noch ehrer dat Dag ward, kümmt de Hex in'e Prinz sin Kamer un will hören, wodennig de Saak steiht. De Königsdochter mutt nu wedder in ehr Gooshuus, un dar sitt se denn mit de Back in'e Hand stütt't un weent ümmer bloots ünner sik weg, dat de Tranen lopen as de klaarste Parlen. Man as de Hexenkönigin markt, ehr Knep hett glückt, freut se sik sodennig, se denkt, se will geern noch so'n Hannel afsluten, wenn sik dat mal so drapen deit. Se geiht denn wedder in ehr Stuuv un deit de heele Dag nix anners as spinnen up dat gollne Spinnrad. Man jüst so flink as de Faden up'e Spinnel löppt, so flink lopen uck ehr Gedanken, wat se sik noch all för leege Saken utklamüüstern kann.

As dat nu hen to Avend geiht, steiht de Prinzessin toletzt up, wischt sik de Tranen af un stellt to to en nüe Gastbott, noch kostbarer as dat Mal vörher. Denn geiht se rup na de Hoff un seggt, se will geern mit de Königin snacken. As se sik do denn wedder bemöten, fraagt de Königin heel fründlich, wat se will. „Ja", seggt de Prinzessin, „ik wull di un din Steefdochter beden un wiesen mi de grote Ehr un kamen uck vunavend bi mi to Gast." Dar dücht de Riesenkönigin düchtig wat um; un do nimmt se de Prinzessin ehr Inladen an un seggt to, se woe'n kamen.

As de Prinzessin un ehr Gäste nu wedder to Disch sitten un eten un drinken un laten sik dat guut gahn, do kriggt de Prinzessin ehr gollne Haspel faat un geiht bi un haspeln. Do wunnert de Hexenkönigin sik, ehr dücht, so wat Kostbares hett se noch nie nich sehn. Un do fraagt se, um se nich kann de dare Haspel kopen. „Nee", seggt de Prinzessin, „de is nich för Geld to kriegen un nich för gude Wöör. Liekers", seggt se, „will ik di de oeverlaten ünner een Bedingen." – „Un wat is dat för'n Bedingen?" fraagt de Hexenoolsch un is bannig ievrig. „Ja", seggt de Prinzessin, „min Bedingen is, dat ik noch en Nacht in een Stuuv mit din Brüdigam slapen dörv." Dat kümmt de Hexenoolsch gediegen vör; man liekers besinnt se sik nich lang', se seggt de Prinzessin dat to un meent, dat is sachs nich so gefährlich, se ward sachs Raat weeten. Dat Enne vun't Leed is, de Töversche kriggt de gollne Haspel, un de Königsdochter schall de Nacht in een Kamer slapen mit ehr Allerleevste, Prinz Hoot.

De Königin geiht denn wedder na Huus un spickeleert, wodennig se dat anstellen schall, dat de beide junge Lüüd nich mit'nanner snacken koenen. Un do seggt se to ehr Steefdochter, se schall sik in de Prinz sin Slaapkamer versteken un heemlich uppassen, wat de frömde Fruu allens upstellt. Denn schenkt se en Beker vull Wien, mengeleert dar en Slaapmiddel rin un gifft 'n de Prinz to drinken. Un knapp hett he de Beker leddig, do fallt he in en deepe Slaap un hört un süht nix mehr. Do freut de Hexenkönigin sik in ehr falsche Hart. Se geiht gau hen na de Prinzessin un bringt ehr in'e Kamer un seggt, nu kann se dar de Nacht blieven, as verspraken.

As de Königsdochter nu alleen is mit ehr Leevste, löppt se hen, fallt em vull Leev um'e Hals un seggt, wo dull se sik freut, dat se em nu upletzt funnen hett. Man de Prinz seggt nix un antert nich. Do ward se ganz, ganz trurig, röppt em mit vele Leevswöör un vertellt, wo se um'e heele Welt wannert is un hett em söcht. As de Prinz nu ümmer noch wieder slöppt, mutt de Prinzessin ja denken, he hett ehr nich mehr leev. Darum fallt se dal up'e Kneen un seggt, he schall ehr doch vergeven, wat se em allens andaan hett, un weent so dull, ehr will rein dat Hart bassen vör Kummer. Dat kriggt de Hexenkönigin ehr Dochter allens mit in ehr Verstek dar in'e Kamer, un do doon de beide Königskinner ehr so leed, se fangt an un spickeleern, wodennig se se ut ehr Steefmudder ehr Gewalt erlösen schall. Man de Prinz slöppt ümmerto un ward nich waak, so stark is de dare Slaapdrunk, de he kregen hett.

Sodennig vergeiht de heele Nacht, un fröh morrns, noch ehrer dat schummern ward, kümmt de Hexenkönigin in'e Prinz sin Kamer un will hören, wodennig de Saak steiht. De Königsdochter mutt nu wedder in ehr Gooshuus, un dar sitt se denn un weent ümmer bloots ünner sik weg, dat de Tranen man ümmer so dallopen. Man as de Riesenkönigin denn hört vun de Prinz sin Slaap un wodennig all dat anner aflapen is, freut se sik sodennig, se denkt, se will geern noch so'n Hannel afsluten, wenn't denn angahn kann. Se geiht denn wedder in ehr Stuuv un deit de heele Dag nix anners as haspeln up'e gollne Haspel. Man jüst so flink as de Faden up'e Haspel löppt, so flink lopen uck ehr Gedanken, wat se sik noch all för leege Saken utklamüüstern kann.

As dat hen to Avend geiht, steiht de Königsdochter denn up, wischt sik de Tranen af un stellt to to en Gastbott, noch vel, vel kostbarer as vörher. Denn geiht se rup na de Hoff un will geern mit de Königin snacken. As se sik nu wedder bemöten, fraagt de Hex heel fründlich, wat se will. „Ja", seggt de Prinzessin,

„ik wull di un din Steefdochter beden un wiesen mi nochmal de grote Ehr un kamen bi mi to Gast." Ja, so wat gefallt de Hexenkönigin guut; darum nimmt se de Prinzessin ehr Inladen an un seggt ehr to, se woe'n kamen.

As de Königsdochter un ehr Gäste nu wedder to Disch sitten un eten un drinken un laten sik dat guut gahn, do kriggt de Prinzessin ehr Siedenknipp her un wiest, de is ümmer vull Geld, eendoont wovel een dar rutnehmen deit. Dar wunnert de Riesenkönigin sik bannig oever un meent, dat dare Ding is noch kostbarer, as allens, wat se jichens sehn hett. Un se fraagt, um se nich kann de dare Knipp kopen. „Nee", seggt de Prinzessin, „de is nich för Geld to kriegen un nich för gude Wöör. Liekers", seggt se, „will ik di de laten ünner een Bedingen." – „Un wat is dat för'n Bedingen?" fraagt de Hexenkönigin ganz ievrig. „Ja", seggt de Prinzessin, „dat ik noch en Nacht in een Kamer slapen dörv mit din Brüdigam." Wo de Hexenkönigin nu dücht, se will nix so geern hebben as de dare gollne Knipp, besinnt se sik nich lang', se geiht foorts in up'e Hannel. Do maken se denn af, de Königin kriggt de Knipp, un de Königsdochter schall noch en Nacht in een Kamer slapen mit ehr Allerleevste.

De Königin geiht denn t'rügg mit de dare Bescheed un denkt dar bloots an, wodennig se dat torechtkriggt, dat de beide junge Lüüd nich mitn'anner snacken koenen. Un do seggt se ehr Steefdochter Bescheed, se schall sik wedder in'e Prinz sin Slaapkamer versteken un nipp uppassen up allens, wat de frömde Fruu upstellt. Denn schenkt se en Beker vull Wien un gifft 'n ehr Brüdigam to drinken. Man as de Prinz do de Beker faat nimmt, ward he wies, wo de

Hexenkönigin ehr Dochter dar steiht un em bedüüd't, he schall sik in Acht nehmen. Do geiht em en Licht up, un he ward dar an denken, wat för'n wunnerliche Slaap em ümmer oeverfallt, un allerhand anner gediegene Kraam. Un do nimmt he de Beker un deit so, as wenn he drinkt, man as de Hexenoolsch em de Rügg todreiht, kippt he de Drunk heemlich weg. Denn loehnt he sik torügg, as wenn he deep inslapen is. Un as de Königin dat wies ward, lacht se in ehr falsche Hart un denkt, allens is in'e Reeg. Se geiht denn hen na de Königsdochter, bringt ehr in'e Kamer un meent, nu kann se geern mit de Prinz snacken, de hört ehr ja doch nich.

As de Königsdochter nu wedder alleen is mit Prinz Hoot, fallt se em vull Leev um'e Hals un seggt, wo dull se sik freut, dat se em nochmal to seh'n kriggt. Man de Prinz is so behext un tüdelig, he weet gar nich, 'nem se vun snacken deit, un deit, as wenn he slöppt. Do ward de Prinzessin ganz, ganz trurig, wringt de Hänne un seggt ünner vel Tranen, he schall ehr dat doch man vergeven, wat se em allens andaan hett. Un darbi vertellt se uck vun se's fröhere Leev un vun all de Noot, de se hett utstahn musst, as se em in'e heele wiede Welt hett söken musst. Man nu, seggt se, nu will se starven, wo he ehr doch nich mehr leev hett. Man as se dar so snackt, ward de Prinz sik bi lütten besinnen, un he versteiht, wodennig allens passeert is un wodennig dat leege Hexenbeest em vun sin Allerleevste afbröcht hett. Darvun ward em sodennig tomoot, dat he eerstmal nich en Woort rutkriggt, dat kümmt em vör, as wenn he waak ward ut en lange, sware Droom. Toletzt springt he miteens up, nimmt de Prinzessin in'e Arms, gifft ehr en Söten un seggt, he hett up'e heele

Welt keen anner leev as bloots ehr. Nu is dar Hoeg, 'nem ehrdem Weenen un Kummer we'n is, un de Prinz un de Prinzessin dücht, se's Freud is nu grötter as all de Jammer un Noot, de se all de Tied hebben lieden musst, de se ut'neen we'n sünd.

Wieldes de Prinz un sin Leevste sik nu in'e Arms liggen un allens anner vergeten vör Freud, dat se tosamen sünd, kümmt de Hexenoolsch ehr Dochter rut ut ehr Verstek. Do verfehrt de Prinzessin sik gewaltig, denn se mutt ja gloven, nu is se's Glück to'n Düvel, wo de Hex ehr Dochter se beluert hett. Man de junge Deern seggt ganz fründlich: „Man keen Bang'! Ik verraa' ju nich; man ik will ju helpen, so guut ik kann." Un denn vertellt se, se is uck vun Christenbloot, denn ehr Vadder is en Prinz we'n, de hett de Königin verhext, jüst so as se dat nu mit Prinz Hoot maakt hett. Un se seggt: „Dat is nu al lang' her, dat min Vadder vör Kummer dootbleven is. Un dat weer guut för uns all, wenn min leege Steefmudder uck doot weer, denn so lang as se leven deit, koenen wi mit keen Glück reken, I nich un ik uck nich."

As de Prinz un sin Leevste dat hör'n, sünd se heel tofreden un danken de Deern för ehr gude Will. Denn setten de dree sik tosamen un raatslaan, wodennig se dat Hexenbeest loswarrn koenen, denn dat weet ja elkeen, so'n Hexentüüg mutt een bröhen oder brennen, anners kriggt een se nich doot. As denn allens oeverleggt un afmaakt is, geiht de Deern wedder in ehr Verstek, 'nem se de Nacht legen hett, un de Prinz leggt sik to Bett un deit, as wenn he slöppt; un sodennig töven se nu, dat de Hexenkönigin kümmt. Se bruken uck nich lang' luern, denn noch ehrer dat Dag ward, kümmt de Hex rin in'e Kamer un will de

Königsdochter halen un weeten, wodennig allens af-
lapen is in'e Nacht.

Dar vergahn denn wecke Daag, un de heele Tied sitt
de Prinzessin in't Gooshuus as vördem. Man an'e
Königshoff is Stahoi un Spektakel, denn de Königin
will Hochtied maken mit Prinz Hoot, un en ganze
Barg Hexentüüg vun neeg bi un wied weg sünd inla-
den to Gastbott. Dar ward nu grootmächtig tostellt,
un de Hexenoolsch lett ehr grote Graap ruthalen, dar
passen achtein Ossen upmal rin, so groot is de. As
denn dat Füer anfengt is, de Ossen slacht't un allens
sowied klaar, schickt se dal na dat Gooshuus för un
fragen de Prinzessin, wodennig dat Fleesch richtig
fein möör un gar ward. Ja, de Prinzessin lett sik nich
tweemal beden, se antert: „Bi uns to Huus is dat
Moo' un kriegen dat Füer mächtig in'e Gang', un de
Laak ward kaakt, bet de Graap blau is up'e Borm."
Dat, dücht de Hexenkönigin, is en gude Raat, se lett
darför dat Füer dreemal so hitt maken, dat dat Wa-
ter man so blubbert un meist bet an'e Wulken speu-
tet.

As denn en Tied vergahn is, schickt se eerst de Prin-
zessin hen för un kieken na, um nich de Borm vun'e
Graap blau is. Ja, de Königsdochter geiht hen, böögt
sik oever de Rand un kickt dal in't Water, man noch
is dar nix Blaues to seh'n. Dar vergeiht wedder en
Tied, un de Königin schickt Prinz Hoot hen, man he
kann uk nix Blaues wies warrn. Nu ward de Oolsch
dull un meent, de Graap is sachs doch blau, wenn
een man richtig henkieken deit. Se steiht sülven up
un kickt dal in't Water, as dat an dullsten kaakt.
Man knapp hett se sik oever de Rand böögt, do is de
Prinz dar, kriggt ehr bi de Fööt un smitt ehr kopp-

oever in dat kakenhitte Water. Un do is dat vörbi mit de Oolsch, un wenn se noch so'n leege Hex is.

Nu dücht de Prinz un sin Leevste, dat lohnt sik nich un luern, bet de Gäste kamen. Se nehmen dat gollne Spinnrad, de gollne Haspel, de gollne Knipp un noch anners wat feine Kraam un glieden sik gau af vun'e Königshoff. As se denn lang' ünnerwegens we'n sünd, kamen se upletzt na en prachtvulle Slott, dat liggt dar un blenkert in'e Sünn. Un up'e Slottshoff steiht en gröne Busch, un as se neeger rankamen, hören se vun dar feine Musik as vun Harpen un Vagelsang. Do freut de Prinzessin sik, denn se kennt de dree singen Bläder wedder, de se vun ehr Vadder kregen hett. Man ehr Freud ward noch grötter, as se henkümmt un süht, wo ehr lütte Kinner un de Prinz sin Süstern un allerhand anner Lüüd se in'e Mööt kamen, un de Lüüd gröten Prinz Hoot as König un de Prinzessin as Königin. Sodennig hebben se se's Lohn kregen för se's true Leev un hebben vele, vele Jahren glücklich levt. Un de Prinz hett sin Riek regeert mit Plie un Kraft, un en mächtigere König un en betere Königin hett dat nie nich geven. Un de dree singen Bläder hebben ümmerto spelt, bi Dag un bi Nacht, un keeneen hett jichens feinere Musik hört, un nie nich is een so trurig we'n, dat he nich vergnöögt wurrn weer, wenn he de hört hett. Un darmit is de Geschicht all.

De Wunnerbare Hingst

Dar is vör lange, lange Tied mal en König we'n, de hett twölf Soehns hatt, un as de ranwussen sünd un wieder nix to doon hatt hebben, hebben se dacht, se woe'n man up Jagd gahn. Do gahn se een Dag all twölf rut in't wille Holt, un as se dar an en Heck kamen, warrn se sik eenig, se woe'n ut'nanner gahn un elk för sik Büüt söken. Man to Avend woe'n se sik wedder bi dat dare Heck drapen.

Ölben vun de Prinzen trecken de heele Dag in't Holt rum un kriegen nich een Stück Wild to seh'n. Man de Jüngste glückt dat un schöten een Haas. As he sin Büüt upsammelt hett un will hengahn un drapen sik mit de annern, steiht dar upmal en ole Fruunsminsch in armselige Plünnen vör em un bedelt: „Leeve Prinz, giff mi arme Stackel doch de Haas, de du schaten hest, denn will ik di dar uck wat för weddergeven."

„De Haas kannst du geern kriegen", seggt de Prinz fründlich, „man dar will ik nix för hebben vun di, so arm un oold, as du büst."

„Dat bün ik woll", seggt se, „man gude Raat kost't ja nix, un denn will ik di uck man seggen, 'nem du un din Bröder an mehrsten na jagen, dat is ja, I woe'n elk en Prinzessin to Fruu hebben."

„Dat is woll wahr", gifft de Prinz to, „man wonem schoe'n wi woll up eenmal twölf Königsdöchter herkriegen? Denn du musst weeten, wi hebben afmaakt, wi woe'n all tosamen an een Dag heiraden, dat nich de eene afgünstig ward up de anner."

„Ik kenn woll twölf Königsdöchter, man de sünd all in en Ries sin Gewalt. Wenn I se erlösen woe'n, denn laat ju vun de König en Schipp geven un seil darmit na Südwesten, bet I en grote Stadt up Sicht kriegen mit en grote Slott. Dar moeten I anleggen un an Land gahn. Dat eerste Gediegene, wat I in dat dare Slott wies warrn, is en wunnerbar smucke Hingst, de steiht mit en Fatt glöhnige Koehlen vör de Näs un en Krüff mit Haver achter de Steert. De ward ju wieder Bescheed seggen, man verget nich un bedanken ju bi em, anners geiht ju dat leeg."

De Prinz dankt de Oolsch för ehr Raat un oeverlett ehr de Haas, un denn geiht he na dat Heck, 'nem sin Bröder al stahn un luern up em. He vertellt se nu vun de arme Oolsch, de he bemött is, un do warrn se sik eenig, se woe'n ehr Raat annehmen un sik elk en Prinzessin winnen.

De König gifft se en Schipp, dat is up't Beste utstaffeert, un wünscht se en gude Reis, un denn begeven se sik up'e wiede See un seilen lang' un wied na Südwesten, bet se de Stadt un dat Slott up Sicht kriegen. Dar leggen se an an'e Strand, man dat schient, as wenn dar gar keen Minschen sünd, nich in'e Stadt un nich up dat grote Slott, 'nem se hengahn för un finnen de Wunnerbare Hingst. As de twölf Prinzen rinkamen in'e Stall vun't Slott, warrn se foorts de Hingst wies, de steiht dar anbunnen un hett glöhnige Koehlen vör de Näs un Haver achter de Steert. Een na de anner gahn de Prinzen hen na 'n un fragen na de wegslepte Prinzessinnen, man de Hingst seggt keen Woort to de ölben se's Fragen. Do geiht de twölfte, de jüngste, hen na de Hingst un nimmt dat Fatt mit de glöhnige Koehlen un sett dat achter de Hingst, un de Krüff mit de Haver stellt he 'n vör de Näs. Man een glöhnige Koehl fallt rut ut dat Fatt un verbrennt de Prinz de Foot.

„Velen Dank uck", seggt de Hingst. „Hier heff ik nu al männig en lange Dag stahn, man nie nich hett mi een düsse Ehr andaan, un dat scha'st du uck nich för nix daan hebben. De Ries, de de Prinzessinnen wegslept hett, is nu nich dar, he is up en anner Slott wied, wied weg, un I koenen licht de Prinzessinnen kriegen. Man I moeten en beten flink to Wark gahn, denn seker vör de Ries sünd I eerst, wenn I up See sünd." Denn seggt 'n em noch genau Bescheed, wonem de Prinzessinnen se's Kamer hebben un wodennig se dat anstellen moeten un kamen rut ut't Slott mit se.

De twölf Bröder sehn foorts to un kamen hen na de Prinzessinnen se's Kamer un maken se frie un bringen se gau dal na't Schipp. Man jüst as de jüngste Prinz an Boord gahn will, do fallt em in, keen vun se is in'e Stall we'n un hett sik bi de Wunnerbare Hingst bedankt för sin Hülp. Dat maakt keen gude Indruck, dücht em, un denn hett de arme Oolsch ja uck seggt, wenn se dat nich doon, denn geiht se dat leeg. De Prinz snackt dar oever mit sin Bröder, man keen vun se will so'n Ackewars maken bloots um en Perd. Un do geiht he sülven un seggt, he will foorts wedderkamen.

Man sin Bröder hebben mal de Prinzessinnen natellt, un do hebben se markt, dat sünd man bloots ölben. Denn mutt een vun de Bröder ja ahn Fruu blieven, un wo de jüngste dör sin Fründlichkeit gegen de Oolsch un de Wunnerbare Hingst dat mehrste darto daan hett un retten de Prinzessinnen, do kann he ja mit Recht een vun se verlangen. Darför warrn de ölben sik eenig, se woe'n man gau afste' seilen un em dar laten. Seggt un daan, un as he wedderkümmt, is dat Schipp al wied buten up See.

Do geiht he trurig t'rügg na de Hingst un vertellt em, wodennig sin Bröder em hebben in Stick laten, un fraagt em um Raat.

„Dat laat du di man nich ankamen", seggt de Hingst, „all de ölben Prinzessinnen, de nu an Boord vun dat Schipp sünd, sünd nix gegen de twölfte; de sitt fast up de Ries sin anner Slott, un wenn du ehr winnen wullt, denn so will ik di woll helpen."

Ja, Düvel uck, un wat he dat man will! De Hingst schall man bloots seggen, wat de Prinz doon mutt för un finnen de dare Prinzessin, denn will he sik foorts up'e Weg maken.

„Gah eerstmal wedder na de ölben Prinzessinnen se's Kamer un haal de soeven Goldappeln, de liggen dar oever de Dör. Un denn kümmst du wedder her, binnst mi los un settst di up min Rügg, denn bring ik di hen na de Ries sin anner Slott."

De Prinz deit, wat de Hingst seggt hett. Man as se en Stück reden sünd, fraagt de Hingst: „Hörst du wat?"

„Ja, ja, dat suust düchtig", seggt de Prinz.

„Dat is de Ries, de kümmt achter uns ran. Smiet de eene Goldappel rechts vun mi dal!" seggt de Hingst.

De Prinz smitt de Goldappel hen, un boots! steiht dar en himmelhoge Holt twüschen se un de Ries. Nu kümmt de Ries ansuust, dat et man so huult in'e Luft; man oever dat Holt flegen, dat mutt he fein nalaten. Do mutt he umdreihn un na Huus un halen sik en Äx, dat he dat Holt dalhau'n kann, un do kriggt de Hingst en gude Vörsprung.

Man as he wedder en Tied galoppeert is, so gau, as en Vagel flüggt, fraagt he de Prinz: „Hörst du wat?"

„Ja, ja, dat suust düchtig", seggt de Prinz.

„Dat is de Ries. Smiet de tweete Goldappel dal an min linke Siet", seggt de Hingst.

De Prinz deit dat, un in't sülve steiht dar en himmelhoge Glasbarg twüschen se un de Ries. Do mutt de Ries wedder stahn blieven, denn he kann nich oeverweg, nich ünnerdör un nich buten um de Barg kamen. „Denn mutt ik man gau na Huus lopen na min Demanthack", seggt de Ries un dreiht de Näs wedder in'e Richt na Huus. Do kriggt de Hingst wedder en Vörsprung.

As de Hingst wedder en ganze Enne lapen is, fraagt he de Prinz dat drütte Mal: „Hörst du wat?"

„Ja, ja, dat suust düchtig", seggt he wedder.

„Dat is de Ries. Smiet de drütte Appel achter mi!"

Dat deit de Prinz, un in Null Komma nix liggt dar en grote See mit arig Bülgen twüschen se un de Ries, un de Ries kann nich swümmen un nich rojen, un dar is natürlich uck keen Boot oder Fähr.

„Nu mutt ik na Huus un all min Deerten halen", seggt de Ries, un do maakt he sik dat drütte Mal up'e Weg na sin Slott. Man de Hingst galoppeert wieder mit de Prinz. De Ries bruukt nich lang' för un halen sin Deerten; man wat se uk in sik rinballigen vun dat Water in'e See, dat versleit nix. Do ward de Ries dull in'e Kopp un leggt sik dal an't Över un geiht sülven bi un slappen dat Water in sik, all wat he kann, un do fallt de See dröög. Man de Ries is so vull, as he upstahn will, basst he ut'neen, un do is dat to Enne mit em.

Nu kümmt de Prinz denn ahn wiedere Maleschen na dat Slott, 'nem de twölfte Prinzessin in sitten deit.

De Prinz geiht dör Saalen, een smucker as de anner. Man dat schient, as wenn dar nix Lebenniges is, bet he na de binnerste Stuuv kümmt. Dar liggt de Prinzessin in en gollne Bett to slapen, un vör dat Bett stahn ehr gollne Tüffeln.

Nu kann de Prinz sülven seh'n, dat dat stimmt, wat de Hingst seggt hett, de ölben Prinzessinen sünd nix gegen ehr. He kann uck foorts seh'n, se liggt in en Töverslaap. Man he meent, se ward em sachs jüst so geern hebben as he ehr, un do leggt he sik bi ehr in dat gollne Bett. De neegste Morrn slöppt se ümmer noch fast, un do snitt he en Snippel af vun ehr Hemd un nimmt ehr eene Goldtüffel mit, un denn geiht he in en Saal, 'nem all de Wapen vun't Slott upwahrt warrn. Dar schrifft he sin Naam un allens, wat he belevt hett, oever de eene Dör. Denn geiht he wedder rut ut't Slott un sett sik up'e Wunnerbare Hingst.

„Nu bring ik ni na Huus na din Vadder sin Land", seggt de Hingst, „man ünnerwegens musst du all de Stä'en ringahn, de ik di segg."

Eerst kamen se na en Preesterhoff. „Hier musst du ringahn un de veerte Goldappel vertuuschen för en witte Dischdook mit en Rostplack in'e eene Eck", seggt de Hingst. De Preester is inverstahn mit de Tuusch, un upto vertellt he de Prinz noch, he mutt bloots seggen: „Deck up!", un denn kriggt he dat beste Eten, wat he sik man wünschen kann. De neegste Stä' is en Herrenhoff. Dar vertuuscht de Prinz de föfte Goldappel un will dar en ole, rustige Bitt ut'e Perdestall för hebben. Dat kriggt he, un de Hingst seggt to em, wenn se mal ut'neen kamen, denn mutt he bloots dat Bitt schüddeln, wenn he sin Perd wedder bi sik hebben will. De drütte Stä' is en Buern-

hoff. Dar will de Prinz de sösste Goldappel ver-
tuuschen för en ole Leeh[1]. Man de Buer kickt sik de
Goldappel an, un em dücht, de is ja to nix to bruken;
eten kann he dat Ding nich, un to wat anners döcht
'n ja uck nich, meent he. „Man de is doch fein un
kieken an", seggt de Prinz. Ja, dat dücht de Buer
denn uck, un do vertuuscht he de ole Leeh un nimmt
dar de feine Goldappel för.

As de Hingst un de Prinz dicht bi dat Riek vun de
Prinz sin Vadder kamen, is dar en breede Belt, 'nem
vörher dröge Land we'n is. „De hebben din Bröder
graven laten, darmit du nich in't Land kamen
scha'st", seggt de Hingst. „Un nu raa' ik di, wat uck
passeer'n mag un wonem du uck hengeihst, nimm
ümmer dat Dook, dat Bitt un de Leeh mit, denn wie-
der as bet an din Vadder sin Slottspoort kann ik nich
mit di kamen. Man smiet nu de soevente Goldappel
in'e Belt un seggt to de Seejumfer, se schall dar en
Brügg oever slaan." De Prinz smitt de letzte Gold-
appel in't Water, un de Seejumfer sleit en Brügg, un
de Prinz ritt na de Poort vun sin Vadder sin Slott.
Dar stiggt he af, bedankt sik un seggt sin Perd adjüs
so lang'. De Hingst glitt sik af, un de Prinz geiht rin
in't Slott.

Hier ward he nich jüst guut upnahmen. De Reis, de
he up'e Wunnerbare Hingst vun de slapen Prinzessin
na Huus maakt hett, de hett en paar Jahr duert,
man de Prinz hett gar nich markt, wo de Tied ver-
gahn is. Wieldes hebben sin ölben Bröder allens
Leege bi de König vörbröcht, wat se man kunnen, un
nu meent de König, sin Jüngste is en Landsverräder
un will sin Vadder mit Krieg oeverfallen un is darum

---

[1] Leeh = Sense (dän. le)

nich mit sin Prinzessin na Huus kamen so as de öl-ben Bröder. Un do lett de König em in'e Löwenkuhl smieten.

Dar kamen em dat Dook un de Leeh fein topass, denn wenn he Hunger hett, seggt he bloots to dat Dook: „Deck up!", un foorts hett he so vel to eten, dat he un de Löwen rinhau'n koenen so vel, as se moegen. Un wiesen se em de Tähns, denn mutt he se bloots de Leeh wiesen, denn warrn se so tamm as Lämmer. Man dat lett sik ja denken, up'e Duer is dat en Last un hebben keen anner Sellschop.

Intwüschen kümmt de Dag, do ward de Prinzessin waak, un do hett se en smucke Jung up'e Arm, un dat dücht ehr doch gediegen. Do kriggt ehr Soehn een Dag mal Lust un kieken rin in'e Wapenkamer. Dar ward he de Schrift oever de Dör wies un klarrt up en Bank, dat he 'n lesen kann, un do kriggt he denn to weeten, wo sin Vadder heeten deit un wo-nem he to Huus is un wat he in'e Welt beschickt hett. He hett faken sin Mudder fraagt, wokeen sin Vadder is, man denn hett se ümmer anfungen to blarrn, denn dat hett se ja nich wusst, un do hett se düt un dat dacht un is bang' we'n, dat kunn de Ries we'n.

Nu freut se sik natürlich düchtig, un se gifft foorts Order, dat de Flott vun dat Land klaar maakt ward. Denn geiht se sülven mit ehr Soehn an Boord vun en grote, vergold'te Schipp, un denn seilt se stracks na de Prinz sin Land un erklärt de König de Krieg.

Dar verfehren se sik ja bannig, as de grote Flott sik vör de Königsstadt leggt un dar kümmt Bott, de Stadt schall tweischaten warrn un de König sin Slott uck, wenn nich foorts de Prinz dalkümmt an'e Strand, de in dat verwünschte Slott we'n is.

In dat dare Slott sünd ja nu all sin ölben Soehns we'n, meent de König, un bloots de twölfte hett sik dar nich rintruut. Un wenn de Freden so licht to hebben is, is dat ja wieder nich gefährlich. Do kriggt de öllste Prinz Order, he schall dalrieden un mit de frömde Prinzessin snacken.

Man se hett vun ehr Lüüd de düerste Scharlack up'e Weg spreeden laten, 'nem de Prinz langrieden mutt, un denn steiht se mit ehr Soehn up ehr vergold'te Schipp, dat se em kamen süht. As de Prinz so'n düre Tüüg up'e Weg liggen süht, verfehrt he sik un is bang' un verrungeneer'n dat, un do ritt he um'e Scharlack butenum. As de Prinzessin ehr Soehn dat süht, seggt he: „Dat is nich min Vadder, de ritt anners!"

Un de Prinzessin seggt: „Weg mit di, du büst nie nich in dat verwünschte Slott we'n!"

Sliepsteerts dreiht he um un is bang'; un keen Spier beter geiht dat de anner tein Bröder, de rieden uck wied butenum um'e Scharlack. Man elkeen Mal, wenn een vun de König sin ölben Soehns mit Schann wedder na't Slott kümmt, warrn de Prinzessin ehr Orders ümmer strenger, un in se's Angst weeten de Bröder sik keen anner Raat as halen se's jüngste Broder ut'e Löwenkuhl. He kriggt nu feine Tüüg an, un de König will em dat beste Perd ut sin Stall geven. Man he schüddelt bloots sin ole Bitt, un foorts hett he sin Wunnerbare Hingst bi sik. De Prinz klabastert rup in'e Sadel un ritt liek oever de düre Scharlack, dat de ünner de Hoven in Finzeln flüggt.

„Kiek, sodennig ritt min Vadder!" röppt de Prinzessin ehr Soehn.

„Ja, sodennig mutt he woll utsehn, de sik truut hett un slapen bi mi in min gollne Bett", denkt de Prinzessin un ward sik inwennig hoegen.

As de Prinz nu up sin Perd rutkümmt an'e Strand, fraagt de Prinzessin: „Büst du dat, de in dat verwünschte Slott we'n is?"

„Dat bün ik", seggt he, „un hier sühst du din eene Goldtüffel un din Hemdsnippel in min Hand."

„Büst du dat, de Füer un Haver bi de Wunnerbare Hingst vertuuscht hett, denn wies mi dat Brandmal up din eene Foot", seggt se.

„Dat kann ik doon", seggt he, „man denn musst du hierher kamen na mi an'e Strand."

„Sodennig snackt min Vadder", seggt de Jung, un de Prinzessin denkt: „Sodennig snackt min Mann." Un denn jumpt se an'e Strand un kriggt dat Brandmal up sin Foot to sehn un is so gewaltig glücklich, se weet gar nich, um he toeerst ehr oder se em in'e Arm nahmen hett.

Denn geven se de Flott Order, dat 'n wedder t'rügg seilen schall. De Prinz geiht weg vun sin ölben Bröder un seggt adjüs to sin Vadder. Denn sett he sin Soehn un sin Fruu vör sik up'e Wunnerbare Hingst un ritt na ehr Land so gau, as en Vagel fleegen kann.

As se denn na dat Slott kamen, bedankt de Prinz sik bi de Hingst för allens, wat de för em daan hett, un denn fraagt he, wat he darför sin Wunnerbare Hingst Gudes doon kann.

„Du musst mi nu de Kopp afhau'n!" seggt de Hingst.

Nee, um allens in'e Welt! Dat will de Prinz nich; ganz bestimmt nich! Kunn een meenen, he schull up de Aart all dat Gude lohnen, wat de Hingst för em daan hett? Man de Hingst blifft dar up bestahn, un wat se uck hanneln un wat se uck snacken, toletzt kriggt he doch sin Willen, un de Prinz haut em de Kopp af.

Man so trurig de Prinz uck is, as he tohaut, so dull freut he sik natürlich, as dar nu statts de Hingst en Prinz steiht so staatsch, as een sik dat man denken kann. Dat is de Prinzessin ehr Broder, de is uck in de Ries sin Gewalt we'n, man nu is he uck erlöst.

Un do is dar grote Freud in't Slott un in'e Stadt un in't heele Königriek. Un dar hebben de dree denn glücklich un tofreden levt, un sünd se nich dootbleven, denn moegen se dar ja woll ümmer noch leven.

Dat Zegenlamm un de König

In ole Tieden is dat ümmer mal vörkamen, dat Königs sik mit smucke, arme Deerns verheiraad't hebben, un dat hett denn ümmer de ole, grootsnutige Königinnen vergrellt maakt, un do hebben de ümmer versöcht un doon se's Swiegerdöchter Schaden.

Mal hett en König sik uck so'n arme Deern to Fruu nahmen. Man kort na de Hochtied mutt he in'e Krieg trecken, un do lett he sin Bruut bi sin Mudder, de ole Königin. De schickt denn Bott na en Hex, un de gifft ehr en Töverdrunk, un de maakt, dat se, ehrer dat Jahr um is, en Zegenlamm to Welt bringen deit. Un dat lett sik ja denken, wo hild de Swiegermudder dat do kriggt un schrieven an de König, wat dar Gresiges passeert is. Nu kann de ja nix anners gloven, as dat sin junge Fruu noch leeger is as jichens so'n Hexentüüg, un he schrifft torügg, se un dat Lamm schoe'n dootmaakt warrn.

Dat is so recht Water up de Swiegermudder ehr Moehl. Man en paar vun de König sin klöökste Lüüd laten dar en paar Hünne för dootmaken un schicken de se's Ogen un Harten an de ole Königin, denn de hett se verlangt to Bewies, dat de Swiegerdochter un dat Lamm doot sünd. De junge Königin un dat Zegenlamm bringen se in't wille Holt un oeverlaten se sik sülven.

Man as de König man jüst dat Doodsordeel schreven hett, do liggt em dat so swaaar up't Hart, he geiht weg vun dat Kriegsheer un reist na Huus, dat he neegere Bescheed hebben will vun dat dare Mallöör un versöken un retten sin junge Königin vör de Dood. Wenn he sik dat recht oeverleggt, kann he dat eegens gar nich gloven, dat se sowat Leeges daan hebben schall. Man so dull he sik uck streven deit, he kümmt to laat; sin Mudder un de heele Hoff snacken vun de Königin ehr Verbreken un ehr Straaf, un de König kann nix doon as laten dat heele Slott mit Swatt utkleeden to'n Teeken vun sin grote Truer.

En paar Daag later kümmt dar in de König sin Koek en lütte Zegenlamm rin un verlangt en Satz feine Tüüg vun de junge Königin ehr un darto Betttüüg vun't beste Slag. Eerst warrn de Braders un all de Bedeenters ja lachen, denn warrn se vergrellt un woe'n dat utverschaamte Deert rutjagen. Man as dat denn bigeiht un schüddelt sin ruge Fell, dat de heele Koek geiht as in Bülgengang, do schicken se na de Baas vun de Kleederkamer un sin Lüüd, un as de noch Sperenzen maken, schüddelt dat Lamm sin ruge Fell nochmal, dat dat Slott man so wackelt, un do moeten se dat Zegenlamm allens geven, wat et verlangt hett. Denn löppt et weg mit sin Last. Man wat later kümmt et wedder un verlangt dat beste Eten vun de König sin Disch. Do gifft dat wedder Quarkerie in'e Koek, bet dat Lamm in Raasch sin ruge Fell schüddelt, dat dat Slott bevern ward un de heele Hoff sammt de König meenen, de Eerde geiht ut'e Fogen. Do gifft de Kock in sin Angst dat Lamm vun de Gerichten, de et verlangt hett, un he maakt sogar en Diener un maakt sülven de Dör up un seggt et adjüs.

Man lang' blifft et nich weg vun't Slott, un de drütte Besöök gellt de König sülven. De fraagt, wat dat Zegenlamm will, un do seggt et, dat is nich mehr un nich minner as, de König schall sin Mudder to Fruu nehmen. De König meent ja, de Königin un dat Stramunkel, wat se baren hett, de sünd beide doot, un do stellt he sik vör, dat Lamm sin Mudder mutt en Zeg we'n. Dar seggt dat Lamm nix to, un do will de König dar nix vun weeten, vun so'n Heiraat. Do schüddelt dat Lamm sin ruge Fell, dat dat heele Slott schuckelt, as wenn dat in dusend Stücken fallen will, un do mutt de König toseggen un rieden mit sin Folg rut in't Holt un seggen gu'n Dag to de Zeg, as he gloovt.

Gau warrn de Perde sadelt, un vergrellt rieden de König un sin Hofflüüd achter dat Zegenlamm ran, dat wiest de Weg. „Nu sünd wi bald dar", seggt et, as se all tosamen binnen sünd in dat dichte Holt. „Na, denn töven wi hier, un du kannst din Mudder ja hierher bringen", seggt de König. „Ne-hee", seggt dat Lamm, „ik haal min Mudder nich hierher to begapen, denn musst du al din königliche Woort geven, dat du ehr to Fruu nehmen wullt, eendoont, wodennig se utsüht."

„Dat do ik nich", seggt de König.

„Ja, denn kannst du so lang' dar sitten blieven, 'nem du nu sitten deist", seggt dat Lamm, un do steiht de König sin Perd as anwussen, un de König sülven kann sik nich een Haarbreet ut'e Sadel böhren. Un sin Lüüd koenen sik jüst so wenig ut'e Stä' roegen as he.

Nu mutt de König nageven un fierlich verspreken, he will de Zeg to Fruu nehmen. Do huult dat Zegenlamm af in Galopp na sin Mudder un kleed't ehr in königliche Tüüg, un denn suust et t'rügg na de König un gifft em un sin Lüüd Verlööv un rieden hen na ehr.

Een kann sik ja denken, wo verbaast un vergnöögt de König is, as he statts en ruge Zeg, 'nem he mit rekent harr, sin junge Königin in dat allersmuckste Kleed to sehn kriggt. He will ehr foorts to sik up't Perd nehmen, man dat Lamm seggt, sowat schickt sik doch nich för en Königin. Sin Mudder schall in'e gollne Kutsch fahren mit acht Perde vör. Dar is de König vun Harten geern mit inverstahn. Do ward denn na Kutsch un Perde schickt, un denn treckt de Königin mit grote Pracht wedder na't Slott, un dat Lamm löppt achter de Waag ran.

As de eerste Freud sik leggt hett, do dücht de König, dat is doch en Last un hebben dat dare Zegenlamm ümmer in'e Stuuv, un he will, dat schall sin Platz in'e Stall hebben. Man do schüddelt dat Lamm sin ruge Fell, dat dat Slott in sin Grundleden bewert, un dat steiht bloots so lang' fast, as de König dat Lamm as Prinz holen deit.

Ganz bi lütten kümmt de König dar achter, dat Lamm is klöker as de mehrste Minschen un kann em in männig en Fall gude Raat geven, wenn sin eegne Verstand stillsteiht. Darum winnt he dat Deert bannig leev. Man denn een Dag seggt dat Zegenlamm, de König sülven schall 'n de Kopp afhaun un dat Binnerste vun't Fell na buten kehren un et denn wedder oever de schunnene Rump trecken. Do ward de König bannig trurig. Man he weet ja al lang', dat Lamm weet an besten, wat daan warrn mutt, un do deit he, wat et will. Dat is ja en eklige Arbeit un en böse Swienkraam; man as dat daan is, steiht dar statts dat Zegenlamm de smuckste Prinz, de een sik denken kann, un de süht de König so liek, dat he em vull Freud as sin Soehn annehmen deit.

Jeppe in't Noordland

Dar is mal en bannig rieke Mann we'n, de hett en arme Katenjung in sin Huus upnahmen hatt, dat de em bi sin dägliche Arbeit helpen schull. Man de rieke Mann hett een enkelte Dochter hatt, un as de Jung un se ranwussen sünd, verspreken se sik mit'nanner un gahn denn hen na ehr Vadder un fragen, um se sik heiraden dörven. Dar ward de Ole bannig vergrellt oever un seggt höhnsch: „Ja, wenn du bi Jeppe in't Noordland to weeten kriegen kannst, wokeen de Klöökste un Riekste up'e heele Welt is, un denn wedderkümmst un mi dar Bescheed vun giffst, denn scha'st du min Dochter hebben."

Jeppe in't Noordland is en grote, grimmige Ries, de wahnt wied weg an't Enne vun'e Welt in en gresig grote Barg, un elkeen weet, för em gifft dat nix Beteres to drinken as Christenbloot, un darum is dat de wisse Dood, wenn een em neeg kümmt. Man leever as sin Leven hett de Jung de rieke Mann sin Dochter, un darum will he dat wagen.

As he denn so wied gahn is, dat he in en anner Königriek kümmt, do ward he wies, all de Minschen dar sünd so trurig, un as he na de König sin Hoff kümmt för un fragen, um he dar Nacht blieven kann, do markt he, dar is de Truer an gröttsten.

„Wat is denn los hier in't Land, dat all de Minschen so trurig sünd?" fraagt he de König sin Lüüd.

„Och, schoe'n wi dar nich trurig um we'n? De König sin Dochter is blind, un so jung un smuck un riek se uck is, keeneen kann ehr dat Ogenlicht geven. Bloots Jeppe in't Noordland weet, wat dar helpen deit."

„Denn is dar sachs Raat för", seggt de Jung, un denn geiht he de anner Morrn wieder. As he in't neegste Königriek kümmt, is dar uck Truer, un an trurigsten sünd se an'e König sin Hoff.

„Wat is hier denn los, dat I all so trurig sünd?" fraagt de Jung wedder.

„Schoe'n wi dar nich trurig um we'n!" seggen de Hoff-lüüd. „De König sin Perde moeten Dag för Dag en halve Miel[1] lopen to supen, denn neeger bi't Slott is dar keen Water, wat se moegen. Och, och, de feine Perde koenen nix anners mehr doon as dreemal up'e Dag de dare lange Weg hen un t'rügg lopen. Schoe'n wi do nich trurig we'n? Bloots Jeppe in't Noordland weet, wonem de Born vun't Slott is."

„Dar ward sachs Raat för", seggt de Jung, un denn geiht he de neegste Morrn wieder. As he denn in't drütte Köngriek kümmt, is dat dar keen Spier beter. All sünd se bedrippst, un keeneen lacht, un as he na de König sin Hoff kümmt, sünd all de Hofflüüd an't Blarrn, dat dat en Steen jammern kann. Hier is dat de König sin Boom, de will keen Goldappeln mehr drägen, un bloots Jeppe in't Noordland weet, wat 'n fehlt.

„Dar is sachs Hülp för", seggt de Jung un geiht de neegste Morrn wieder.

As dat hen to Avend geiht, kümmt he na en breede, starke Stroom, un dar is nich Brügg un nich Steg oever, un, as't schient, uck keen Fähr oder Boot. Bloots en grote, griese Goos liggt an't Över.

„Sett di man up min Rügg, denn bring ik di roever", seggt de Goos.

---

[1] Miel = Meile, ca. 7,5 km.

„Wokeen büst du denn, dat du hier so'n sware Wark doon musst?" fraagt de Jung. He süht woll, dat is keen gewöhnliche Goos.

„Ik bün en verwünschte Prinzessin", seggt de Goos, „un bloots Jeppe in't Noordland weet, wodennig ik erlöst warrn kann."

„Denn ward dar sachs Raat för, na em will ik jüst hen", seggt he. Un as de Goos em oever de Stroom roeverdragen hett, geiht he hen na de Ries sin Barg, de is dar nich allto wied vun af.

To'n Glück is Jeppe in't Noordland jüst nich to Huus, as de Jung bi em rinkümmt, dar sitt bloots sin Huushöllersche, un dat is en verslepte Christenminsch. Se is bannig verbaast, as se de Jung wies ward, un seggt to em, wenn Jeppe in't Noordland em to seh'n kriggt, sluukt he em foorts oever. De Jung seggt, he weet woll, wo groot de Gefahr is. Man he hett so vel, wat he de Ries fragen mutt, do will he dat riskeern up Bögen oder Breken.

„Wenn dat sodennig is, denn kann ik di vellicht helpen. Man denn musst du mi din Fragen seggen un di för't Oevrige heel still un ruhig holen." Ja, dat will he ja geern doon.

As se noch so snacken, hören se en gresige Ramentern in'e Barg. „Jeppe in't Noordland kümmt na Huus", seggt se un verstickt de Jung gau achter en grote Steen.

Denn kümmt de Ries rin un ward foorts rumsnoekern un snüffeln, un denn röppt he: „Hier rüükt dat na Christenbloot! Hier rüükt dat na Christenbloot!"

„Och nee, Vadder, dat weer man en Vagel, de is oever de Barg flagen mit en Minschenbeen in'e Snavel", seggt de Huushöllersche.

„Dat kann denn ja angahn, kann denn ja angahn", brummelt de Ries un smitt sik dal up'e Bank. „Nu scha'st du mi in Slaap lusen", seggt he.

De Fruu nimmt sin grote Kopp up ehr Kneen un ward mit em snacken. „Wenn een so alleen sitten deit, so as ik", fangt se vörsichtig an, „denn kamen een so allerhand Gedanken in'e Sinn. Sodennig heff ik seten un spickeleert, warum de junge Prinzessin nich ehr Ogenlicht wedderkriegen kann."

„Aahaa, dat kunn se woll kriegen, wenn se ehr Ogen waschen dä'n mit de Morrndau ünner de blöhen Linn. Man dat Middel schall keeneen to weeten kriegen. So, nu will ik mi dalleggen."

„Och nee, Vadder, och nee, Vadder! Segg mi eerst, warum de König sin Perde so wied lopen moeten för un supen", seggt de Fruu.

„Haa, haa, dat weet ik woll, man dat schall anners keen to weeten kriegen. Wenn all de Perde achter'n-anner in'e Stall lopen, denn moeten se bloots uppassen, up wat för'n Steen vun'e Hoff dat letzte Perd mit dat rechte Achterbeen trampt, denn ünner de dare Steen is en Born. Man nu will ik slapen."

„Och nee, Vadder, och nee, Vadder! Segg mi eerst noch, warum de König sin Boom keen Goldappeln mehr driggt. Dar heff ick uck oever spickeleert."

„Ha, ha! Dat weet anners keen as ik, un dat schall uk keeneen weeten. De dare Boom driggt keen Gold-appeln, wiel dat dar in'e König sin Boomhoff en anner Boom steiht, de hängt ganz dal bet up'e Grund, un dar ünner sitten en ganze Deel Kisten vull Gold. We se de ruthalen, un de hängen Boom ward stütt't, denn driggt de König sin Boom uck wedder Goldappeln. Man nu will ik mi dalleggen un slapen", seggt de Ries.

„Och nee, Vadder, och nee, Vadder! Ik heff dar uck oever nadacht un mi wunnert, warum de verwünschte Prinzessin ümmerto as Goos swümmen schall un nich friekümmt", fraagt de Fruu wedder.

Do haut de Ries sik up'e Kneen un lacht, dat de heele Barg bevert. „Se kunn friekamen, wenn se man bigahn wull un een vun de Minschen, de se drägen deit, dalsmieten in'e Strom un denn seggen: ‚Nu kannst du hier jüst so lang' swümmen, as ik dat daan heff', denn is se erlöst. Man dat weet keen anner as ik, un darum mutt se en Goos blieven bet an'e Jüngste Dag. Man nu will ik slapen!"

„Och ja, Vadder, och ja, Vadder! Segg mi bloots eerst noch, wokeen is de Klöökste un de Riekste up'e heele Welt?" seggt de Fruu.

„De Klöökste is Gott, un de Riekste bün ik; man wenn du nu noch mehr fraagst, dreih ik di dat Gnick af, ik will nu slapen!"

Un denn slöppt de Ries un snorkt, dat lett, as wenn dat dunnert.

Do bringt de Fruu de Jung rut ut'e Barg un fraagt, um he uck allens mitkregen hett. He bedankt sik för ehr fründliche Hülp, un denn seggt he ehr adjüs. Un se geiht wedder rin in'e Barg. Man de Jung stüert sin Schre' na de Stroom to.

Dar nimmt de Goos em up'e Rügg un driggt em an't anner Över, un as se roever sünd, seggt he: „Ik schall di gröten vun Jeppe in't Noordland. Du musst bloots een vun de Minschen, de du oever de Stroom driggst, in't Water smieten un seggen: ‚Nu kannst du hier jüst so lang' swümmen, as ik dat daan heff', denn büst du frie."

Do freut de Goos sik un bedankt sik bi de Jung för de Bescheed. Man he hett dat hild un kamen wieder. As he denn na de eerste Königshoff kümmt, seggt he to de König, wat dar to doon is, dat de Boom wedder Goldappeln drägen ward. De König deit na sin Raat, un dat Gold, wat ünner de hängen Boom sitt, ward utgraavt, un de Boom kriggt Stütten ünner, un do driggt de anner Boom wedder Goldappeln. Do gifft dat grote Freud, un de König gifft de Jung tominnst dree Spint[1] Goldstücken, un denn geiht de Jung wieder.

In dat tweete Königriek geiht dat jüst so mit de Perde, un as se de Born funnen hebben, do kriggt de Jung vun de dare König nochmal jüst so vel schenkt. Un denn geiht he na dat drütte Königriek, 'nem se de blinne Prinzessin hebben. He raad't ehr, se schall ehr Ogen mit de Morrndau waschen, de ünner de Linn liggt. Se deit dat, un foorts kann se kieken, un hier kriggt de Jung uck so vel Gold, dat he dat knapp noch slepen kann.

As he nu na Huus kümmt, seggt he to de rieke Mann, Gott is de Klöökste un Jeppe in't Noordland de Riekste up'e heele Welt, un wo he nu daan het, wat de Bedingen weer, will he sin Leevste hebben.

---

[1] Spint: Hohlmaß, ca. 8 l.

Man as de rieke Mann all de Jung sin Gold süht, meent he, Jeppe in't Noordland hett em dat schenkt. Darum will he nu sülven henreisen na em. Dat is em nu uck schietegal, wokeen sin Dochter kriggt, wenn he man sülven de Riekste warrn kann. Un do reist he dwars dör all dree Königrieken un denkt an nix anners as, wodennig he bi de Ries sin Gold kamen kann. Denn kümmt he an de starke Stroom, 'nem de Goos em roeverdrägen schall. Man as de em up'e Rügg hett, smitt se em in't Water un seggt: „Nu kannst du hier jüst so lang' swümmen, as ik dat daan heff!"

Un do ward se to en smucke Prinzessin. Man he ward to en griese Goos, de bet vundaag Lüüd oever de Stroom drägen mutt, un do hebben de beide junge Lüüd em nie nich weddersehn, man glücklich un tofreden mit'nanner levt.

De dree Hünne

Dar is mal en König we'n, de is up Reisen gahn un hett sik en smucke Königin kregen. As se en Tied- lang verheiraad't sünd, kümmt de Königin to liggen un kriggt en lütte Deern. Do gifft dat grote Freud in Stadt un Land, denn all sünd se de König bloots Gu- des günnen, um dat he so sachtmödig un gerecht is. Man as dat Kind baren is, kümmt dar en ole Fruuns- minsch rin. Se süht bannig gediegen ut, un keeneen weet, wonem se herkümmt oder wonem se hengeiht. De dare Oolsch is en Wickersche[1] un seggt oever dat Königskind, dat dörv nich ünner de frie Heven ka- men, ehrer dat föftein Winters oold is, anners kunn dat angahn, dat et wegslept ward vun en Bargries. As de König dat hört, markt he sik, wat de Oolsch seggt hett, un he sett Uppassers an, de schoe'n de junge Prinzessin wahren, dat se jo nich ünner de frie Heven kümmt.

Wat later schall de Königin wedder wat Lüttes heb- ben, un do kriggt se noch en Dochter. Do is dar wed- der grote Freud in't heele Riek. Man de ole Wicker- sche kümmt wedder an un wahrschuut de König, he schall de Prinzessin nich ünner de frie Heven kamen laten, ehrer se föftein Winters oold is. Denn vergeiht wedder en Tied, un denn kriggt de Königin ehr drüt- te Dochter. Un de Oolsch kümmt dat drütte Mal un seggt de dare Königsdochter datsülve vörut as ehr Süstern. Do ward de König rein benaut, denn he hett sin Kinner leever as allens anner up'e Welt. Darum gifft he strenge Order, de dree Deerns schoe'n üm- mer ünner Dack holen warrn, un he passt bannig up,

---

[1] Wickersche = Zauberin, Wahrsagerin (nicht so schlimm wie eine Hexe)

dat keeneen so driest is un deit wat gegen sin Willen, wat dat angeiht.

Dar vergeiht en ganze Tied, un de Königskinner wassen ran to de smuckste Deerns, 'nem een wied un sied vun to snacken weet. Do gifft dat Krieg in't Land, un se's Vadder, de König, mutt afste'. Mal, wieldes he in'e Krieg is, sitten de dree Prinzessinnen an't Finster un kieken rut, wo de Sünn up'e lütte Blöme in'e Kruutgaarn schient. Do woe'n se so gresig geern mit de smucke Blöme spelen un fragen se's Uppassers um Verlööv un gahn för en Ogenblick in'e Gaarn spazeern. De Wächters woe'n dat nich togeven, denn se sünd bang' vör de König sin Raasch. Man de Königsdöchter beden so fein, do koenen de Mannslüüd toletzt nich „Nee" seggen un laten se se's Willen kriegen. De Prinzessinnen freu'n sik bannig un gahn rut in'e Gaarn. Man se's Spazeergang duert nich lang', denn knapp sünd se ünner de frie Heven kamen, do kümmt dar en Wulk dal un nimmt se mit, un wat de Lüüd uck upstellen för un finnen se, dat is allens vergevs, liekers se na alle Weltkanten söken.

Do is dar grote Truer un Jammer oever't heele Riek, un een kann sik ja denken, de König freut sik uck nich jüst allto dull, as he na Huus kümmt un kriggt to weeten, wodennig allens passeert is. Man as een so seggt, passeert is passeert, un do mutt he dat blieven laten, as dat is. Wo dar nu keen anner Raat is, lett de König Bott utgahn oever sin heele Riek, de sin dree Döchter ut de Bargriesen se's Gewalt erlösen kann, de schall een vun se to Fruu hebben un dat halve Königriek darto. As dat in'e Länner bekannt ward, trecken en Barg junge Lüüd afste' mit Perde un Lüüd för un söken de dree Prinzessinnen.

An'e König sin Hoff sünd to de dare Tied twee frömde Prinzen, de trecken uck afste' un woe'n se's Glück versöken. Se staffeern sik up't allerbeste ut mit Panzer und kostbare Wapen un seggen grootmulig, se woe'n nich wedderkamen, wenn se dat nich slumpt, wat se vörhebben. –

Nu woe'n wi man de dare Königssoehns eerstmal rumbiestern un söken laten un uns annerwegens henkehr'n. Dar is to vertellen, dar is en arme Wittfruu we'n, de hett deep in't wille Holt wahnt. Se hett een enkelte Soehn hatt, de is elkeen Dag gahn un hett sin Mudder ehr Swiens wahrt. Wieldes de Jung dar buten rumlapen is, hett he sik en Fleut snittjert un hett dar sin Spaaß an hatt un spelen dar up. Un he hett so fein spelt, elkeen, de dat hört hett, is foorts vergnöögt wurrn in sin Sinn. Anners is de Bengel groot un stark we'n un hett Kraasch hatt, un darför is he nich so licht bang' wurrn vör jichens wat.

Mal sitt de Swienharder in't Holt un spelt up sin Fleut, wieldes sin dree Swiens rumlopen un ünner de Boomwuddeln wöhlen. Do kümmt dar en ganz, ganz ole Mann angahn mit en witte Baart, de is so lang, de reckt bet dal up sin Lievreem. De dare Keerl hett en Hund bi sik, de is bannig groot un stark. As de Bengel nu de dare grote Hund wies ward, denkt he bi sik: „Guut för de, de so'n Hund bi sik hett hier in'e Wildnis, de kann nix passeer'n!" De Keerl kann ja woll Gedanken lesen, denn he seggt: „Darum bün ik ja herkamen, ik will geern min Hund för een vun din Swiens intuuschen." Dat is de Bengel recht, un he geiht foorts up'e Hannel in. Do kriggt he de grote Hund un gifft dar sin griese Swien för. Denn geiht de Ole sin Weg. Man as he geiht, seggt he noch: „Ik denk, du warrst ganz tofreden we'n mit unse Hannel, denn de dare Hund is nich as anner Hünne. He heet *Hool*, un wat du em to holen upgeven deist, dat hollt he fast, un weer dat uck de gröttste Ries." Darmit gahn se ut'nanner, un de Jung dücht, dütmal is em dat Glück nich toweddern we'n.

As dat naher Avend ward, röppt de Jung sin Hund un drifft de Swiens ut't Holt na Huus. As de Oolsch nu to hören kriggt, ehr Soehn hett dat griese Swien intuuscht för en Hund, do ward se splitterndull un geiht de Bengel to Kleed mit Hau'n un Slaan. De Jung seggt, se schall sik doch man tofreden geven, man dat helpt nix, jo länger dat duert, jo duller ward bloots de Oolsch ehr Raasch. As dar denn keen anner Raat mehr is, röppt de Jung sin Hund un seggt: „Hool!" Foorts löppt de Hund hen, kriggt de ole Fruu faat un hollt ehr fast, dat se sik nich roegen kann; man anners deit 'n ehr nix. Do mutt de Oolsch ehr Soehn toseggen, dat se sik darmit affinnen will, wat passeert is, un naher verdrägen se sik wedder. Man de Oolsch dücht doch, se hett grote Schaden hatt, wo se dat fette Swien tosett hett.

De neegste Dag geiht de Jung wedder to Holts mit sin Hund un sin beide Swiens. As he dar henkümmt, sett he sik dal un spelt up sin Fleut so as ümmer, un de Hund danzt dar so leifig to, dat is ganz wunnerbar un kieken dat an. As he dar nu so sitten deit, kümmt de ole Griesbaart wedder ut't Holt rut un hett en anner Hund mit, de is nich lütter as de vörherige. As de Bengel dat feine Deert wies ward, denkt he: „Guut för de, de so'n Hund bi sik hett hier in'e Wildnis, de kann nix passeer'n!" De Keerl markt dat un seggt: „Darum bün ik ja herkamen, ik will geern min Hund för een vun din Swiens intuuschen." De Jung besinnt sik nich lang', he geiht up'e Hannel in. Do kriggt he denn de grote Hund un gifft dar sin Swien för hen. Denn geiht de Griesbaart wedder weg. Man ehrer he geiht, seggt he noch: „Ik denk, du warrst ganz tofreden we'n mit unse Hannel, denn de dare Hund is nich as anner Hünne. He heet *Sliet*, un wat du em to slieten upgeven deist, dat ritt he in Stücken, un weer dat uck de gröttste Ries." As se sodennig mit'nanner snackt hebben, gahn se ut'nanner. Man de Bengel freut sik, un em dücht, he hett en gude Tuusch maakt, wenn he uck weet, sin ole Mudder ward de dare Hannel gar nich na de Mütz we'n.

As dat nu to Avend geiht un de Jung kümmt na Huus, do ward de Oolsch nich minner füünsch as de Dag vörher. Man dütmal truut se sik nich un hau'n ehr Soehn. Aver as dat faken so is, dat Fruunslüüd, wenn se man lang' nugg schimpt hebben, sik upletzt tofreden geven, sodennig geiht dat nu uck. De Bengel un sin Mudder verdrägen sik wedder, man de Oolsch denkt bi sik, se hett en Schaden leden, de is nich so licht un maken wedder guut.

De drütte Dag geiht de Jung wedder to Holts mit sin Swien un sin beide Hünne. So fein as he toweg' is, sett he sik up en Stubben un spelt up sin Fleut as ümmer. Un de Hünne, de danzen dar so leifig to, dat is en Spaaß un kieken dat an. Wieldes de Bengel dar ganz in Ruh un kommodig sitten deit, kümmt de ole Griesbaart wedder ut't Holt rutgahn. Uck dütmal hett he wedder en Hund mit, de is jüst so groot as de anner beiden. As de Jung dat feine Deert wies ward, kann he sik nich helpen, he denkt: „Guut för de, de so'n Hund bi sik hett hier in'e Wildnis, de kann nix passeer'n!" De Keerl markt dat un seggt: „Darum bün ik ja herkamen, ik will di geern min Hund ver-

kopen, denn ik kann marken, du wullt 'n geern heb-
ben." De Jung is foorts praat un geiht up'e Hannel
in; he kriggt de grote Hund un gifft dar sin letzte
Swien för hen. Denn geiht de Ole wedder weg. Man
in't Gahn seggt he noch: „Ik denk, du warrst ganz
tofreden we'n mit unse Hannel, denn de dare Hund
is nich as anner Hünne. He heet *Hork* un hett so'n
fiene Ohren, he kriggt allens mit, wat dar passeert,
wenn't uck vele Mielen weg is. Ja, he hört de Böme
wassen un dat Gras up'e Wisch." Denn gahn se as
gude Frünnen ut'nanner. Man de Bengel freut sik un
meent, nu bruukt he vör nix in'e Welt mehr bang'
we'n.

As dat denn Avend ward un de Jung treckt na Huus,
do ward sin Mudder bannig trurig, dat ehr Soehn
allens verköfft hett, wat se harrn. Man de Jung
seggt, se schall sik man keen Sorgen maken, he will
dat al klaar kriegen, dat se keen Noot lieden mutt.
So as he dat seggen deit, ward de Oolsch wedder ver-
gnöögt, ehr dücht, dat hett he mal fein seggt, as en
rechte Keerl. As dat denn Dag warrn will, geiht de
Jung mit sin Hünne up Jagd, un as dat wedder
Avend ward, kümmt he na Huus mit so vel Wild, as
he man drägen kann. He jaagt noch en ganze Reeg
vun Daag, bet de Oolsch ehr Spieskamer vull is mit
wat to eten un wat anners nödig is. Denn seggt he
sin Mudder adjüs, röppt sin Hünne un seggt, he will
nu in'e Welt trecken un versöken, wat dat Glück
praat hett för em.

De Jung treckt nu oever Bargen un wille Stieg'en un
kümmt deep in dat wille Holt rin. Dar bemött he de
Griesbaart, 'nem ik eerst al vun vertellt heff. De
Jung freut sik, dat he em wedder bemött, un seggt:
„Moin, lütt Vadder, un velen Dank nochmal för dat

letzte Mal, as wi uns dreepen." De Ole seggt: „Moin, moin! Wonem scha'st du denn up dal?" – „Ik will rut in'e Welt", seggt de Jung, „un seh'n wodennig ik mi verännern kann." Do seggt de Ole: „Gah du düsse Weg man wieder, bet du na de Königshoff kümmst, dar ward din Glück sik dreih'n." Denn gahn se vun-een. Un de Jung hört up de Griesbaart sin Raat un geiht vörföötsch ümmer wieder liekut. Wenn he na en Kroog kümmt, spelt he up sin Fleut un lett sin Hünne danzen, un denn fehlt em dat nie nich, dat he to eten kriggt un Bettplatz un wat he anners bruukt.

As de Jung al lange Tied ünnerwegens is, do kümmt he toletzt na en grote Stadt, 'nem en Barg Lüüd up'e Straten lopen. De Bengel wunnert sik, wat dat woll to bedüden hett, un do kümmt he na de Stä', 'nem de König sin Bott utblaast ward: De de dree Prinzes-sinnen ut de Riesen se's Gewalt frie maakt, schall een vun se to Fruu kriegen un darto dat halve Land un Riek. Nu versteiht de Jung, wat de Griesbaart em hett seggen wullt. Darum röppt he sin Hünne un geiht de Weg wieder, bet he an'e König sin Hoff kümmt. Man an'e Königshoff is allens Jammer un Truer sörre de Dag, as de König sin Döchter weg-kamen sünd. Un an dullsten truern de König un de Königin. De Bengel geiht rup in'e Borgstuuv un seggt, he will geern för de König spelen un sin Hün-ne wiesen. Dat gefallt de Hofflüüd, denn se denken, dat kunn de König vellicht en beten upmuntern. Do bringen se em rin, un he dörv sin Saak upföhr'n. Un as de König sin Spelen hört un süht, wo leifig de Hünne danzen, do ward he ganz vergnöögt tomoot, so as em rund soeven Jahr lang keeneen sehn hett, sörre de Dag, as he sin Döchter tosett hett.

As de Danz to Enne is, fraagt de König, wat de Jung dar för'n Lohn för hebben will, dat he se all so'n grote Freud un Vergnögen maakt hett. Do seggt de Jung: „Herr König, ik bün nich herkamen, dat ik Guut un Gold winnen wull. Man um wat anners wull ik beden, dat du mi Verlööv giffst un trecken afste' un söken de dree Prinzessinnen, de in'e Gewalt vun'e Bargriesen sünd." As de König dat hört, ward he heel düüster kieken, un he seggt: „Du musst nich gloven, dat du min Döchter erlösen kannst. Dat is swaar un is al annern verglippt, de vel beter weer'n as du. Man wenn een dat klaar kriggt un erlösen de Prinzessinnen, denn so will ik wiss un wahrhaftig min Woort nich breken." Dat, dücht de Jung, hett he mal fein seggt, so as sik dat för en Mann un König hört. Do seggt he de König adjüs un maakt sik up'e Weg. Man he sett sik dat in'e Kopp, he will sik nich Rist oder Ruh günnen, ehrer he funnen hett, wat he söcht.

De Bengel reist nu dör vele un grote Länner, ahn dat em wat Afsünnerliches bemöten deit. Allerwegens, 'nem he hengeiht, kamen sin Hünne mit; Hork löppt vörut un luustert, um dar in'e Neegde wat to hör'n is, Hool driggt de Paas mit Eten, un Sliet hett de mehrste Knoev un driggt sin Herr, wenn de mal möö' ward vun't Wannern. Do kümmt Hork een Dag mal hastig na sin Herr lapen un vertellt, he is hen we'n na de un de grote Barg un hett hört, een vun de Königsdöchter sitt dar in un spinnt. Man de Ries sülven is nich to Huus. Do freut de Jung sik düchtig un süht to un kamen hen na de Barg. As se dar ankamen, seggt Hork: „Wi hebben keen Tied to verleern. De Ries is man noch tein Mielen weg vun hier, un ik hör al, wo de gollne Hoofiesens vun sin Perd up'e Steens klingen." Do seggt de Jung to sin Hünne, se schoe'n de Dör vun'e Barg inhau'n, un dat passeert uck. As he denn rinkümmt in'e Barg, ward he en smucke Jumfer wies, de sitt dar in'e Saal un spinnt Golddraht up en gollne Teen[1]. De Jung geiht hen un seggt „Moin" to de smucke Deern. Do is de Königsdochter bannig verbaast un fraagt: „Wokeen büst du denn, dat du di truust un kamen hier in'e Ries sin Saal? Ik sitt hier nu al an de soeven Jahr in'e Barg, un heff in de Tied nich een Minsch to Gesicht kregen. Man seh um Gotts Willen bloots to un kamen weg, ehrer de Ries na Huus kümmt", seggt se, „anners kost't di dat din Leven." Man de Jung is nich bang', he meent, he will driest aftöven, bet de Ries kümmt.

Wieldes se noch so snacken, kümmt de Ries anreden up sin goldbeslaane Fahl. As he nu süht, de Dör is up, ward he bannig füünsch un bölkt, dat de heele Barg bevert. „Wokeen hett min Bargdör twei maakt?" fraagt he. De Jung seggt: „Dat weer ik, un nu will ik di uck twei maken. Hool! hool em fast; Sliet un Hork! riet em in hunnertdusend Finzeln." Knapp hett he dat seggt, do kamen de Hünne anstörmen, smieten sik up'e Ries un rieten un slieten em in luder lütte Stücken. Do ward de Prinzessin sik gewaltig freu'n un seggt: „Gottloff, nu bün ik erlöst!" Se fallt de Jung um'e Hals un drückt em een up. Man de Jung will sik nich länger upholen; he sadelt de Ries sin Perde, laad't dar all dat Gold un Sülver up, wat dar in'e Barg liggen deit, un süht to un kamen afste' tosamen mit de smucke Königsdochter.

Se reisen nu en lange Weg tohopen, un de Jung deent de Prinzessin rejell un ehrbar, as sik dat bi en

---

[1] Teen = Spindel (dän. ten)

vörnehme Jumfer hören deit. Do kümmt een Dag mal Hork – de löppt ja ümmer vörut un hört sik um – de kümmt hastig anlapen bi sin Herr un vertellt, he is bi de un de grote Barg we'n, un do hett he hört, de tweete Königsdochter sitt dar in un haspelt Goldgaarn; man de Ries sülven is nich to Huus. To de dare Naricht freut de Jung sik un süht to un kamen hen na de dare Barg; sin true Hünne kamen mit. As se dar nu ankamen, seggt Hork: „Wi hebben keen Tied to verdammeln. De Ries is man noch acht Mielen weg, un ik hör al de gollne Hoofiesens ünner sin Perd up'e Steens klingen." Foorts gifft de Jung sin Hünne Order, se schoe'n de Dör vun'e Barg inhau'n, un dat doon se. As he denn rinkümmt in'e Barg, ward he en smucke Jumfer wies, de sitt dar in'e Saal un haspelt Goldgaarn up en gollne Haspel. De Jung geiht hen un seggt „Moin" to de smucke Deern. Do is de Königsdochter bannig verbaast un fraagt: „Wokeen büst du denn, dat du di truust un kamen hier in'e Ries sin Saal? Ik sitt hier nu al an de soeven Jahr in'e Barg, un heff in de Tied nich een Minsch to Gesicht kregen. Man seh um Gotts Willen bloots to un kamen weg, ehrer de Ries na Huus kümmt", seggt se, „anners kost't di dat din Leven." Man de Jung vertellt ehr, wat sin Warv is, un meent, he will driest aftöven, bet de Ries kümmt.

Wieldes se noch so snacken, kümmt de Ries anreden up sin goldbeslaane Perd. As he nu süht, de Dör is up, ward he bannig füünsch un bölkt, dat de heele Barg bevert bet dal in'e Wuddeln. „Wokeen hett min Bargdör twei maakt?" fraagt he. De Jung seggt driest: „Dat weer ik, un nu will ik di uck twei maken. Hool! hool em fast; Sliet un Hork! riet em in hunnertdusend Finzeln." Foorts kamen de Hünne anbruust, smieten sik up'e Ries un rieten un slieten em in so vel Stücken, as wenn in'e Harvst de Bläder fallen. Do ward de Prinzessin sik gewaltig freu'n un röppt: „Gottloff, nu bün ik erlöst!" Se fallt de Jung um'e Hals un drückt em een up. Man de Jung bringt de Prinzessin na ehr Süster, un een kann sik ja denken, wodennig de sik freu'n un kamen tosamen. Naher nimmt he he all dat Gold un Sülver, wat dar in'e Barg liggen deit, laad't dat up de Ries sin gold- beslaane Perde un treckt afste' tosamen mit de beide Königsdöchter.

Se reisen nu en lange Weg tohopen, un de Jung deent de Prinzessinnen rejell un ehrbar, as sik dat bi vörnehme Jumfern hören deit. Do kümmt een Dag mal Hork – de löppt ja ümmer vörut un hört sik um – de kümmt hastig anlapen bi sin Herr un vertellt, he is bi de un de grote Barg we'n, un do hett he hört, de drütte Königsdochter sitt dar in un wevt Gold- tüüg; man de Ries sülven is nich to Huus. To de dare Naricht freut de Jung sik un süht to un kamen hen na de dare Barg; sin dree Hünne kamen mit. As se dar nu ankamen, seggt Hork: „Dar is keen Tied to verspillen. De Ries is man noch fiev Mielen weg. Ik hör düütlich, wo de gollne Hoofiesens ünner sin Perd up'e Steens klingen." Do seggt de Jung to sin Hünne, se schoe'n de Bargdör inhau'n, un dat doon se uck. As he nu in'e Barg ringeiht, ward he en Jumfer wies, de sitt dar in'e Saal un wevt up en gollne Wevstohl. De dare Deern is so unbannig smuck, de Jung harr nie nich dacht, dat kunn so'n smucke Fruunsminsch geven up'e Welt. He geiht hen un seggt „Moin" to de smucke Jumfer. Do is de Königsdochter bannig ver- baast un fraagt: „Wokeen büst du denn, dat du di truust un kamen hier in'e Ries sin Saal? Ik sitt hier nu al an de soeven Jahr in'e Barg, un heff in de Tied nich een Minsch to Gesicht kregen. Man seh um Gotts Willen bloots to un kamen weg, ehrer de Ries na Huus kümmt", seggt se, „anners is dat din Dood." Man de Jung is nich bang' un seggt, he will geern sin Leven wagen för de smucke Königsdochter.

Wieldes se noch so snacken, kümmt de Ries anreden up sin goldbeslaane Fahl un hollt vör de Barg an. As he nu ringeiht un süht wat för'n unbedene Gäst dar kamen sünd, verfehrt he sik bannig, denn he weet al, wat mit sin Bröder passeert is. Em dücht, dat is sachs dat Beste un gahn an de Saak mit List un Plie, denn he truut sik nich un hau'n sik mit em. Darum fangt he en ganz sinnige Snack an un deit ganz nett un fründlich gegen de Jung. Un he seggt to de Königsdochter, se schall wat to eten maken, dat se se's Frömden beköstigen koenen. So as de Ries sin Wöör sett, lett de Jung sik toletzt vun sin leifige Tung besabbeln un passt nich mehr up'e Kaneel. He sett sik mit de Ries to Disch. Man de Königsdochter weent heemlich, un de Hünne sünd bannig unruhig, man nümms ward dat so recht wies.

As de Ries un sin Gast ferdig eten hebben, seggt de Jung: „Satt bün ik nu, nu giff mi noch even wat gegen de Dörst." Do seggt de Ries: „Baven in'e Bargen is en Born, de löppt mit de klaarste Wien. Man ik heff keen, de ik henschicken kann för un halen wat." Och, seggt de Jung, wenn't wieder nix is, denn kann ja een vun sin Hünne dar rup gahn. As he dat seggt, lacht de achtertücksche Ries in sin falsche Hart, denn dat is't ja jüst, wat he geern will, dat de Bengel sin Hünne wegschickt. De Jung gifft denn Order, Hool schall na de Born gahn um Wien, un de Ries gifft em en grote Kruuk. De Hund geiht, liekers een marken kann, he deit dat nich geern. Man dat duert un dat duert, un he kümmt gar nich wedder.

As dar sodennig en Tied vergahn is, seggt de Ries: „Dat wunnert mi doch, wo lang' din Hund wegblifft. Vellicht schu'st du din anner Hund achterna schicken, dat de em helpt, denn de Weg is lang, un de Kruuk is swaar un drägen." De Jung ahnt ja nix Böses, un do deit he, wat de Ries seggt, he seggt to Sliet, he schall losgahn un nakieken, warum Hool nich wedderkümmt. De Hund wackelt mit de Steert un will sin Herr nich verlaten. Man de Bengel markt dat nich un jaagt em weg, hen na de Born. Do lacht de Ries sik in'e Fuust, un de Königsdochter weent. Man de Bengel kriggt dar nix vun mit, he is fein toweg', spaaßt mit sin Gastgever un denkt an keen Gefahr.

Dat duert wedder en ganze Tied, man dar is nix to hören un to seh'n vun Wien oder vun Hünne. Do seggt de Ries: „Ik mark al, din Deerten hör'n nich up di, anners seeten wi nu nich hier to verdörsten. Mi dücht, du schu'st man Hork losschicken un kieken na, woso se nich wedderkamen." De dare Wöör warrn de Bengel argern, un do seggt he to sin drütte Hund, he schall gau hengahn na de Born. Man Hork will nich, he ward jauln un krüppt sin Herr vör de Fööt. Do ward de Jung füünsch un jaagt em mit Gewalt los. Nu mutt de Hund ja doon, wat sin Herr seggt, un he löppt mit grote Hast de Barg tohööcht. Man as he henkümmt, geiht em dat jüst so as de beide annern. Dar steiht mitmal en hoge Muer up rund um em, un do sitt he fast dör de Ries sin Töverkunsten.

As denn all dree Hünne fastsett sünd, steiht de Ries up, ward mitmal heel anners kieken un grippt sik en blanke Swert, dat hängt dar an'e Wand. „Nu scha'st du mi betahlen för min Bröder", seggt he, „nu bring ik di um'e Eck, du büst in min Gewalt." Do verfehrt de Jung sik, un he beduert, dat he sin Hünne wegschickt hett. Man he seggt: „Ik bedel nich um min Leven, denn starven mutt ik ja doch mal. Ik heff bloots een Be', dat ik noch en Vadderunser lesen un en Psalm up min Fleut spelen dörv. Sodennig is dat begäng, 'nem ik herkaam." Ja, dat is de Ries recht, man he seggt, lang' will he nich luern. Do fallt de Jung up'e Kneen un les't mit Andacht en Vadderunser un ward up sin Fleut spelen, dat dat oever Barg un Slunk klingen deit. Do verleert mitmal de Töver sin Macht, un de Hünne kamen los. Se kamen anrönnt as en Stormwind un susen rin in'e Barg-Saal. Foorts steiht de Jung up un röppt: „Hool! Hool em! Sliet un Hork! Riet em in veldusend Stücken!" Do fallen de Hünne oever de Ries her un rieten em in lütte Finzeln. Denn nimmt de Jung all de Kraam, de dar in'e Barg liggen deit, spannt de Ries sin Perde vör en vergold'te Waag un fahrt afste' so gau, as he kann.

As de Königsdöchter do wedder tosamenkamen, ward dat en grote Freud, dat lett sik ja denken, un all danken se de Jung, dat he se ut de Bargriesen se's Gewalt erlöst hett. Man de Jung hett sik bannig in de jüngste Prinzessin verkeken, un do verspreken se sik mit'nanner. De Königsdöchter reisen denn na Huus mit Spel un Spaaß un Freud, un de Jung deent de Prinzessinnen rejell un ehrbar, as sik dat bi vörnehme Jumfern hören deit. Man ünnerwegens spelen de Prinzessinnen mit de Jung sin Haar un knütten as Teeken elk ehr Fingerring in sin lange Locken.

Mal, as se noch ünnerwegens sünd, bemöten se twee Wannerslüüd, de gahn desülve Weg. De beide Frömden gahn in plünnige Tüüg, se's Fööt sünd vull vun Blasen, un een kann se anseh'n, se hebben en lange Reis achter sik. De Jung hollt an mit sin Waag un fraagt, wokeen se sünd un wonem se herkamen. De Frömden seggen, se sünd twee Prinzen, un se sünd lostrocken för un söken de dree wegslepte Jumfern. Man se hebben nix beschickt kregen, darum moeten se nu na Huus wannern, mehr as so'n paar Bedellüüd un nich as Königssoehns. As de Jung dat hört, doon de beide Wannerslüüd em leed, un he fraagt um se mitfahren woe'n in'e smucke Waag. För dat dare Anbott danken de Prinzen velmals. Do fahren se denn tosamen wieder un kamen in dat Land vun de König, de Prinzessinnen se's Vadder.

As de Prinzen nu to weeten kriegen, wo de Jung de dree Königsdöchter erlöst hett, warrn se bannig afgünstig, un se dücht, se's eegne Doon hett se nich vel Vördeel bröcht. Do besnacken se sik, wodennig se de Jung an'e Kant kriegen un sülven Loff un Ehr winnen koenen. Man se seggen dar nix vun, wat se vörhebben, un luern dar up, dat sik dat mal passt. Do smieten se sik upmal up se's Reismacker, kriegen em bi de Hals un murksen em af. Denn moeten de Prinzessinnen se swören, dat se dar nix vun seggen woe'n, wat dar passeert is, anners woe'n se se uck um'e Eck bringen. Wo de Königsdöchter nu ja in de Prinzen se's Gewalt sünd, truu'n se sik nich un lehnen dat af. Man de Jung deit se bannig leed, de för se sin Leven tosett hett, un de jüngste Prinzessin truert um em sodennig vun Harten, dat se sik to nix mehr freu'n kann.

Na dat dare grote Verbreken trecken de Prinzen an'e Königshoff, un een kann sik ja denken, wat dat dar för'n Freud is, dat de König sin dree Döchter wedderhett. Wieldes liggt de stackels Jung in't Holt as doot. Man he is nich heel un deel verlaren, denn sin true Hünne leggen sik um em, warmen em gegen de Küll un licken sin Wunnen. Dar holen se nich up mit, ehrer se's Herr to sik kümmt un wedder upleven deit. As he denn wedder risch is un Knoev hett, maakt he sik up'e Weg, un na vel Maleschen kümmt he na de Königshoff, 'nem de Prinzessinnen to Huus sünd.

As de Jung do rinkümmt, markt he grote Spektakel un Stahoi an'e heele Hoff, un ut'e Königssaal hört he Danz un Musik. Do is he bannig verbaast un fraagt, wat dat denn to bedüden hett. De Bedeenter seggt: „Du kümmst ja sachs vun wied her, dat du dar nix vun hört hest. De König hett sin Döchter wedderkregen ut de Bargriesen se's Gewalt, un vundaag hebben de beide öllste Prinzessinnen Hochtied." Do ward de Jung na de jüngste Prinzessin fragen, um se uck Bruut is, man de Bedeenter seggt, nee, se will keen Mann hebben, se is man bloots ümmerto an't Blarrn, un keeneen weet, warum se so trurig is. Nu ward de Jung wedder vergnöögt, denn he markt, sin versprakene Bruut hett em leev un is em truu.

Do geiht de Jung rup in'e Borgstuuv un lett de König seggen, dar is en Gast kamen, de will geern de Hochtiedsfreud noch grötter maken un sin Hünne upwiesen. Dat gefallt de König, un he gifft Order, de Frömde schall up't Beste upnahmen warrn. As de Jung nu in'e Saal kümmt, wunnert sik de heele Hochtiedsflock, wo leifig un stevig he uptreden deit, un se dücht all, so'n forsche Jungkeerl kriggt een nich faken to seh'n. Man de dree Königsdöchter kennen em ja foorts wedder, se springen up vun'e Disch un fleegen em um'e Hals. Do dücht de Prinzen, dat is sachs nich guut un blieven dar noch länger. Man de Königsdöchter vertellen nu, wo de Jung se erlöst hett, un wat se anners noch passeert is; un to wiedere Bewies söcht elkeen ehr Fingerring in sin Haarlocken.

As de König do hört, de beide frömde Prinzen sünd mit Falsch un Lumperie vörgahn, kümmt he bannig in'e Brass un lett se mit Schimp un Schann vun'e Königshoff jagen. Man de fixe Jung ward mit grote Ehr upnahmen, as he dat ja uck verdeent hett, un noch desülve Dag maakt he Hochtied mit de jüngste Königsdochter. – Na de König sin Dood is de Jung denn to Herr oever't Land köört wurrn, un he is en fixe König we'n. Un dar levt he noch mit sin smucke Königin un regeert noch vundagigen Daags glücklich un tofreden. Man vun do an bün ik dar nich mehr mit bi we'n.

De twee Schatullen

Dar is mal en Fruunsminsch we'n, de is oold we'n un leeg, wat ja dörchut mal vörkamen kann. Se hett twee Döchter hatt, een eegne Dochter un een Steefdochter, de sünd so verscheeden we'n as Dag un Nacht. Denn de Oolsch ehr Dochter hett in allens na ehr Mudder slaan, man de Steefdochter is en richtig feine Deern we'n, hartensguut un nett, de is keeneen to neeg kamen. Darför hebben ehr uck all Lüüd bannig geern lieden mucht. Bet up ehr leege Steefmudder un Steefsüster, versteiht sik. De hebben ehr allens an Verdreet maakt, wat se man infullen is, un jo länger dat duert hett, jo leeger is dat wurrn. Toletzt hebben se sik oeverleggt, wodennig se ehr heel un deel verdarven un an'e Kant bringen koenen.

Dat se mit de Lütte to Enne kümmt, so guut un nett as de ümmer is, lett de Oolsch mal ehr Döchter ropen un sett se to spinnen an'e Soot. Un de, de ehr Faden toeerst afrieten deit, schall to Straaf in'e Soot smeten warrn. Na, de Deerns doon ja, wat se's Mudder seggt hett. Se nehmen se's Spinnroe', setten sik up'e Kant vun'e Soot un gahn an'e Arbeit. Man de Oolsch hett de Kraam nich liek mang se updeelt, denn ehr eegne Dochter kriggt dat beste Flass to spinnen, man ehr Steefdochter mutt Heed spinnen, un doch schoe'n se beide lieker fiene Fadens trecken. Un denn kümmt dat, as een sik dat denken kann: Wo dull de Lütte sik uck in Acht nimmt, ehr Faden brickt liekers toeerst. Foorts is de Oolsch dar, kriggt ehr bi de Fööt un smitt ehr koppoever in'e Soot, liekers se för sik beden deit, dat dat en Steen week maken kunn. As dat daan is, gahn Mudder un Dochter wedder t'rügg na de Kaat un freu'n sik, dat se de Lütte nu guut los sünd, 'nem se sik so lang' oever argert hebben.

167

Man „nimm di nix vör, denn sleit di nix fehl", un so-
dennig is dat hier uck, denn as de Steefdochter dal-
sackt up'e Grund vun'e Soot, do deit sik ünner ehr de
Eerde up, un se kümmt up en feine Wisch, 'nem dat
Gras wasst un de Böme Bläder hebben, jüst so as
in'e Boeverwelt, bloots dat dar keen Sünn an'e Heven
schient so as hier. Do denkt se bi sik: „Ik arme Sta-
ckel, wat schall ik nu maken? Na min leege Steef-
mudder truu ik mi nich wedder hen, un anners heff
ik keeneen in'e Welt, an de ik mi holen kann. Ik
mutt man wiedergahn un sehn, wat darbi rutsuert."
Un do wischt se sik de Tranen af un geiht los oever
de Wisch.

As se nu en Stück gahn is, kümmt se toeerst an en
ole Lattentuun; de is so twei un rott, de Latten un
Pahlen hängen knapp noch tosamen, un de Stegel[1] is
heel un deel oeverwussen mit Mossbaart[2]. Do seggt
de Tuun: „Leeve lütte Jumfer, do mi nix, mi stackels
Tuun, so oold un rott as ik bün!" – „Nee", seggt de
Deern, „dat do ik ganz bestimmt nich, wes man nich
bang'." Se stiggt oever de Tuun, man so lichtföötsch
un vörsichtig, dat dar nix brickt oder ut'e Stä' bröcht
ward. Denn geiht se wieder. Un de Tuun strickt sik
sin mossige Baart, kickt ehr fründlich achterna un
wünscht de nette Deern allens Gude in'e Welt.

As se denn en Stück wieder kamen is, kümmt se na
en Backaben, de steiht dar blangen de Weg. De is
vull mit warme, frisch backte Brood, een witter as
dat anner, un de Broodschuver liggt paraat vör de
Abenluuk. Do seggt de Backaben: „Leeve lütte Jum-

---

[1] Stegel = Zauntritt
[2] Mossbaart = Moosbart (Bryopogon jubatus)

fer, do mi nix, mi stackels Backaben! Itt so vel, as du
magst; man nimm nix mit, schuuv de Rest wedder
rin!" Ja, seggt de Deern, he schall man nich bang'
we'n, se will em ganz bestimmt keen Schaden doon.
Denn snappt se sik de Broodschuver, maakt de
Abenluuk up, haalt dar en warme, frisch backte
Brood rut un geiht bi un eten. Man as se so vel eten
hett, as se Lust hett, schüfft se de Rest wedder rin,
maakt de Abenluuk wedder to un leggt de Brood-
schuver wedder an sin Stä'. Denn maakt se sik wed-
der up'e Weg so as vörher. Un de Aben kickt ehr
fründlich achterna un wünscht de nette Deern, dat
ehr dat guut gahn schall.

Dat duert denn wedder en Tied, un de Lütte kümmt
na en Koh, de geiht dar to freten in't gröne Gras. De
Koh hett en Melkammer an'e Hoorns, un ehr Jüdder
is so prall, een kann seh'n se is lang' nich melkt
wurrn. Do seggt de Koh: „Leeve lütte Jumfer, do mi
nix, mi stackels Koh! Melk mi un drink so vel, as du
wullt. Man spill nix up'e Grund. Kipp mi naher de
Rest oever de Klauen un häng de Ammer wedder an
min Hoorns!" Ja, de Deern bedankt sik un seggt to
de Koh, se schall man nich bang' we'n, se will ehr
ganz bestimmt keen Schaden doon. Denn nimmt se
de Melkammer un geiht bi un melken, un as se
melkt hett, drinkt se so vel, as se mag, kippt de Koh
de Rest oever de Klauen un hängt de Ammer wedder
an'e Hoorns, allens as de Koh dat seggt hett. Denn
geiht se wieder de Weg lang. Un de Koh kickt ehr
fründlich achterna, bölkt fröhlich un wünscht, dat et
de nette Deern guut gahn schall.

As de Lütte nu wedder en Stück wieder kamen is,
kümmt se na en grote Appelboom, 'nem de feinste
Appeln an hängen, man de is so oevervull, dat de

Telgens sik dalbögen bet an'e Grund. Do seggt de Boom: „Leeve lütte Jumfer, do mi nix, mi stackels Appelboom. Plöck vun min riepe Appeln un itt so vel, as du magst; man nimm keen mit. Sett wecke Stütten ünner min Telgens un vergraav de Rest bi min Wuddel." – „Velen Dank", seggt de Deern, „dat will ik ganz bestimmt doon. Wes man nich bang'." Do geiht se bi un plöckt vun'e riepe Appeln, un as se plöckt hett, itt se so vel, as se mag, sett Stütten ünner de Telgens un vergraavt de Rest bi de Wuddel. Denn geiht se wedder wieder. Un de Appelboom nickt mit sin gröne Bläder, kickt ehr fründlich achterna un wünscht de nette Deern, dat ehr dat guut gahn mag.

As dat nu hen to Avend geiht, kümmt de Lütte na en Heckpoort, un dar sitt en ganz, ganz ole Fruunsminsch un loehnt sik gegen de Heckpahl. Do geiht se foorts hen un grötet: „Gu'n Avend, lütt Mudder." De Oolsch seggt: „Ik wünsch di uck gu'n Avend. Wat büst du för een, dat du hier ankümmst un so fein gröten deist?" – „Och", seggt de Deern, „ik bün man bloots en arme Steefkind un bün in'e Welt trocken för un söken mi en Deenst." Do seggt de Oolsch: „Denn kannst du di man en beten dalsetten un mi lusen, wieldes wi mit'nanner snacken." Ja, de Steefdochter deit dat, se sett sik dal, nimmt de Oolsch ehr Kopp up ehr Knee un luust ehr. As se darmit ferdig is, seggt de Oolsch: „Velen Dank, dat du di nich to schaa' weerst un lusen mi stackels ole Fruu. Darför will ik di nu seggen wonem du en Deenst kriegen kannst. Wes du man ümmer so nett as nu, denn ward di dat uck guut gahn." Denn wiest se ehr de Weg, gifft ehr en Barg gude Raatsläg mit, un denn gahn se ut'nanner. Un de Deern geiht vörföötsch wieder un kümmt an en ganz, ganz grote Hoff. Dar geiht se hen un ward annahmen as Veehdeern, jüst so, as de Oolsch ehr dat seggt hett.

De neegste Morrn, foorts as dat hell ward, schall de Lütte ehr Deenst anfangen. Do geiht se eerst hen na de Veehstall för de Fröharbeit. As se nu in'e Kohstall rinkümmt, maakt se dat nich so, as anner Deerns dat faken doon, un schriet un bölkt un schimpt; se klappt de Köh up'e Rügg, snackt ganz fründlich mit se un seggt: „Na, min stackels lütte Köh, I hebben ja sachs arig Smacht, wa'? Tööv man en Ogenblick, ik gev ju wat to freten." Se haalt Heu un Stroh ut'e Schüün un fegt un streut un gifft Morrnfudder un passt se up elkeen Wies. As dat daan is, kriggt se sik de Melkschemel her un sett sik dal to melken. Man do sünd de Köh uck nett to ehr. As se na se henkümmt, muhen se vör Freud; keen pedd't de Melkammer um oder maakt ehr anners Verdreet. Nee, se sünd all ganz sinnig un tamm as Lämmer. Dat maakt richtig Spaaß un seh'n, wo de Lütte ehr Arbeit passen deit, un de Köh diehen ünner ehr Hänne un warrn fett un blank, un dat hett up de dare Hoff nie nich mehr Melk oder feinere Köh geven, nich vörher un nich laterhen.

As de Deern sik nu um ehr Köh kümmert hett un hett melkt, sieht un de Melk in'e Melkkann daan, do kümmt dar en ganze Flock Katten um ehr rum, groten un lütten, un miauen ievrig:

„Giff uns en beten Melk!
Giff uns en beten Melk!"

Do is se jüst so nett to de Katten, as se dat eerst to de Köh we'n is. Se schimpt nich up se un haut se nich, as männig anners een dat sachs daan harr. Se

171

eit se oever de Rügg un snackt fein mit se un seggt: „Min stackels lütte Muschis! I hebben woll Hunger un Dörst, wa'? Tööf man, ik gev ju wat to drinken." Un se nimmt de Kann un gütt Melk in'e Kattenschöttel. Un all de Katten kamen um ehr tosamen un strieken lang ehr Kneen, un maken de Rügg krumm un snurren heel vergnöögt, dat is rein en Freud un seh'n, wo se sik an de lütte Veehdeern ansmusen.

As de Fröharbeit denn richtig daan is, mutt de Steefdochter na de Schüün un Koorn stöven. As se dar steiht un stöövt, kümmt en grote Flock Lünken buten up'e Hoff anflagen, hoppt ümmer dichter un dichter, sett sik up'e Süll vun'e Schün un ward jiepen:

„Giff uns en beten Koorn!
Giff uns en beten Koorn!"

Do maakt se dat nich so, as annern dat faken doon, un maakt de Lünken bang' un jaagt se weg, nee, se snackt fründlich mit se un seggt: „Och, min stackels lütte Lünken, sitten de heele Dag buten un hebben dat leeg! I hebben ja sachs düchtig Smacht. Tööv man, I schoe'n wat to freten hebben." Un se nimmt en Handvull Koorn vun'e Koornhupen un streut de an'e Eerde. Un de Lünken hoppen um ehr rum un picken un slaan mit de Flünken un quinkeleern un sünd so lustig, as wenn se de Lütte danken woe'n, dat se so guut is to se.

Sodennig vergeiht en ganze Tied, een Dag na de anner, un wat de Deern anfaten deit, dat geiht ehr guut vun'e Hand. Do lett ehr mal de Oolsch, de de Hoff hören deit, na sik henropen. Ja, de Steefdochter geiht hen un fraagt, wat se schall. „Ja", seggt de Oolsch, „ik heff markt, du passt din Köh un deist din anner Arbeiten guut, ik bün tofreden mit di. Darum will ik mal seh'n, wat du anners kannst un versteihst. Hier hest du en Sef. Nu schall din eerste Proov we'n, dat du hengeihst na de Born un haalst de Sef vull Water. Man du dörvst nix oeverswulern oder up'e Weg fallen laten." Wat schall de Deern do maken, se mutt ja na de Fruu hören un doon, wat se seggt. Se nimmt de Sef, geiht an'e Born un fangt an un ööscht. Man so flietig se de Sef uck vullööschen deit, dat Water löppt ümmer foorts wedder rut. As se nu wies ward, se kann nich doon, wat de Fruu ehr heeten hett, do ward se heel trurig un sett sik dal bi de Born un ward weenen. Do ward se wies, wo all de lütte Lünken ansuust kamen as en Wulk un dalgahn in'e gröne Wichel oever ehr. Un denn ward elkeen lütte Lünk jiepen un schrien, de eene greller as de anner:

> „Asch in'e Sef,
> denn hollt 'n dicht!
> Asch in'e Sef,
> denn hollt 'n dicht!"

Do markt de Deern bi lütten, de lütte Lünken woe'n ehr raden, wat se maken schall. Darum löppt se gau hen un haalt wat Asch un leggt de oever de Borm vun'e Sef. Un kiek, nu kann se 'n vull maken mit Water, ahn dat dar uck man een Drüpp verspillt. As se dat klaar hett, geiht se wedder rup na de Hoff, un de Lünken freu'n sik un fleegen weg. As se nu rinkümmt bi de Fruu mit de Sef vull Water, is de Oolsch bannig verbaast un fraagt: „Wokeen hett di dat lehrt? Dat harr ik nich dacht, dat du darmit t'recht keemst." Man de Lütte seggt nix, se hollt reine Mund; se will ehr lütte Frünnen nich verraden.

En Tied later lett de Oolsch de Veehdeern wedder rinropen un seggt: „Ik will di nu en anner Proov upgeven. Hier hest du twee Slag'en Gaarn, dat eene witt un dat anner swatt. Nu musst du dalgahn an'e Au un dat witte Gaarn waschen, dat et swatt ward, un dat swatte, dat et witt ward. Man dat mutt allens ferdig we'n, ehrer vunavend de Sünn dalgeiht." Ja, de Deern blifft ja nix oever as doon dat, se nimmt dat Gaarn, geiht an't Över vun'e Au un geiht bi un waschen düchtig. Man se kann waschen un waschen, dat witte Gaarn blifft witt, un dat swatte blifft swatt, jüst so as vörher. As se nu süht, se kann de Fruu ehr Updrag nich nakamen, lett se de Kopp hängen, sett sik dal an't Över un ward blarrn. Do kümmt de heele Vagelflock wedder anflagen as en Wulk un geiht dal in'e Barkenböme an'e Au. Un al de lütte Lünken warrn jiepen un schrien vun Twieg to Twieg, de eene luder as de anner:

„Nimm dat swatte,
gah na Oosten!
Nimm dat swatte,
gah na Oosten!"

Do markt de Deern, de Vageln woe'n ehr wedder helpen. Darum deit se, wat se ehr raden, se nimmt dat swatte Gaarn, geiht na Oosten to de Au hooch un geiht bi un waschen. Un kiek, knapp hett se dat Gaarn natt maakt, do ward dat miteens witter as de wittste Snee. As dat daan is, nimmt se dat witte Gaarn un schall bi un waschen. Do singen de Vageln wedder:

„Gah na Westen!
Gah na Westen!"

Ja, de Lütte deit, wat se seggen, se geiht de Au dal na Westen un geiht bi un waschen, un kiek, nu geiht dat wedder jüst so; knapp hett se dat Gaarn natt maakt, do ward dat upmal swatter as de swattste Koehl. Denn geiht se wedder rup na de Hoff, un de Vageln freu'n sik un fleegen weg. As se nu bi de Fruu rinkümmt mit de beide Slag'en Gaarn, wunnert de Oolsch sik noch duller un fraagt so as vörher: „Wokeen hett di dat lehrt? Ik harr nich dacht, dat du dar t'rechtkeemst mit." Man de Lütte hollt reine Mund, denn se will de lütte Lünken nich verraden, de ehr hulpen hebben.

Dar vergeiht wedder en Tied, un denn lett de Oolsch de Veehdeern dat drütte Mal na sik rinropen. Ja, de Lütte geiht hen un fraagt, wat se schall. „Ja", seggt de Fruu, „ik will di noch en Proov upgeven, un dat schall denn de letzte we'n. Hier hest du de beide Slag'en Gaarn, de du wuschen hest. Nu scha'st du dar Tüüg vun weven, man dar dörven keen Kinken un keen Knuppen in we'n, un dat mutt allens ferdig we'n, ehrer vunavend de Sünn dalgeiht." Wat schall de Deern anners maken, se nimmt dat Gaarn un kriggt dat up'e Wevstohl un geiht bi un boomt un schert un slicht't un treckt in un reed't so flietig, so flietig. Man dat Gaarn is schoer un unegaal un ritt bloots ümmer in eensen weg, un jo länger se bi is, jo leeger ward dat. As se nu süht, se kann dat nich doon, wat de Fruu ehr heeten hett, ward se doodunglücklich, sett sik dal up'e Wevstohl mit'e Back in'e Hand un ward gresig blarrn.

Do geiht mitmal de Dör up, un all de Katten kamen rin, een achter de anner, striken lang ehr Kneen un fragen, warum se so ut'nanner is. „Ja", seggt de Lütte, „dar schall ik woll weenen, oder schall ik mi vellicht freu'n? De Fruu hett seggt, ik schall en Stück Tüüg weven, un dat schall ferdig we'n, ehrer vunavend de Sünn dalgeiht. Man dat Gaarn is schoer un hollt nich, un darum bün ik bang', dat löppt up Schiet ut." – „Och", seggen de Katten, „wenn't wieder nix is, dar is sachs Raat för. Du büst ümmer guut we'n to uns, un nu woe'n wi di uck helpen." Un denn springen se all up eenmal up'e Wevstohl un gahn bi un weven so gau, so gau. De eene pedd't, de anner schütt in, de drütte sleit an, de veerte stückt an, de föfte spannt, de sösste rullt up, de soevente reed't de Kamm; un de Deern sülven sett sik an't Spoolrad un spoolt, wieldes de Katten weven. Un dat duert nich länger as so, do hebben se dat Stück Tüüg ferdig, un dat is so dicht un egaal un fien, beter geiht dat nich. Denn lopen de Katten afste', un de Lütte geiht ver-gnöögt rup na de Fruu. Man as de Oolsch dat Tüüg to seh'n kriggt, wunnert se sik bannig un fraagt as vörher: „Wokeen hett di dat lehrt? Ik harr nich dacht, du kreegst dat t'recht." De Steefdochter seggt dar wedder nix to, man hollt reine Mund; se will de nette Katten nich verraden, de ehr hulpen hebben.

As dat Jahr nu rum is un de Lütte hett ehr Deenst-plicht daan, do will se wedder na Huus. Do geiht se denn rin na de Fruu un fraagt um Verlööv. De Fruu seggt, de schall se hebben, wenn se ehr uck nich geern loswe'n will. „Man liekers", seggt se, „wo du mi in allens tofredenstellt hest, will ik di doch Lohn geven för din true Deenst. Gah du man mal rup na de Boehn, dar finnst du wecke Schatullen. Vun de kannst du di nehmen, wat för een du wullt; man maak 'n nich up, ehrer du 'n dar hest, 'nem du 'n hen hebben wullt." Ja, de Deern bedankt sik bi de Fruu, as sik dat hört, un geiht de Boehntrepp tohööcht un na de Boehn. Un all de Katten kamen mit in en lan-ge Reeg. As se nu rinkümmt, ward se wies, dar stahn en ganze Deel Schatullen up'e Del, een root, een gel, un een blau, de eene smucker as de anner; un an allerwiedesten weg steiht en lütte swatte Schatull. Do weet se toeerst nich, wat för een se darvun nehmen schall, denn ehr dücht, de sünd all vel to fein för ehr ringe Deenst. Man ehr Toegern duert nich lang', denn foorts kamen all de Katten um ehr rum un miauen un snacken ehr ievrig to:

„Nimm de swatte!

Nimm de swatte!"

Do nimmt de Deern de swatte Schatull, man ehr dücht doch, dat is vel to vel. Denn seggt se adjüs to de Fruu un to de Köh un de Katten un to de lütte Lünken up'e Hoff, un all tosamen sünd se trurig, dat se vun se all weg mutt. Toletzt geiht se desülve Weg torügg, de se kamen is, un dar is wieder nix vun to vertellen, bet se na de Wisch kümmt. Dar deit de Eerde sik vör ehr up un se kümmt wedder rup in'e Boeverwelt, un as se sik umkickt, kiek, do is se jüst dar, 'nem wi ehr verlaten hebben, an'e Soot up ehr leege Steefmudder ehr Hoff.

As de Lütte nu in'e Stuuv rinkümmt un sik vör de Oolsch un ehr Dochter wiest, do gifft dat ja en grote Stahoi. De Steefmudder is toeerst so verbaast, dat ehr rein de Spraak wegblifft. Toletzt bölkt se los: „Na, denn levst du noch, du verdreihte Gör! Un ik dache, du weerst doot un leegst in'e Soot! Man dat weer denn ja uck wedder nix!" De Deern seggt, se kümmt ut de ünnere Welt, dar is se in Deenst we'n un hett de lütte swatte Schatull as Jahreslohn kregen. Un se fraagt, wonem se en lütte Plack kriegen kann un stellen de hen. Man do ward de Oolsch eerst richtig füünsch. Se jaagt ehr rut ut'e Stuuv un seggt: „Meenst du vellicht, wi hebben Platz up'e Hoff för di un din ole Schietkraam? Nee, huul af dal in'e Höhnerstall, du Bedelgör! Dat is en passliche Stä' för so een as di." Ja, de Deern deit dat ahn Wedderwöör un geiht foorts dal in'e Höhnerstall. Dar schüert un fegt se in alle Ecken un stellt toletzt ehr lütte Schatull hen, as sik dat passt. Nu will se denn doch uck weeten, wat dar in is, un maakt de Deckel up. Man do is se doch heel verbaast; denn de Schatull is heel vull mit Gold un Sülver, Armbänner un Ringen un allens, wat dat an smucke Saken gifft. Un de Schien vun dat Gold flüggt rup na de Dackfast un rut up'e Wänne, un do ward de Höhnerstall mitmal vel smucker as de smuckste Königssaal. Dat is ja gau rum in't Dörp, un vun alle Sieden kamen se an, Navers un Frömden, bloots för un seh'n de lütte Steefdochter un all ehr feine Kraam, wat se nu hett.

Man do warrn de Oolsch un ehr Dochter eerst richtig afgünstig, dat lett sik ja denken! Se koenen nich eten un nich slapen, sodennig sünd se in Fahrt, un de Steefmudder spickeleert ümmerto, wodennig ehr eegne Dochter dat jüst so fein kriegen kann as de Lütte. Dag un Nacht denkt se dar oever na, un toletzt dücht ehr, dat Beste weer, wenn ehr Dochter uck in'e Ünnerwelt in Deenst keem. „Wenn min armselige Steefdochter so'n Lohn kregen hett", meent se, „wat ward denn nich eerst min rechte Dochter kriegen? Dat mutt ja doch in allens noch beter un feiner warrn." Ja, seggt un daan. De Oolsch sett ehr Dochter an'e Soot för un spinnen Heed, un as de Faden ritt, schuppt se ehr rin in'e Soot, jüst so, as se dat mit ehr Steefdochter maakt hett. Un dat löppt uck allens jüst so af; as de Deern up'e Borm kümmt, deit de Eerde sik up, un se kümmt rin in'e Ünnerwelt un kriggt de gröne Wisch un all dat anner to sehn, 'nem ik ja al vun vertellt heff. Do besinnt se sik nich lang', se geiht de Stieg lang un meent, dat hett keen Noot, se will noch Raat weeten, eendoont, wat ehr bemöten mag.

As se nu en Stück gahn is, kümmt se eerst na de ole Lattentuun. Do seggt de jüst as to ehr Süster: „Leeve lütte Jumfer, do mi nix, mi stackels Tuun, so oold un rott as ik bün!" Man kiek, dar fraagt de Oolsch ehr Dochter en Schiet na, se seggt, as een sik dat harr denken kunnt: „Schaam di wat, dat du mi ansnacken magst! Meenst du, ik quäl mi dar um, wat en ole Lattentuun seggt? Tööv man, di will ik dat wiesen!" Un denn treckt se de Tuunpahlen rut, ritt de Latten af, brickt de Stegel twei un smitt de Stücken na alle Kanten. Denn geiht se wieder mit grote Schre'. Un de Lattentuun schüddelt sin griese Baart, kickt ehr füünsch achterna un mummelt: „Dat scha'st du min-santen[1] nich umsunst daan hebben!"

Denn kümmt de Oolsch ehr Dochter na de Backaben, de dar an'e Weg steiht. Do seggt de Aben jüst so as to ehr Süster: „Leeve lütte Jumfer, do mi nix, mi sta-ckels Backaben! Itt so vel, as du magst; man nimm nix mit, schuuv de Rest wedder rin!" Man wat fraagt de dare leege Deern darna! Se seggt so as vörher: „Schaam di wat, dat du mi ansnacken magst! Meenst du, ik quäl mi dar um, wat en ole Backaben seggt? Tööv man, di will ik dat wiesen!" Un denn ritt se de Abenluuk af, streut de Bröde an'e Grund, brickt de Broodschuver twei un smitt de Stücken in'e Gegend rum. Denn maakt se sik wedder up'e Weg as vörher. Un de Aben kickt ehr füünsch achterna un brum-melt: „Dat scha'st du nich umsunst daan hebben!"

---

[1] minsanten = fürwahr (dän. minsandten)

Dat duert en Stoot, do kümmt de Oolsch ehr Dochter na de Koh, de dar geiht to freten in't gröne Gras. Do seggt de Koh: „Leeve lütte Jumfer, do mi nix, mi stackels Koh! Melk mi un drink so vel, as du wullt. Man spill nix up'e Grund. Kipp mi naher de Rest oever de Klauen un häng de Ammer an min Hoorns!" Man de leege Deern seggt so as to de annern: „Schaam di wat, dat du mi ansnacken magst! Meenst du, ik quäl mi dar um, wat en ole Koh seggt? Tööv man, di will ik dat wiesen!" Denn kriggt se de Ammer faat un geiht bi un melkt un drinkt so vel, as se mag, man as se drunken hett, deit se nich, wonem de Koh ehr um beden hett, se deit jüst dat Gegendeel, se kippt de Melk ut, pedd't de Melkammer twei un kielt de Stücken so wied, as se man kann. Denn geiht se wieder. Un de Koh kickt ehr füünsch achterna, schüddelt de Hoorns un bölkt: „Dat scha'st du minsanten nich umsunst daan hebben!"

Wedder vergeiht dar en Tied, un do kümmt de Oolsch ehr Dochter na de grote Appelboom. Do seggt de Boom: „Leeve lütte Jumfer, do mi nix, mi stackels Appelboom. Plöck vun min riepe Appeln un itt so vel, as du magst; man nimm keen mit. Sett wecke Stütten ünner min Telgens un vergraav de Rest bi min Wuddel." Man de dare leege Deern seggt so as vörher: „Schaam di wat, dat du mi ansnacken magst! Meenst du, ik quäl mi dar um, wat en ole Appelboom seggt? Tööv man, di will ik dat wiesen!" Denn klarrt se rup in'e Boom un schüddelt all de Appeln dal, eendoont, um se riep sünd oder nich, brickt de Telgens af un streut de Twiegen un Bläder na alle Kanten. Denn maakt se sik wedder up'e Padd jüst so as vörher. Un de Appelboom schüddelt sin naakte Topp, kickt ehr füünsch achterna un fluustert: „Dat scha'st du nich umsunst daan hebben."

As dat nu hen to Avend geiht un dat ward al laat, kümmt de leege Oolsch ehr Dochter na de Heckpoort, 'nem dat ole Fruunsminsch sitt un sik gegen de Heckpahl loehnt. Do gloov man nich, dat se gröten deit, se geiht drievens vörbi un seggt nich bu un nich ba. Man de Oolsch fraagt: „Wat büst du för een, dat du nich lehrt hest un gröten ole Lüüd?" Do seggt de Deern: „Schaam di wat, dat du mi ansnacken magst! As wenn ik anners nix to doon harr as gröten ole Wiever." Do fraagt de Oolsch: „Wat hest du denn to doon?" – „Ja", seggt de Deern, „ik bün los un kieken mi um na en Deenst." – „Ja denn", seggt de Oolsch, „denn kannst du di doch en beten dalsetten un mi lusen, denn vertell ik di, wonem du en Deenst finnen kannst." – „Wat? Ik di lusen?" seggt de Deern. „So wied kümmt dat noch. Nee, tööv man, ik will di wiesen wat ik darvun holen do un sitten un lusen so'n ole Wief as di!" Un denn haut se de Poort dicht, dat et man so ballert, un geiht ehr Weg wieder. Un de Oolsch treckt de Ogenbranen tosamen, kickt ehr vertürnt achterna un seggt: „Dat scha'st du nich umsunst daan hebben. Wes du man ümmer so eklig, denn warrst du dat al wies, wo di dat geiht in'e Welt!"

De leege Oolsch ehr Dochter geiht nu de Weg ümmer wieder un kümmt toletzt na de Hoff. Dar geiht se rin un ward annahmen as Veehdeern. Man is de Lütte guut un nett we'n to de Köh, so is de anner so vel leeger. Nie nich gifft se se uck man een gude Woort, man foorts, as se in'e Veehstall rinkümmt, deit se nix anners as hau'n un schimpen un triezen se up elkeen Wies. Se kriegen uck nich to rechte Tied se's Fudder, nee, mal fehlen se Freten, mal fehlen se Supen, un ümmer mangelt dar wat. Un bi ehr will uck nix diehen. De Köh warrn mager un drögen up. Wenn se se melken schall, pedden se de Melkammer um, un so lang' de Lüüd denken koenen, hett dat up'e Hoff nich so wenig Melk oder so'n magere Veeh geven, vörher nich un naher uck nich.

Jüst so geiht dat mit de Katten. As de Oolsch ehr Dochter de Köh se's Morrnfudder geven hett un hett melkt, sieht un de Melk in'e Melkkann daan, do kamen de stackels Deerten in en lange Reeg um ehr rum un miauen un beden so fein:

    „Giff uns en beten Melk!

    Giff uns en beten Melk!"

Man do maakt se dat nich so, as de Lütte dat daan hett, un gifft se Melk un snackt fründlich mit se. Nee, se schüchert se weg un jaagt se verdweer un verdwass. Un do koenen de Katten ehr uck nich utstahn, un wenn se ehr wies warrn, warrn se snauen un de Wänne hoochspringen, elkeen in ehr Eck, un nie nich hett dat up'e Hoff so vel Müüs un Rotten geven, nich vörher un nich naher.

As se denn na de Schüün geiht för un stöven Koorn, is dat uck wedder datsülve. De lütte Lünken kamen anflagen buten up'e Hoff, kamen ümmer neeger hoppt, setten sik up'e Schünenbalk un jiepen:

    „Giff uns en beten Koorn!

    Giff uns en beten Koorn!"

Man wenn een se Koorn geven deit, denn is dat nich de Oolsch ehr Dochter. In Gegendeel, se jaagt se weg, schüchert se, 'nem se kann, un smitt Steens na se. Un vun de Tied an süht man uck keen Lünken mehr bi de Hoff sitten un jiepen un sik to de leeve Gott sin feine Dag freu'n. Se trecken to Holts, un 'nem se sik wiesen, sünd se bang' un schuu, un nümms kann sik dar mehr to freu'n un seh'n un hör'n se.

Sodennig geiht dat en lange Tied. Wat de dare leege Deern anpackt, dat verglippt ehr, un keeneen mag ehr lieden, nich Minschen un nich Deerten. Do lett de Fruu vun'e Hoff ehr mal na sik henropen. Ja, de Deern geiht un fraagt, wat se schall. „Ja", seggt de Fruu, „ik heff woll markt, dat du min Köh nich orntlich passen deist, un mit din anner Arbeiten bün ik uck nich tofreden. Liekers wull ik geern weeten, um dar nich doch wat is, wat du kannst un versteihst. Darum schall din eerste Proov we'n, du haalst Water in en Sef. Man du dörvst nix oeverswulern oder up'e Weg fallen laten." Do truut de Deern sik nich anners as doon, wat ehr heeten is; se nimmt de Sef, geiht na de Born un geiht bi un ööschen. Man wo dull se uck ööschen deit, dat Water löppt foorts wedder rut, un dar kamen keen lütte Vageln un helpen ehr, so as se ehr Süster hulpen hebben. Do geiht de Oolsch ehr Dochter wedder na Huus un hett nix beschickt. As se nu wedderkümmt un de Sef is noch jüst so leddig as eerst, as se weggahn is, ward de Fruu quarken: „Du passt min Veehstall nich orntlich, un annerwegens geiht dat noch leeger. Man liekers harr ik dacht, du harrst tominnst dat kunnt." Darmit gahn se ut'nanner un hebben för dat Mal utsnackt.

Wedder vergeiht dar en Tied, un de Fruu lett de Veehdeern wedder na sik rinropen. Ja, de Deern geiht hen un fraagt, wat se schll. „Ja", seggt de Fruu, „ik will di nochmal up'e Proov stellen. Hier hest du twee Slag'en Gaarn, dat eene witt un dat anner swatt. Nu musst du dalgahn an'e Au un dat witte Gaarn waschen, dat et swatt ward, un dat swatte, dat et witt ward. Man dat mutt allens ferdig we'n, ehrer vunavend de Sünn dalgeiht." Na, de Deern blifft ja nix oever as doon dat, se nimmt dat Gaarn, geiht an't Över vun'e Au un geiht bi un waschen. Man so dull se uck waschen deit, dat witte Gaarn blifft witt un dat swatte swatt as vörher, un keen lütte Lünken kamen un bringen ehr dat bi, so as se dat bi ehr Süster daan hebben. Do mutt de Oolsch ehr Dochter wedder t'rügg gahn un hett nix beschickt. As se nu an't Huus kümmt un hett dat Gaarn jüst so wedder mit, as se dat kregen hett, ward de Fruu noch duller quarken un seggt: „Du passt min Veehstall nich orntlich, un annerwegens geiht dat noch leeger. Man liekers harr ik dacht, du wussest tominnst dat." Darmit hebben se för dat Mal utsnackt un gahn ut'nanner.

Dar vergeiht wedder en Tied, un denn lett de Fruu de Veehdeern dat drütte Mal na sik rinropen. Ja, de Deern geiht hen un fraagt, wat se schall. „Ja", seggt de Fruu, „ik will di noch en Proov upgeven, un dat schall denn de letzte we'n. Hier hest du dat Gaarn, wat du harrst waschen schullt. Nu scha'st du dar Tüüg vun weven, man dar dörven keen Kinken un keen Knuppen in we'n, un dat mutt allens ferdig we'n, ehrer vunavend de Sünn dalgeiht." Wat schall de Deern anners maken, se nimmt dat Gaarn un geiht bi un kriggt dat up'e Wevstohl so guut, as se dat versteiht; man dat is man wenig, wat se darvun kennt, un dat Gaarn is schoer, un jo länger se biblifft, jo leeger ward dat, un dar kamen nu uck keen Katten un helpen ehr, so as se ehr Süster hulpen hebben. As dat denn Avend ward, hett se de heele Kraam verrungeneert, un dar is nix mehr na as een grote Tüdel. Do ward de Fruu vergrellt un seggt: „Du passt min Köh nich orntlich, un annerwegens geiht dat noch leeger. Du döchst ja woll to gar nix." Darmit

184

gahn se ut'nanner, un för dat Mal ward dar nix mehr snackt mang se.

As dat Jahr denn um is, hett de Oolsch ehr Dochter ehr Tied rum un will wedder na Huus. Do geiht se rin na de Fruu un fraagt um Verlööv, un de kriggt se geern. De Fruu seggt: „Du hest din Arbeiten man leeg passt, un uck anners bün ik man wenig tofreden we'n mit di. Man liekers scha'st du Lohn hebben för din Deenst. Gah du man mal rup na de Boehn, dar finnst du wecke Schatullen. Vun de kannst du di nehmen, wat för een du wullt; man maak 'n nich up, ehrer du 'n dar hest, 'nem du 'n hen hebben wullt." Ja, bedanken deit de Oolsch ehr Dochter sik man wenig oder gar nich för de Fruu ehr Guutheit. Man liekers deit se, wat ehr heeten is, un geiht de Boehn-trepp rup na de Boehn. As se nu rinkümmt, ward se wies, dar stahn en ganze Deel Schatullen up'e Del, een root, een gel, un een blau, de eene smucker as de anner; un an allerwiedesten weg steiht en lütte swatte Schatull, jüst so as vörher. Do denkt se bi sik: „Wodennig krieg ik nu man de Schatull faat, 'nem dat mehrste Gold in is? Na, eendoont", meent se denn, „wenn dar so vel feine Kraam in min Süster ehr lütte Schatull in weer, wovel mehr mutt dar denn in de dare grote rode in we'n!" Se besinnt sik nich lang' un nimmt de rode Schatull. Denn geiht se weg vun'e Hoff, ahn dat se de Fruu oder anners een adjüs seggt. Man dar weent ehr uck keeneen en Traan achterna. Denn gifft dat wieder nix to vertel-len, bet se na de Wisch kümmt. Dar deit de Eerde sik up vör ehr, un se kümmt rup dör de Soot un is in Null Komma nix wedder in'e Boeverwelt, jüst dar, 'nem wi ehr eersten verlaten hebben.

As se nu in'e Stuuv rinkümmt un sik vör ehr Mudder wiesen deit, is de Oolsch rein ut'e Tüüt vör Freud; se klappt in'e Hänne un röppt luuthals: „Och, dar büst du ja ennelk! O, wat is dat fein! Un denn so'n feine Schatull, as du hest, so root un smuck! Dat is doch wat anners, as wat din Süster kregen hett!" De Oolsch ehr Dochter is bi all dat so grootsnutig, dat se knapp ehr Mudder „Gu'n Dag" seggt, man bloots fraagt, wonem se ehr Schatull henstellen schall. „Och", seggt de Oolsch, „wat 'n Fraag! Wonem schall de woll anners stahn as up'e Boehn, dar hebben wi doch de feinste Stuuv in't heele Huus." Ja, dar is de Dochter tofreden mit. Se gahn gau rup na de Boehn un denken dar bloots an, wat dar woll all för'n feine Kraam in is in'e Kist. Man dar kümmt wat anners rut as Gold un kostbare Saken. As se de Deckel upmaken, is de Schatull proppenvull mit Slangen un Peiten un allens Leege, wat een sik denken kann, un en rode Füerflamm flüggt tohööcht na de Dackfast un de Wänne, un do is dar rundum bloots noch helle Füer, un in korte Tied liggt de Hoff in Schutt un Asch, un de Oolsch un ehr Dochter mit.

Do is dat to Enne mit se, un dat is keen Sünne[1], denn se sünd man bloots ümmer leeg we'n. Man vun de heele Hoff steiht dar nix mehr, bloots de Höhnerstall. De is nich upbrennt, denn dar hett ja de lütte Steefdochter wahnt un is all ehr Daag vergnöögt un glücklich we'n. Ehr Schatull is naher an all de nette lütte Deerns verarvt wurrn, un darum koenen se sik ümmer so smuck holen, wenn se uck noch so wenig hebben. – Man dat dörven wi nich wiedervertellen. – Un darmit is de Geschicht all.

---

[1] Sünne: schade; was einem leidtut (dän. synd)

De Königsdochter in'e Toorn

Dar is mal en König we'n un en Königin, de hebben ümmer fein tohopenlevt. Se hebben een enkelte Dochter hatt, de smuckste, de een sik denken kann, un de hebben se oever de Maten leev hatt. Man as de Tied vergeiht, ward de Königin starvenskrank, un se markt, se mutt dootblieven. Do lett se ehr Mann, de König, ropen un seggt: „Ik weet, min Tied is um, un ik bün dankbar för elkeen Dag, de wi tosamen levt hebben. Liekers bün ik nich trurig, dat wi uns nu scheeden moeten, denn ik weet, du hest mi leev un warrst mi nie nich vergeten. Uck um dinetwegen bün ik nich trurig; denn wenn ik doot bün, musst du di en anner Fruu wedder nehmen, un denn ward din Hart wedder vergnöögt. Man trurig bün ik wegen unse lütte Dochter, dat de denn so alleen un verlaten we'n mutt. Un darum musst du mi verspreken, dat du guut up ehr passen deist, dat se nich Spott vun annern lieden mutt oder weenen, dat ehr rechte Mudder doot is." Ja, dat seggt de König ehr natürlich to, un denn blifft de Königin doot, un all Lüüd, hooch un ring, snacken bloots guut vun ehr. Man de König truert bannig um ehr un will sik nich tröösten laten.

Dar vergeiht denn en lange Tied, un ümmer is un blifft de König lieker trurig. Do warrn sin Lüüd beraatslaan, wodennig se's Herr wedder vergnöögt warrn kunn, un do dücht se, he schull sik man umkieken na en nüe Königin, dat weer dat Beste. Dar hollt de König nu gar nix vun, he will leever sin heele Leven alleen blieven; man liekers lett he sik toletzt besnacken un deit, wat se woe'n. He treckt denn afste' in en frömde Land; dar versprickt he sik mit en nüe Königin un bringt ehr na Huus in sin Riek. Man de nüe Königin is so ganz anners as sin eerste Fruu, denn se is leeg un afgünstig, un ehr Hart is harter as Steen. Un denn kann se uck noch hexen un maakt en Barg leege Saken. Dar kümmt dat vun, dat de König dat to Huus nich guut kriggt, man ümmer vull Truer an fröhere Daag denkt, wo vel anners dat dar we'n is. Man noch leeger geiht dat sin Dochter, de junge Prinzessin. Se kriggt nich en beten Fründlichkeit to spören, nich vun ehr Steefmudder un nich vun ehr beide Steefsüstern – denn de Königin is uck al mal verheiraad't we'n. Nee, so draa as de König nich dar is, doon se ehr allens to Tort, wat se man koenen. Sodennig geiht dat en paar Jahr, un de Prinzessin wasst ran to de smuckste Deern, de een sik denken kann. Man jo länger dat duert un jo smucker se ward, jo leeger ward se uck behannelt.

To Fröhjahr geiht de König mal spazeer'n an'e See-strand. As he dar nu süht, wo de Bülgen spelen un de Schep vun Land to Land seilen, do kümmt em dat in'e Sinn, he will man in'e Krieg trecken, dat he sin Trurigkeit en beten verjagen kann. Darum lett he sin Schep to Water setten, schickt Bott dör sin heele Riek un lett all Mannslüüd upbeeden, de Wapen drä-gen koenen. As denn allens klaar is, maakt he sik Gedanken, wodennig he för sin junge Dochter sorgen schall, wieldes he sülven weg is. Do lett he in't Holt en faste Toorn buu'n för ehr, bringt de Prinzessin darhen mit ehr Kamerfruu un ehr Deenstjungs un seggt, dar schoe'n se blieven, bet he wedder na Huus kümmt. Denn hisst he de Seils an'e vergold'te Raah'n un geiht up Kriegstog wied na frömde Länner.

Man dar hett de leege Königin jüst up luert. Denn knapp süht se de König sin Schipp oever de Kimm verswinnen, do bruukt se ehr leege Künste un ver-hext de Königsdochter mit Lüüd un allens, un do ward de Toorn to en elennige Eerdhütt, de Prinzessin sülven to en lütte Rott, ehr Deensten to lütte Müüs, un de Kamerfruu ward to en Kreih, de in'e Luft rumschrachelt un schriet.

Denn fangen de Steefmudder un ehr Döchter en lustige Leven an up'e Königshoff un regeer'n un maken allens in't Riek, as se dat passt. Man de lütte Rott sitt alleen un verlaten in ehr Eerdhütt, un de König, ehr Vadder, weet dar nix vun af, wat mit ehr passeert is, he treckt wieder oever de solte See, un oeverall, 'nem he henkümmt, winnt he.

De Geschicht wennt sik nu na en anner Königriek. Dar hett en König oever regeert, de hett dree Soehns hatt. As de Prinzen to Jahren kamen sünd, lett de König se een Dag vör sik kamen un seggt: „Ik warr bi lütten oold un kann marken, ik heff nich mehr lang' na, denn ,griese Haar sünd de Dood sin Blöme'. Darum treck afste' un söök ju en Fruu, dat ik ju versorgt seh, ehrer ik dootbliev." Ja, dat is de beide öllste Königssoehns so recht na de Mütz, denn dat sünd beides twee fixe un flinke Bengels. Man de jüngste Prinz is ümmer wat blööd[1] un trügghöllern, un he seggt dar nix to. De Bröder warrn denn se's Vadder fragen, wonem se sik na Bruten umseh'n schoe'n. „Ja", seggt de König, „hier hebben I elk en Goldappel. Smiet de vör ju hen, un 'nem de Appeln anholen un liggen blieven, dar schoe'n I ju's Glück söken."

As dat sodennig besnackt is, seggen de Prinzen adjüs, maken sik klaar mit Wapen un Perde un trecken afste' vun'e Königshoff. Man ümmerto spijöken de beide öllste Prinzen oever se's jüngere Broder, um

---

[1] blööd = schüchtern (nicht negativ wie im Hochdeutschen)

dat he so blööd is, un wunnern sik lang un breet, wonem in alle Welt so een as he woll en Bruut finnen schall.

As de Bröder nu ünnerwegens sünd, smieten se elk sin Goldappel vör sik, un de Appeln lopen vör se her, un de Prinzen rieden achterran. Man de heele Tied geiht dat Gesabbel vun de öllste Königssoehns wieder, ümmerto maken se Narr na se's jüngste Broder, un he kann sik gar nich bargen vör se's Booshaftigkeit. Darum freut he sik richtig, as sin Goldappel upmal vun'e Weg afhoppt un in't wille Holt rinrullt. Dar maken de Bröder nu noch mehr Narr na un fragen, wat för'n smucke Bruut he denn dar mang de Föhrenbusch finnen will. Man de Prinz hört nich mehr na se's Spijöök, he ritt oever Stock un Steen, so as sin Goldappel em de Weg wiest. De Bröder trecken denn elk sin Weg, un do kamen de öllste Prinzen bald na de Königshoff, 'nem de leege Steefmudder wahnt. Dar frien se um ehr Döchter un kriegen en „Ja", un do verspreken se sik mit se. Man de lütte, de jüngste Prinz ritt dör Holt un Feld so lang', as dat hell is, un as dat Avend ward un de Sünn geiht dal, hett he noch keen Hoff un keen Harbarg funnen.

As he nu lang' un wied reden is un dat al laat an'e Avend is, ward he en lütte Licht wies, dat schemert mang de Böme dör. Foorts ritt he dar up to, un do hollt sin Goldappel an vör en ganz lüerlütte Eerdhütt. Dat is ja nu ganz wat anners, as wat de Prinz sik vermoden weer, man möö' as he is vun'e Reis, besinnt he sik nich lang', he binnt sin Perd an en Boom, maakt de Dör up un geiht rin. As he do in'e Stuuv rinkümmt, kriggt he en wunnerliche Spillewark to seh'n. Dar is keen Minsch in, keen Buer un keen Knecht, man ganz achtern up'e Ehrenplatz sitt en nüdliche lütte Rott un kickt heel guuthartig un nett. Achter ehr Stohl geiht en Kreih, de spreed't de Feddern un deit wat grootsnutig, man up'e Del lopen en Barg lüerlütte Müüs hen un her un hebben dat so hild, so hild un püßeln un süßeln mit se's Arbeit, de de Fruu se updrägen deit.

De Königssoehn weet eerst nich, wat he vun all dat holen schall, en ganze Tied steiht he bloots dar un süht sik um. Man de lütte Rott nickt em mit fründliche Ogen to, heet em willkamen un fraagt, wat he will. „Ja", seggt de Prinz, „min Vadder hett mi losschickt up'e Frie, un min Goldappel hett hier buten vör düsse Eerdhütt anholen, wenn ik mi uck nich vörstellen kann, dat ik mi hier en Bruut finn." — „Och", seggt de Rott, „dar maak du di man keen Sorgen um; hier bi mi büst du an'e rechte Stä' un narms anners. Kumm man rin, staatsche Jung! Ik luer al lang' up di." Denn lett se en Küssen up'e Bank leggen, heet de Prinz sik dalsetten un begrööt't em fründlich un leev.

Nu kriegen de lütte Müüs aver düchtig wat to doon! Wecken fengen Lichten an, dat de Eerdhütt blänkert as de feinste Königssaal, annern trecken Wienbuddeln up un dischen feine Eten up; sodennig is de Prinz noch keen Stä' upnahmen wurrn. Wedder annern lopen los un halen Fudder för sin Perd, Kleever un Knaulgras un wat dar anners noch Feines wasst in'e Sommertied. Man vun allens tosamen gefallt de Prinz nix so guut as de lütte Rott; se is nüdlich un smuck, liekers se doch man en lütte Deert is. Un denn is se so vun Harten guut un fründlich, he harr nie nich dacht, dat geev up'e heele Welt sowat lüttes Leevtaliges.

Wi laten de Königssoehn nu dar sitten un eten un drinken un sik dat guut gahn laten un woe'n leever mal kieken, wat de lütte Rott vörhett. Se röppt ehr Kamerfruu, gifft ehr nipp un nau Bescheed vun allens un seggt, se schall oever dat Holt weg henfleegen na de Königin ehr Döchter. Ja, de Kreih is foorts praat, spreed't de Flünken un flüggt afste'.

As se nu rinkümmt in'e Königshoff, fragen de Prinzessinnen, wat se will. „Ja", seggt de Kreih, „min gnädige Fruu, de lütte Rott, lett velmals gröten, se hett nu en Königssoehn as Frier. Darum lett se beden, dat I ehr wat Groffbrood sammt wecke Soltherings schicken, denn se will em geern wat Besünneres beeden, un Königskinner kriegen anners ja ümmer bloots all so'n Leckerkraam, un do mutt se so'n Kost doch bannig fein smecken. Un denn lett se uck noch beden um en Bund Stroh för sin Perd, de Königsperde sünd dar bi lütten möö' up un kriegen ümmer bloots Heu un Haver." Foorts is de ole Afgunst wedder dar, un de Prinzessinnen seggen ahn Oeverleggen: „Grööt du man de, de di schickt hett, se schall sik man wennen an wokeen se will, man dat lohnt sik nich un wennen sik an uns. Wi hebben sülven Friers un hebben uck woll Lust un verwöhnen de mit richtig wat Feines."

Do maakt de Kreih sik up'e Weg na Huus mit de dare Bescheed un flüggt oever dat Holt na de lütte Eerdhütt. Man as de Rott de dare Bescheed hört, do lacht se sik in'e Fuust un freut sik, dat ehr Anslag so fein glückt hett. Se lett nu rode un witte Wien updrägen un beköstigt de Prinz up dat Beste, noch nie nich hett em dat so guut gahn. Man de Prinz sin Bröder baven an'e Königshoff gefallt se's Gastbott ganz un gar nich. Se moeten utkamen mit Groffbrood un Solthering, un bi so'n magere Kost hebben se se's heele Leven noch nich hachten musst.

As denn dree Daag um sünd, seggt de Prinz adjüs to sin lütte Bruut, sadelt sin Perd un maakt sik up'e Weg för un bemöten sin Bröder. As se sik denn drapen, hebben de beide öllste Königssoehns vel to vertellen, wo smuck un fein se's Bruten sünd, ofschonst een dar anners nix vun marken kann, nich an'e Prinzen un nich an se's Perde, dat se vun en Frierie kamen. Man de jüngste Prinz seggt dar nix to, he swiggt still; un denn rieden de Bröder mit'nanner na de Königshoff.

As se nu dör de Slottspoort kamen, sünd dar en Barg Lüüd tohopenkamen, un all wunnern se sik oever de öllste Prinzen, dat se up so'n magere Kracken rieden un sülven so verhungert utsehn, wogegen de jüngste Prinz frisch un munter is, un sin Perd danzt ünner em, dat is de reine Lust un kieken dat an. Man se harrn sik sachs nich so dull wunnert, wenn se wusst harrn, wat nümms weet, dat de beide öllste Königssoehns heele dree Dag nix to eten kregen hebben as bloots Groffbrood mit Solthering.

Dar vergeiht denn en Tied, denn lett de König een Dag wedder de Prinzen vör sik ropen. As se kamen, seggt he: „Ik heff ja en Barg Snack hört, wo smuck un riek jues Bruten sünd, un ik mutt ja sachs gloven, dat allens so is, as I seggen. Liekers much ik doch geern weeten, um se uck flink sünd mit se's Hänne. Darum schoe'n I hentrecken un se beden, dat se elk en Sadeldek sticken, dat ik seh'n kann, wo guut se bi Handarbeit sünd."

Dat is de beide öllste Prinzen so recht na de Mütz, denn keen vun se twiefelt dar an, dat sin Bruut doch de feinste Sadeldek neiht. Anners is dat mit de jüngste Prinz; he ward rein benaut, denn dat kümmt em in'e Sinn, wo unmoeglich dat we'n mutt för de lütte Rott un neih'n en Sadeldek. Darum seggt he dar nix to un hollt sin Swiegstill. Dat is för sin Bröder wedder Grund nugg un drieven se's Spijöök mit em, un se meenen, nu mutt sik dat denn ja wiesen, wat för'n Bruut he mang de Dannen funnen hett. Dat is bestimmt en Buerdeern un keen vörnehme Jumfer, un ehr Handarbeit ward dar denn uck na we'n.

De dree Königssoehns seggen nu wedder se's Vadder adjüs, maken sik klaar mit Wapen un Perde un trecken afste' vun'e Königshoff. As se denn ünnerwegens sünd, smieten se elk sin Goldappel, un de Appeln lopen vör se her, un de Prinzen rieden achterran. Man de heele Tied hollt dat nich up mit de öllste Königssoehns se's Triezen, darum freut de jüngste Prinz sik richtig, as sin Goldappel wedder vun'e Weg afhoppt un in't Holt rinrullt. Dar hett he doch tominnst Ruh vör se's Spott un Spee.

De Prinzen trecken denn elk sin Weg, jüst so as dat eerste Mal, un de beide öllsten kamen bald na de Hoff, 'nem de leege Steefmudder wahnt mit ehr Döchter. Dar holen se an, bringen se's Vadder sin Updrag vör un warrn beköstigt, as de Prinzessinen meenen, dat is an besten: mit Groffbrood un Solthering. Man de jüngste Prinz ritt dör Holt un Feld, so lang' as dat hell is, un denn süht he dat lütte Licht dör de Böme schemern. Do stiggt he af, binnt sin Perd an en Boom un geiht hen na de Eerdhütt, 'nem he sin Bruut sitten hett, de lütte Rott.

As he nu de Dör upmaakt un ringeiht, gloov man, do gifft dat en Freud, de langt bet ünner't Dack. De lütte Rott steiht foorts up vun ehr Platz, heet em willkamen mit vel leeve Wöör, lett Küssens up'e Bank leggen un heet de Prinz sik dalsetten blangen ehr. Un uck de lütte Müüs, de lopen dar up'e Del hen un her; wecken steken Lichten an, dat dat in alle Ecken rinschient, annern schenken Wien in in feine Gloes, un wedder annern decken de Disch mit lecke- re Eten, beter kann keen König dat hebben. Un de Prinz sin Perd ward uck nich vergeten; de Müüs bringen 'n Kleever un Knaulgras un anner feine Krüder, de in'e Sommer wassen. Un sogar de Kreih, de anners ümmer so grootsnutig deit, nickt mit ehr griese Kapp un wippt mit'e Steert un hett dat so hild, dat et de Prinz doch man jo allens recht is.

As de Königssoehn denn eten un drunken hett, sett he sik dal bi sin lütte Bruut un ward vun düt un dat kloenen, un bi dat vertellt he uck, wat sin Vadder will un se updragen hett. Foorts lett de Rott sik de nüdlichste Stickrahmen bringen; oever de Rahmen ward en Stück vun de fienste Sie' spannt, un denn geiht se bi un neih'n, dat de lütte Goldnadel man so mang ehr lüerlütte Poten hen- un herflüggt. Dat duert denn gar nich lang', do hett se en Sadeldek stickt, sowat is noch nich dar we'n, nich vörher un nich naher. Dar sünd Rosen un Lilgen up utstickt un all Slag'en smucke Bläder, un dat mit so'n Kunst, dat süht ut, as wenn se lebennig sünd un in't Gröne wassen. Elkeen lütte Blatt is mit Sie' stickt, un de Blöme sünd vun schiere Gold. As de dare Sadeldek nu ferdig is, gifft se 'n de Prinz un seggt, de schall he man mitnehmen na sin Vadder mit Gröten vun sin Bruut. Ja, de Prinz bedankt sik för dat feine Ge- schenk, un em dücht, dat is dat reinste Wunner- wark, so smuck is dat. Un ümmer, wenn he up de

Bläder un Blöme kickt, denkt he bi sik, een kunn sachs rund um'e heele Welt söken, denn wurr een nich een Deern finnen, de ehr lütte Fingern so fein bruken kann as de lütte Rott.

Wi laten de Königssoehn nu dar sitten un eten un drinken un sik dat guut gahn laten un woe'n leever mal kieken, wat sin Bruut so vörhett. Se röppt foorts ehr Kamerfruu, gifft ehr nipp un nau Bescheed vun allens un seggt, se schall oever dat Holt fleegen mit Bott na de Königshoff. Ja, de Kreih is foorts praat, spreed't de Flünken un flüggt afste'.

As se nu na de Königin ehr Döchter kümmt, fragen de Prinzessinnen, wat se will, wo dat al so laat an'e Avend is. „Ja", seggt de Kreih, „min gnädige Fruu lett velmals gröten; se hett Besöök kregen vun ehr Brüdigam un hett verspraken un sticken em en Sadeldek. Darum lett se beden, dat I ehr wecke bunte Flicken, Lappen un Bänner schicken, denn Königskinner sünd ja sodennig an goldstickte Deken wennt, dat so'n Sadeldek se bannig nümoodsch vörkamen mutt." Foorts kümmt de ole Afgunst wedder hooch, un de Prinzessinnen seggen bannig vergrellt: „Denn grööt du man unse Süster un segg, wi bruken unse bunte Flicken sülven, denn wi schoe'n uck Sadeldeken neih'n för unse Brüdigams un hebben uck Lust un maken se en Freud mit richtig wat Feines." Mit de dare Bescheed maakt de Kreih sik denn wedder up'e Weg na Huus un kümmt na de Eerdhütt un vertellt ehr gnädige Fruu, wat se för'n Bescheed kregen hett. Do ward de lütte Rott lachen, dat ehr Steefsüstern ehr wedder in'e Sner gahn sünd, un ehr dücht, an de dare Bescheed kann se al marken, ehr Brüdigam is sachs nich de mit de ringste Sadeldek.

196

Sodennig vergahn heele dree Daag, un de ganze Tied sitt de jüngste Prinz in de lütte Eeerdhütt un itt un drinkt un föhlt sik as en Parl, de in Gold faat't is, wieldes sin beide Bröder baven an'e Königshoff mit Groffbrood un Solthering tofreden we'n moeten, un se's Perde kriegen nix as dröge Stroh. As nu de veerte Dag kümmt, seggen de Prinzen elk för sik adjüs to se's Bruten un maken sik up'e Weg na Huus. As se sik wedder bemöten an'e Wegscheed, is dar en grote Ünnerscheed mang se; denn de jüngste Prinz is noch weliger as vördem, sin Perd danzt ünner em, un sin Sadeldek blinkert as de Sünn. Dargegen rieden sin beide Bröder up wecke uthungerte Kracken un hebben sülven so'n Hunger, se koenen sik knapp in'e Sadel holen. Un se's Deken sünd tohopenprüünt ut bunte Bänner un ole Plünnen, dat is rein en Jammer un to'n Lachen un kieken dat an.

De öllste Prinzen hebben nu woll wat vun se's Grootsnutigkeit verlaren, man se koenen dat doch nich nalaten un puchen darvun, wo bannig riek un wat för'n feine Deerns se's Bruten sünd. Man leeger ward dat, as se na Huus kamen. Do stahn de König un allerhand Lüüd an'e Slottspoort, dat se weeten woe'n, wodennig se dat gahn hett, un kieken, wat se för'n feine Sadeldeken mit hebben. As de Prinzen nu anreden kamen un all kriegen se to seh'n, wat dar för'n Ünnerscheed is bi se's Utstüer, do kannst di sachs denken, dat de öllste Bröder nich vel Staat maken koenen mit se's Reis. Man all laven se de jüngste Königssoehn un sünd sik eenig, wenn sin Bruut jüst so vel smucker is, as ehr Handarbeit beter is, denn so kann een em mit Recht en Glückskind nömen. Darmit is de Prinzen se's Friegeratschon för dütmal to Enne.

Dar vergeiht nu wedder en Tied, un de König lett nochmal sin dree Soehns vör sik ropen. As se kamen, seggt he: „Ik heff ja en Barg Snack hört, wo riek jues Bruten sünd un wat för'n feine Deerns, un denn heff ik uck en Proov vun se's Handarbeit sehn, un nu ward dat Tied un denken an'e Hochtied. Darum maak ju up'e Padd un segg se Bescheed, wat för'n Dag ik fastsett heff, dat ik denn seh'n kann, wokeen vun ju de smuckste Bruut hett."

Dat is de beide öllste Prinzen so recht na de Mütz, denn elk vun se meent, sin Bruut is de beste. Man anners is dat mit de jüngste Prinz, he is bannig trurig, wenn he an sin lütte Rott denkt, un meent, he kann al vörutseh'n, wonem dat all up rutlöppt. Man liekers seggt he nix un hollt sin Swiegstill. Man as de öllste Bröder marken, wo benaut he is, fangen se wedder an un triezen em un seggen, nu ward sik dat ja wiesen, wat he för'n Bruut funnen hett in't Holt. Dat is ja fein, dat se so'n Sadeldek hett neih'n kunnt, man dat is ja nich allens. Dat is wiss doch man en Buerdeern, de keeneen bekannt we'n mag, un kann sik sachs nie un nümmer seh'n laten blangen se's eegne, vörnehme Prinzessinnen.

De Bröder seggen nu se's Vadder adjüs, maken sik klaar mit Wapen un anner Kraamstücken so guut, as't geiht, un trecken afste' vun'e Königshoff. As se denn ünnerwegens sünd, smieten se elk sin Goldappel, un de Appeln lopen vör se her, un de Prinzen rieden achterran. Man de heele Tied hollt dat nich up mit de öllste Königssoehns se's Triezen, mal fallt se düt in, mal dat, darum freut de jüngste Prinz sik richtig, as sin Goldappel in't Holt rinhoppt. Dar hett he doch tominnst Ruh vör se, wenn he uck alleen is.

De Prinzen trecken denn elk sin Weg, so as vörher, un de öllste Bröder kamen bald na de Königshoff, 'nem de leege Steefmudder mit ehr Döchter wahnt. Dar holen se an, bringen se's Vadder sin Updrag vör un warrn beköstigt, as de Prinzessinnen dat för't Beste holen, mit Groffbrood un Solthering. Man de jüngste Prinz ritt dör Holt un Feld, so lang' as dat hell is, bet he dat lütte Licht dör de Böme schemern süht. Dar stiggt he af, binnt sin Perd an en Boom, un geiht na de Eerdhütt, 'nem he sin Bruut sitten hett, de lütte Rott.

As he nu de Dör upmaakt un ringeiht, gloov man, do gifft dat en Freud, de langt bet ünner't Dack. De lütte Rott steiht foorts up vun ehr Platz, heet em willkamen mit vel fründliche Wöör, lett Küssens up'e Bank leggen un gifft de Prinz Platz blangen ehr. Un uck de lütte Müüs, de lopen dar up'e Del hen un her; wecken steken Lichten an, dat dat in alle Ecken rinschient, annern schenken Wien in in feine Gloes, un wedder annern decken de Disch mit leckere Eten, beter kann keen König dat hebben. Un de Prinz sin Perd ward uck nich vergeten; de Müüs bringen 'n Kleever un Knaulgras un anner feine Krüder, de in'e Sommer wassen. Un sogar de Kreih, de anners ümmer so grootsnutig deit, nickt mit ehr griese Kapp un wippt mit'e Steert un hett dat so bannig hild, dat et de Prinz doch man jo allens recht we'n schall.

As he denn eten un drunken hett so vel, as he mag, sett he sik dal bi sin lütte Bruut un ward vun düt un dat kloenen; liekers is he nich so vergnöögt, as he anners ümmer we'n is. Dat markt de lütte Rott, un se fraagt foorts, wat em up'e Maag liggt. „Ja", seggt de Prinz, „min Vadder hett de Hochtied bestimmt un mi hierher schickt, dat ik di beden schall un kamen de Dag, de he fastsett hett. Man nu bün ik bang', ik mutt dar in Schann stahn, wenn min Lüüd to weeten kriegen, dat ik mi nich mit en Königsdochter verspraken heff, man bloots mit en lütte Rott." – „Och", seggt de Rott, „wenn't wieder nix is, dar ward sachs Raat för, bet dat so wied is. Dar maak du di man keen Sorgen um, bloots seh to, dat de verdreihte Katten mi ünnerwegens nich faatkriegen, denn löppt sik allens torecht." Ja, so as se dat seggt, ward de Königssoehn wedder vergnöögt un denkt nich mehr an Hochtied un Fründschop, bet dat so wied is, dat he wedder na Huus schall an'e Königshoff.

As denn de Hochtiedsdag kümmt, hett de ole König tostellen laten to en gewaltige Gastbott un hett dar all de grote un vörnehme Lüüd ut sin heele Riek to inladen. Do fehlt dat denn nich an Eten un Drinken oder anner feine Saken, un allens is up't beste torecht. As nu allens klaar is, kamen de beide Prinzessinnen bi de Königshoff anfahrt in feine Kutschen mit grote Bruutfolg un en Barg anner Herrlichkeiten, un do kann keeneen wat anners meenen, as dat de öllste Bröder sik vörnehme Bruten anschafft hebben. Man vun de jüngste Prinz sin Bruut is noch nix to hören un to seh'n, darbi luert allens bloots noch up ehr. Do kümmt de Königssoehn sodennig dör de Wind vör Angst un Bedröövnis, dat he dat nich mehr uthollt in'e Hochtiedssaal, he löppt ümmerto dal in'e Slottshoff, un 'nem he wecke Katten wies ward, jaagt he se verdwer un verdwass, denn he is bang', se kunnen sin lütte Rott wat doon.

Toletzt blifft he an'e Slottsport stahn, dat he süht, wenn sin Bruut kümmt. As he dar nu so rumkickt, ward he en wunnerliche Uptog wies; denn en Stück lang up'e Footstieg kümmt dar son Aart lütte Holtschoh anfahrt. De ward trocken vun söss grote Rotten, vörn sitt en Rott as Kutscher, achtern stahn noch twee Rotten as Lakaien, un binnen in'e Holtschoh fahren sin lütte Bruut un de Kreih, ehr Kamerfruu. Wodennig de Prinz bi all düt tomoot is, dar vertellt de Geschicht nix vun; liekers löppt he hen, heet't sin Bruut willkamen un freut sik, dat ehr tominnst de verdreihte Katten nix daan hebben. De Tog fahrt nu wieder na de Königshoff to, un de Prinz is so trurig, he weet sik gar nich to laten. Man sin Truer ward bald to Freud; denn jüst, as se an'e Slottspoort kamen, ward ut de Holtschoh upmal de smuckste Kutsch, beslaan mit Gold un Sülver vun buten un binnen, de Rotten davör warrn to söss melkwitte Perde, de Kreih ward to en lütte nüdliche Kamerdeern, un de Prinz nimmt in'e Arm en Königsdochter mit en Goldkroon up'e Kopp un en Goldappel in'e Hand, un so smuck, en smuckere Jumfer gifft dat sachs nich up düsse Welt.

Wat gifft dat nu en Upstand in'e Hochtiedssaal, dat gloov man. Keeneen hett mehr Ogen för de beide öllste Königssoehns un se's Bruten, all woe'n se bloots noch de jüngste Prinz seh'n, un se dücht, en staatschere Brüdigam un en smuckere Bruut kann narms to finnen we'n. Do fallt denn dat Ordeel, dat de jüngste Prinzessin de smuckste is, un se is uck de flinkste un de klöökste, un darna ward dar nich mehr vel snackt vun de öllste Prinzen oder se's Bruten. Dar moeten se sik mit affinnen, un dat schüht se uck nich mehr as recht. Man de Königin ehr Döchter moeten noch mehr Arger utholen, un dat is, as de König de Prinzessin up'e Ehrenplatz bringt un se wies warrn, dat is nümms anners as se's eegne Steefsüster, de se so vel Leeges andaan hebben, liekers se se nie nich wat daan harr.

De Hochtied ward nu fiert mit grote Pracht un Herrlichkeit, un dar is wieder nix mehr vun to vertellen; nu geiht de Geschicht wedder t'rügg na de König, wat de Prinzessin ehr Vadder is. He hett allerwegens wunnen, 'nem he in'e Krieg hentrocken is, un hett en Masse Länner un Lüüd ünner sik bröcht. As dat denn Winter ward un de See freert bi lütten to, kümmt he wedder na Huus in sin eegne Riek. As he nu to weeten kriggt, wodennig de leege Königin tokehr gahn is, un all dat Leege, wat se ehr Steefdochter andaan hett, ward he splitterndull. He stellt ehr vör't Gericht un lett ehr verordeelen, dat se ehr Leven lang in de dare Toorn sitten schall. Un dat dare Ordeel mutt se uck lieden, liekers de Prinzessin för ehr beden deit. Denn lett de König sin Swiegersoehn, de junge Prinz, ropen un gifft em sin halve Land un Riek, un dat anner Halve schall he kriegen, wenn de König dootblifft. Sodennig sünd de Prinz un sin Fruu to grote Macht un Ehr kamen un hebben vele, vele Jahren in Eenigkeit un Leev tosamen levt. Man de beide öllste Prinzen un se's afgünstige Prinzessinnen warrn darmit straaft, dat se nie nich vun wat anners to hören kriegen as vun de beide annern se's Glück. Un darmit is de Geschicht to Enne.

De Goldkater

Dar is mal en grimmige Ries un Hexenmeister we'n, de hett Lust kregen to de König sin dree Döchter, un do hett he sik utspickeleert, wodennig he dat anstellen schall un kriegen se in sin Gewalt.

Mal süht de Ries all dree Prinzessinnen an't Slottsfinster sitten un mit Poppen spelen. Do maakt he sik to en Kater, un he glinstert as dat rodeste Gold. As de Deerns de Goldkater wies warrn, holen se up mit Spelen un ropen em un fragen, wonem he to Huus is un wonem he hen schall. He seggt, he schall na sin Goldslott un spelen mit Goldappeln.

„Kann ik nich mitkamen un en paar so wecken kriegen?" fraagt de öllste Prinzessin. Se hett noch nie nich en Goldappel sehn, man se hett dar vel vun snacken hört.

„Ja, dar is nix in'e Weg", seggt de Goldkater. „Du kannst so vel Goldappeln kriegen, as du wullt, wenn du man bloots nich bi de bigeihst, de up'e Boom in min Boomhoff wassen; denn wenn du dat deist, geiht di dat leeg."

De Prinzessin meent, se will ehr Fingern woll weg laten vun'e Boom, un do geiht se mit de Goldkater mit. As se en Tiedlang gahn sünd, kamen se na de Ries sin Slott, un de Goldkater wiest ehr all sin Stuven un Saalen un seggt denn, nu schall se man en beten alleen spazeern gahn, denn he mutt nu tostellen, dat se wat to eten kriggt, as sik dat för en Prinzessin passen deit. Se seggt em velen Dank un geiht rut in de smucke Boomhoff. Man so vel smucke Blöme un Böme dar uck wassen, se kickt bloots na een. De Telgens sünd so vull vun grote Goldappeln, dat se dalhängen bet up'e Eerde. Gott bewahre, wat de blenkern! Man darum will se se doch nich anfaten. Ankieken, ja, dar hett se ja Verlööv to. Man as se dar so steiht un kickt, do woe'n de Fingern de Ogen achterna, un een nimmt ja nix, so lang' as een dat nich anfaten deit. Un do faat se doch een vun de smuckste Goldappeln an. Man wat verfehrt se sik, as de Appel dal dunst an'e Grund un denn dar liggt ahn Klöör un Glanz.

Nu kümmt de Ries denn rut un bölkt, nu schall se dal in dat ünnereerdsche Kaschott vun't Slott, denn se hett sik an sin gröttste Schatt vergrepen, un do bruukt se nich up Gnaa' luern. Se ward ja nu blarrn un bedeln, man dar helpt keen Leev-Mudder-Seggen, se kümmt rin in't swatte Lock.

As dat klaar is, maakt de Ries sik wedder to en Goldkater un löppt na de König sin Slott un kriggt de tweete Prinzessin mitsnackt, un mit de geiht dat keen beten beter as mit de eerste. Se kann dat uck nich nalaten un fingereern de Ries sin Goldappeln, un do is se in de Ries sin Gewalt un kümmt dal in'e düüstere Keller.

Denn löppt de Goldkater wedder hen na de König sin Slott un will de jüngste Prinzessin mithebben, dat se mit de Goldappeln spelen schall tosamen mit ehr Süstern. Man se ahnt, dat ehr Süstern to Mallöör kamen sünd, un truut de dare smucke Goldkater nich so recht. Aver mitgahn deit se liekers, se will seh'n, um se nich kann ehr beide Süstern retten. Man dar seggt se natürlich nix vun.

Do geiht se mit de Goldkater mit na sin Slott un bekickt sik all sin Saalen un kriggt toletzt Bescheed, se schall man alleen en beten in'e Boomhoff spazeern gahn. Do geiht se dar hen un kümmt uck bald hen na de Boom mit de Goldappeln. De steken ehr ja uck in'e Ogen, man se denkt an ehr beide Süstern un hett so'n Ahnen, dat se to Mallöör kamen sünd, dat hängt mit de dare smucke Appeln tohopen, un do maakt se de Ogen to un geiht dar an vörbi.

In't sülve springt de Kaschottdör up, un ehr Süstern kamen rutlapen na ehr. Se nimmt se beid an'e Hand, un denn man rönnt, all wat se koenen, na Huus na se's Vadder sin Slott. Dar setten se sik foorts wedder an't Finster un gahn bi un spelen mit se's Poppen.

Wieldes geiht de Ries in sin Slott rum un luert dar up, dat he uck Macht kriggt oever de drütte Prinzessin, denn vörher steiht dat uck nich in sin Macht un gahn rut na de Boom. Man as dat so lang duert, denkt he, vellicht is se ja wedder na Huus gahn na de König sin Slott un hett de Goldappeln gar nich sehn. Do löppt de Ries – natürlich as Goldkater, dat is ja klaar – do löppt he na de König sin Slott un will na ehr seh'n, un as he do all dree Prinzessinnen kommodig sitten süht un mit Poppen spelen, do ward de Ries so dull in'e Kopp, dat he versteenert un för all Tieden dar steiht as en Flintsteen.

Man de jüngste Prinzessin nimmt de Ries sin Slott as ehr eegen, un de smucke Boomhoff mit, un vun do an hett se uck de Macht hatt oever de Boom mit all de Goldappeln.

De verwünschte Hoppetuuts[1]

Dar is mal en Lüttbuer we'n, as se dat faken geven deit. He hett dree Soehns hatt, man sin Fruu is al lang' doot we'n. As denn de beide öllste Jungs ranwussen sünd, gahn se mal na se's Vadder un fragen um Verlööv un gahn ut't Huus un söken sik elk en Fruu. Do seggt de Lüttbuer: „I bruken ju nich na en Bruut umsehn, wenn I nich vörher ju's Glück in'e Welt versöcht hebben. Ik much geern mal weeten, wokeen vun ju sik woll dat smuckste Dook verdeenen kann för un leggen up'e Disch to Wiehnachtsavend." Ja, de dare Vörslag gefallt de Bröder guut, un do schoe'n se ja afste, rut in'e Welt, un seh'n, wokeen sik dat smuckste Dischdook verdeenen kann. Un as se denn adjüs seggen, do gifft se's Vadder se elk dree Daler un seggt, dat schall se's Tehrgeld we'n, bet se sik en Deenst funnen hebben.

As de beide öllste Soehns nu afste' schoe'n, geiht de jüngste Bengel uck na sin Vadder un fraagt um Verlööv un trecken los un versöken sin Glück. Dar will de Lüttbuer nix vun hör'n, he seggt: „Ja, du lütte Stackel, meenst du denn, di will een in Deenst nehmen? Bliev du man to Huus sitten in'e Heerdkuhl, dar hörst du hen." Man de Jung blifft bi un seggt: „Vadder, laat mi doch mitgahn. Keeneen weet, wodennig dat Glück sik dreih'n kann. Vellicht geiht mi dat ja guut in'e Welt, wenn ik uck lütter un ringer bün as min Bröder." As de Ole dat hört, denkt he bi sik: „Ja, dat kunn ja ganz guut we'n un warrn em mal los för en Tied. Hier to Huus is he ja to nix nütt, un he kümmt sachs wedder, ehrer dat Holt gröön ward." Do kriggt de Bengel denn Verlööv un gahn

---

[1] Hoppetuuts = Frosch

mit sin Bröder mit, un he kriggt uck dree Daler vun sin Vadder as Tehrgeld up'e Reis.

De Katenjungs maken sik denn up'e Weg un gahn de heele Dag. As dat denn hen to Avend geiht, kamen se na en Kroog dar an'e Weg, un in'e Gaststuuv is en grote Flock vun Wannerslüüd un anner Gäste tohopen. Do setten de beide öllste Bröder sik dal un freten un supen un spelen un ammesseern sik. Man de lütte un jüngste Bengel krüppt bisiet in en Eck för sik un will dar nich mit bi we'n.

As de Bröder denn se's Geld verswiert hebben, besnacken se sik, wodennig se wiedermaken koenen mit dat lustige Leven. Un do gahn se hen na se's jüngste Broder un seggen, he schall se sin dree Daler geven. He schall man afhulen na Huus, seggen se, jo ehrer jo beter, dat is dat Beste, wat he doon kann. Man de Jung will dat nich. Do kriegen de Bröder em faat un vermöbeln em, nehmen em sin Geld af un jagen em rut ut'e Harbarg. Denn setten se sik dal un freten un supen as vörher. Man de stackels Jung neiht ut, rut in'e düüstere Nacht, un weet nich wonem hen. He kümmt oever allerhand wille Stieg'en, un toletzt kann he nich mehr gahn. Do sett he sik dal up en Grasbült un ward blarrn, bet he toletzt inslöppt, möö', as he is.

Fröh an'e neegste Morrn, noch ehrer de Lewark singt, ward de Jung waak un maakt sik wedder up'e Padd. Do wannert he oever Bargen un deepe Slunken un fraagt dar nix na, wonem dat hengeiht, wenn he man wegkümmt vun sin Bröder. As he denn lang' rumbiestert is, kümmt he toletzt an en gröne Stieg, de geiht hen na en Hoff. Man de dare Hoff is so abasig groot, em dücht, dat kann bloots en Königshoff we'n. De Jung besinnt sik nich lang', he geiht rin un kümmt in en Reeg smucke Stuven, de eene prachtvuller as de anner; man as't schient, is dar nix Lebenniges in.

As he dar nu en lange Tied rumgahn is, vun een Saal in'e anner, vun een Kamer in'e anner, kümmt he toletzt in en Saal, de is noch vel kostbarer as jichens een vun de annern. Un ganz achtern sitt up'e Ehrenplatz en Hoppetuuts. Se is swatter as de swattste Eerde un so grimmig vun Gesicht, dat de Jung ehr knapp ankieken mag. De Hoppetuuts fraagt, wokeen he is un wat he will. De Jung seggt so, as dat ja uck is: „Ik bün en arme Katenjung un bün in'e Welt gahn för un söken mi en Deenst." Do fraagt de Hoppetuuts: „Du hest woll nich Lust un vermeeden di bi mi? Ik bruuk nödig en Knecht." Dar is de Jung mit inverstahn un seggt, ja, he will geern bi ehr deenen. De Hoppetuuts seggt: „Denn wes willkamen! Wenn du mi truu deenen wullt, schall dat din Glück warrn." Do warrn se sik eenig, un de Jung seggt ehr to, an Truu schall dat nich fehlen, wenn de Fruu man nich mehr verlangen will, as he oeverkamen kann."

As dat denn afmaakt is, gahn de Jung un de Hoppetuuts dal in'e Boomhoff achter't Huus, un dar steiht en grote Busch vun en Slag, so een hett de Jung noch nie nich sehn. Do seggt de Hoppetuuts: „Dat schall din Amt we'n, dat du elkeen Dag, wenn de Sünn an'e Heven is, een Twieg vun düsse Busch hier afsnieden deist. Dat scha'st du sünndags jüst so doon as maandags, to Oosterdag jüst so as to Mittsommerdag. Man du dörvst nie nich mehr Twiegen snieden as ümmer bloots een." De Jung versprickt, he will sik in allens na ehr Order richten. De Tuuts bringt em denn na en Kamer baven up'e Boehn un seggt: „Hier scha'st du vun nu an wahnen un di upholen. Up düsse Disch finnst du ümmer wat to eten un to drinken, wenn du Hunger hest. Düt Bett schall maakt we'n, wenn du di dalleggen wullt, un du behollst in allens din Frieheit. Wes vör allen truu in dat, wat di updragen is." Darna gahn se ut'nanner, un de Hoppetuuts hoppt weg. Man de Jung nimmt sin Knief, geiht dal in'e Boomhoff un snitt en Twieg af vun'e Busch; un denn hett he frie för de Rest vun'e Dag. De neegste Morrn maakt he dat jüst so, un uck de drütte, un sodennig ümmer wieder, dat heele Jahr hendör. He hett nu gude Daag dar up'e Königshoff, un hett rieklich vun allens, wat he sik wünschen kann. Man liekers ward em de Tied bannig lang, denn de Daag gahn un kamen, un nie nich kriggt he en Minsch to seh'n oder to hör'n.

As dat Jahr denn um is un de Jung hett de letzte Twieg vun'e Busch sneden, do kümmt de lütte Hoppetuuts na em henhoppt, dankt em för sin true Deenst, un fraagt em, wat he sik as Lohn wünschen deit. De Jung seggt, he hett ja nich vel daan un kriegen Lohn för, he is dar tofreden mit, wat de Fruu em geven will. Do seggt de Hoppetuuts: „Ik weet woll, wat för'n Lohn du an leevsten hebben wullt. Din Bröder sünd los un verdeenen sik Döker för un spreeden up ju's Vadder sin Disch to Wiehnachtsavend. Hier hest du en Dook, as din Bröder knapp een finnen warrn, un wenn se uck dör twölf Königrieken söken." Darmit gifft se de Jung en Dischdook, dat is witter as Snee un so smuck, sowat hett een noch nich sehn. Do freut de Jung sik gewaltig un bedankt sik mit vel feine Wöör för dat Geschenk. Denn seggt he de Fruu adjüs un maakt sik praat un gahn mit vel Freud in't Hart wedder t'rügg na sin Vadder.

De Jung maakt sik denn up'e Weg un geiht de heele Dag, ahn dat he een bemöten deit. As dat laat an'e Avend is, ward he en Licht wies un geiht dar up to, dat he en Harbarg för de Nacht finnen deit. Do ward he desülve Kroog wedderkennen, 'nem he vun sin Bröder weggahn is, un as he henkümmt, kiek, do sitten de Katenjungs dar binnen bi Foet un Kröös un freten un supen un ammesseern sik. Nu vergitt de Jung dat gau, wenn em Unrecht daan is, un so freut he sik, he bemött sin Bröder, un he geiht hen un begrötet se vun Harten. Denn fraagt he se, wodennig se dat gahn hett, sörre se sik dat letzte Mal sehn hebben, un um se dat glückt hett un verdeenen sik en Dook för un spreeden up se's Vadder sin Wiehnachtsdisch. Ja, seggen de Bröder, dat is se allens guut vun'e Hand gahn. Denn halen se elk sin Dook rut, man de dare Döker sünd versleten un plünnig. Do seggt de Jung: „Tööv mal, nu schoe'n I ganz wat anners wies warrn." Un he spreed't dat Dook, wat he vun'e Hoppetuuts kregen hett, un all de Gäste in'e Kroog koenen sik bloots wunnern oever dat dare feine Stück Linnen.

Man de Katenjungs koenen dat nich af, dat se's lütte Broder so'n kostbare Stück to eegen hett. Do nehmen se em dat feine Dook mit Gewalt af un geven em dar se's ole Dischdöker för. Denn gahn de dree Bröder na Huus na se's Vadder. Un as dat Wiehnachtsavend ward un de Jungs spreeden se's Dook up'e Disch, do freut de Ole sik bannig un kann se gar nich nugg laven för se's Glück. Do gahn de Katenjungs bi un laven sik sülven un resen lang un breet, wat se all för'n grote Dinger utricht't hebben. Man de Jüngste is mundfuul un seggt nich vel. Up em hört ja uck doch keen oder gloovt em wat, eendoont, wat he vertellen deit.

As de dree Bröder denn oever Wiehnachten to Huus seten hebben, gahn de beide öllsten een Dag wedder na se's Vadder un fragen um Verlööv un gahn ut't Huus un söken sik elk en Fruu. Man de Ole seggt so as vörher: „I bruken ju nich na en Bruut umseh'n, wenn I nich vörher ju's Glück in'e Welt versöcht hebben. Ik much geern mal weeten, wokeen vun ju sik woll de smuckste Drinkbeker verdeenen kann för un setten up'e Disch to Wiehnachtsavend." Ja, de dare Vörslag gefallt de Bröder guut, un do schoe'n se ja afste, rut in'e Welt, un seh'n, wokeen sik de smuckste Drinkbeker verdeenen kann. Un as se denn adjüs seggen, do gifft de Ole se elk dree Daler un seggt, dat schall se's Tehrgeld we'n, bet se sik en Deenst funnen hebben.

As de Lüttbuer sin beide öllste Soehns nu afste' schoe'n, geiht de jüngste Bengel uck hen na sin Vadder un fraagt um Verlööv un trecken uck los un versöken sin Glück. Dar will de Lüttbuer nix vun hör'n, he seggt: „Ja, du lütte Stackel, meenst du denn, di will een in Deenst nehmen? Bliev du man to Huus sitten in'e Heerdkuhl, dar hörst du hen." Man de Jung gifft nich na, he seggt: „Vadder, laat mi doch mitgahn. Keeneen weet, wodennig dat Glück sik dreih'n kann. Vellicht geiht mi dat ja guut in'e Welt, wenn ik uck lütter un ringer bün as min Bröder." As de Ole dat hört, denkt he bi sik: „Ja, dat kunn ja ganz guut we'n un warrn em mal los för en Tied. Hier to Huus is he ja to nix nütt, un he kümmt sachs wedder, ehrer dat Holt gröön ward." Do kriggt de Bengel denn Verlööv un gahn mit sin Bröder mit, un he kriggt uck dree Daler vun sin Vadder as Tehrgeld up'e Reis.

De Katenjungs maken sik denn up'e Weg un gahn de heele Dag. As dat denn hen to Avend geiht, kamen se wedder na de Kroog dar an'e Weg, un in'e Gaststuuv is en grote Flock vun Wannerslüüd un anner Gäste tohopen. Do setten de beide öllste Bröder sik dal un freten un supen un spelen un ammesseern sik. Man de lütte un jüngste Bengel krüppt bisiet in en Eck för sik un will dar nich mit bi we'n.

As de Bröder denn se's Geld up'e Kopp haut hebben, besnacken se sik, wodennig se wiedermaken koenen mit dat lustige Leven. Un do gahn se hen na se's jüngste Broder un seggen, he schall se sin dree Daler geven. He schall man afhulen na Huus, seggen se, jo ehrer jo beter, dat is dat Beste, wat he doon kann. Man de Jung will nich so as se. Do kriegen de Bröder em faat, nehmen em sin Geld af un jagen em mit Hau'n un Slaan rut ut'e Harbarg. Denn setten se sik dal un freten un supen un plegen sik as vörher. Man de stackels Jung neiht ut, rut in de kole Düüsternis, un weet nich wonem hen. He kümmt oever allerhand wille Stieg'en, un toletzt kann he nich mehr gahn. Do sett he sik dal up en Grasbült un ward blarrn, bet he toletzt inslöppt, möö', as he is.

Fröh an'e Morrn, noch ehrer de Hahn kreiht, ward de Jung waak un geiht wedder wieder oever Bargen un Slunken. As he denn lang' rumbiestert is, kümmt he toletzt an en gröne Stieg, un de dare Stieg geiht hen na de Hoff, 'nem ik al vun vertellt heff. As de Jung nu de Königshoff wedderkennt, freut he sik bannig un besinnt sik nich lang, he geiht driest rin un stellt sik vör de Fruu, de dar sitt up'e Ehrenplatz. As de Hoppetuuts em denn wies ward, antert se fründlich up sin Gröten un fraagt, wat he will. De Jung seggt: „Ik bün herkamen un wull di min Deenst

anbeeden, wenn du 'n bruken kannst." De Hoppe-
tuuts seggt: „Wes willkamen! Ik bruuk jüst nu nödig
en Knecht. Wenn du mi truu deenen wullt, schall din
Lohn nich ring utfallen." O, seggt de Jung an Truu
schall dat nich fehlen, wenn se em man nich mehr
afverlangt, as he doon kann.

Do kriggt de Hoppetuuts en Bund korte Fadens rut,
langt 'n de Jung hen un seggt: „Düt schall din Arbeit
we'n: Du scha'st en Band um elkeen Twieg vun'e
Busch knütten, de du letzt Jahr sneden hest. Elkeen
Dag, de de Sünn an'e Heven is, scha'st du een Band
umbinnen, un dat scha'st du sünndags jüst so doon
as maandags, jüst so to Oosterdag as to Mittsom-
merdag. Man du dörvst nich mehr Bänner binnen as
een upmal." De Jung versprickt, he will allens so
doon, as se dat seggt hett. Denn geiht se mit em na
en Kamer baven up'e Boehn un seggt: „Hier scha'st
du vun nu an wahnen un di upholen. Up düsse Disch
finnst du ümmer wat to eten un to drinken, wenn du
Hunger hest. Düt Bett schall maakt we'n, wenn du
di dalleggen wullt, un du behollst in allens din Frie-
heit. Wes vör allen truu in dat, wat di updragen is."
Denn gahn se ut'neen, un de Hoppetuuts hoppt weg.
Un de Jung nimmt en Band, geiht dal in'e Boomhoff
un binnt dat um een vun de Twiegen, de he dat Jahr
vörher sneden hett, un denn hett he frie för de Dag.
De neegste Morrn deit he jüst datsülve, de drütte
uck, un sodennig dat heele Jahr hendör. Do levt he
denn kommodig un hett vun allens rieklich. Man de
Tied ward em lang, denn de Daag verlopen een as de
anner, un he süht un hört nich Minsch noch Deert.

As dat Jahr denn rum is un de Jung hett dat letzte
Band um de letzte Twieg bunnen, kümmt de lütte
Hoppetuuts wedder bi em anhoppt, dankt em för sin

true Deenst un fraagt, wat he sik as Lohn wünschen deit. De Jung seggt, he hett ja nich vel daan un kriegen Lohn för, he is dar tofreden mit, wat de Fruu em geven will. Do seggt de Hoppetuuts: „Ik weet woll, wat för'n Lohn du an leevsten hebben wullt. Din Bröder sünd los un verdeenen sik Drinkbekers för un setten up ju's Vadder sin Disch to Wiehnachtsavend. Hier hest du en Beker, so een warrn din Bröder wiss nich finnen." Darmit gifft se de Jung en Drinkbeker, de is vun sware Sülver un buten un binnen vergold't. Dörtein Meisters hebben dar se's Meisterstempel up sett, un dat is so'n künstliche Arbeit, sowat finnt een nich nochmal, un wenn een uck oever twölf Königrieken söken wull. Do freut de Jung sik gewaltig un dankt mit vel feine Wöör för dat Geschenk. Denn seggt he de Fruu adjüs un maakt sik mit dat Hart vull Freud praat un gahn wedder na Huus.

Do geiht he denn de heele Dag ümmer vörföötsch wieder, un laat an'e Avend kümmt he na de Kroog, 'nem ik al vun vertellt heff. Nu hett de Jung sik twaars vörnahmen, he will dar butenum gahn; man dar löppt en starke Stroom, un do kann he keen anner Weg gahn, un denn mutt he ja uck seh'n un finnen en Stä', 'nem he Nacht blieven kann. Un as he rinkümmt, kiek, do sitten de Katenjungs dar binnen mang Foet un Kröös, jüst so as do, as he vun se weggahn is. Nu vergitt de Jung dat ja gau, wenn em Unrecht daan is, un do is em dat recht un bemöten sin Bröder, un he geiht hen un begrötet se vun Harten. Denn fraagt he se, wodennig se dat gahn hett, sörre se ut'nanner gahn sünd, un um se dat glückt hett un verdeenen sik wecke Bekers för un setten up se's Vadder sin Wiehnachtsdisch. Do seggen de Bröder, ja, dat is se allens guut vun'e Hand gahn. Denn halen se elk sin Beker rut, man de dare Bekers sünd oold un verbuult. Do seggt de Jung: „Tööv mal, nu schoe'n I ganz wat anners wies warrn." Un he kriggt sin Beker rut, de he vun'e lütte Hoppetuuts kregen hett; un all de Gäste in'e Kroog meenen, dat is en bannig kostbare Stück.

Man de Katenjungs koenen dat nich af, dat se's lütte Broder sowat Kostbares to eegen hett. Se seggen: „Dat steiht di Kroepel nich to un hebben so'n Prachtstück! Dat musst du uns geven, denn wi sünd öller un beter as du." Un do nehmen se de Jung de feine Beker weg un geven em darför se's ringe Pütte. Wo de Jung nu insüht, gegen en hitte Backaben kann een nich anjappen, do mutt he dat hengahn laten, as dat is. De Bröder gahn denn na Huus na se's Vadder, un een kann sik ja denken, wat dat för'n Freud is, as de Ole de kostbare Drinkbeker up sin Wiehnachtsdisch süht. De beide öllste Jungs hebben nu wedder dat grote Woort un puchen un resen darvun, wat se allens Grotes maakt hebben. Man de Lütte is trurig un snackt man knapp. Un dat lohnt sik uck nich, denn wenn he wat seggt, denn hört dar ja liekers keen na oder gloovt dat.

As de dree Bröder denn oever Wiehnachten to Huus seten hebben, gahn de beide öllsten een Dag wedder na se's Vadder un fragen um Verlööv un gahn ut't Huus un söken sik elk en Fruu. Dar is de Ole nu mit inverstahn, denn em dücht, sin Soehns sünd nu all beid utwussen un hebben sik nugg versöcht. He seggt: „Ik harr Lust un seh'n, wokeen de smuckste Bruut in't Dörp bringt, wenn dat Wiehnachtsavend ward." Sowat hör'n de Bröder bannig geern, un elk vun se versprickt, he will sin Bestes doon. Do schoe'n se denn ja rut in'e Welt un versöken, wokeen vun se sik de smuckste Bruut verdeenen kann. Un as se denn adjüs seggen, do gifft de Ole se elk dree Daler as Tehrgeld up'e Reis.

As de Lüttbuer sin beide öllste Soehns nu afste' schoe'n, geiht de Jüngste na sin Vadder un fraagt um Verlööv un gahn mit sin Bröder mit. De Ole will dar nix vun hör'n, he seggt: „Ja, du lütte Stackel, meenst du denn, mit di will sik een verspreken? Bliev du man leever to Huus sitten in'e Heerdkuhl, dar hörst du hen." Man de Jung lett sik nich bang' maken un seggt: „Vadder, laat mi doch mitgahn. Keeneen weet, wodennig dat Glück sik dreih'n kann. Vellicht geiht mi dat ja guut in'e Welt, wenn ik uck lütter un ringer bün as min Bröder." As de Jung nu so snackt, denkt de Ole toletzt: „Ja, dat kunn ja ganz guut we'n un warrn em mal los för en Tied. He kümmt sachs wedder, wenn de Noot em drifft." Do kriggt de Bengel denn Verlööv un gahn mit sin Bröder mit, un he kriggt uck dree Daler vun sin Vadder as Tehrgeld, wieldes he sik en Deenst söcht.

De Katenjungs maken sik denn up'e Weg un gahn de heele Dag. As dat denn hen to Avend geiht, kamen se wedder na de Kroog dar an'e Weg, un in'e Gaststuuv is en grote Flock vun Wannerslüüd un anner Gäste tohopen. Do fangen de beide öllste Bröder wedder se's lustige Leven an un freten un supen un spelen. Man de Jüngste sitt för sik in en Eck un will dar nich mit bi we'n.

As denn sin Bröder all se's Geld up'e Kopp haut hebben, besnacken se sik, wodennig se frisches kriegen un sik dat noch en Tied guut gahn laten koenen. Un do gahn se hen na se's jüngste Broder un seggen, he schall se sin dree Daler geven. He schall man afhulen na Huus, seggen se, jo ehrer jo beter, dat is dat Beste, wat he doon kann. Man de Jung will nich so as se, un dat is ja uck keen Wunner. Do kriegen de Bröder em faat, nehmen em sin Geld af un jagen em sülven mit Hau'n un Slaan rut ut'e Harbarg. Denn setten se sik dal un freten un supen un plegen sik as vörher. Man de stackels Jung neiht ut, rut in't Holt, un denkt dar nich oever na, wonem de Weg hengeiht, wenn he man bloots wegkümmt vun sin Bröder. He geiht oever allerhand wille Stieg'en, un toletzt kann he nich mehr gahn. Do sett he sik dal up en Grasbült un ward blarrn, bet he toletzt inslöppt, möö', as he is.

Fröh an'e neegste Morrn, noch ehrer de Sünn up-geiht, ward de Jung waak un maakt sik wedder up'e Weg oever Barg un Slunk. As he sodennig en Tied-lang gahn is, ward de dar an denken, dat Beste, wat em nu passeern kunn, dat weer doch, wenn he wed-der na de Königshoff keem, 'nem he dat ümmer so guut hatt hett. Knapp hett he dat dacht, do steiht he wedder up'e gröne Stieg, un as he dar en Stück up gahn is, liggt de Königshoff liek vör em.

Do freut de Jung sik düchtig un besinnt sik nich lang', he geiht liek rin in'e smucke Saal, 'nem de Fruu ümmer sitten deit. As de Hoppetuuts em wies ward, heet se em fründlich willkamen un fraagt, wat he will. Do seggt de Jung: „Ik bün kamen un wull di min Deenst anbeeden, wenn du de denn bruken kannst." De Hoppetuuts seggt: „Denn büst du mi willkamen, denn ik bruuk jüst nödig en Knecht. Wenn du mi truu deenen deist, schall din Lohn gröt-ter we'n, as du di dat nu denken kannst." De Jung seggt, dar schall dat nich an liggen, an'e Truu, wenn se man nich mehr vun em verlangen will, as he klaarkriegen kann. Do seggt de Hoppetuuts: „Din

Deenst is nich swaar un keen grote Mars[1]. Din Arbeit schall we'n, dat du de Twiegen, de du eerst sneden un denn bunnen hest, ruphaalst un tohopenleggst to en Brennhupen up'e Hoff. Un du scha'st een Twieg halen an elkeen Dag, de de Sünn an'e Heven is, un du scha'st dat Middeweken jüst so doon as Dunnersdag un Oosteravend jüst so as Mittsommeravend. Man du dörvst nich mehr Twiegen halen as een up'e Dag. Wenn dat Jahr denn rum is, un du hest de letzte Twieg ruphaalt, scha'st du de Hupen anfengen un denn en Tiedlang up din Kamer gahn. Denn gah wedder dal un raak dat Füer guut tosamen, dat alle Twiegen upbrennen. Wenn du denn in't Füer wat wies warrst, musst du dat dar ruthalen un erlösen."

De Jung versprickt, he will up en Prick allens doon, wat de Fruu em seggt hett. Denn bringt de Hoppetuuts em rup up'e Boehn na en lütte Kamer un seggt: „Hier scha'st du vun nu an wahnen un di upholen. Up düsse Disch finnst du ümmer wat to eten un to drinken, wenn du Hunger hest. Düt Bett schall maakt un torecht we'n, wenn du di dalleggen wullt, un du behollst in allens din Frieheit. Wes vör allen truu in dat, wat di updragen is." Denn gahn se ut'nanner, un de Hoppetuuts hoppt weg. Un de Jung geiht dal in'e Boomhoff, haalt een vun de Twiegen, de he vörher afsneden un bunnen hett, bringt 'n rup up'e Hoffplatz, 'nem he de Brennhupen maken will, un denn hett he de Rest vun'e Dag frie. De anner Morrn maakt he dat jüst so, de drütte uck, un denn ümmer so wieder dat heele Jahr rund. De Jung hett nu gude Daag dar up'e Königshoff, leggt sik düchtig

---

[1] Mars: Anstrengung, Mühe

ut un wasst ran to en staatsche Jungkeerl. Man bannig eensam dücht em dat dar, denn he süht un hört keen Minsch. Un faken ward he dar an denken, sin Bröder warrn na Huus kamen mit se's Bruten, un he hett keen.

As denn dat Jahr rum is, un de Jung hett de letzte Twieg ruphaalt un bi de annern leggt, deit he, wat de Hoppetuuts em updragen hett, he fengt de Hupen an un maakt en grote Füer. Denn geiht he för en Stoot weg, kümmt denn wedder un harkt de Platz vun alle Sieden, dat all de Twiegen, groten un lütten, to Asch verbrennen. As he dar nu so rumkleit, kiek, do stiggt dar merrn in't Füer in wunnerbar smucke Deern tohööcht. Se is witter as Snee, un ehr Haar is so smuck, dat hängt um ehr as en Mantel, bet dal up'e Fööt. As de Jung de smucke Jumfer wies ward, springt he gau to un ritt ehr rut ut't Füer. Do fallt de junge Deern em vull Hartensfreud um'e Hals un dankt em, dat he ehr erlöst hett. Se is nu de smuckste un riekste Königsdochter up'e ganze wiede Welt, man se is verwünscht we'n vun so'n Hallunk vun Hexenmeister, seggt se, de hett ehr to so'n grimmige Hoppetuuts maakt.

In desülve Ogenblick ward dat lebennig un roegt sik in't heele Huus, un de Königshoff ward vull vun Hofflüüd un Ridders un vörnehme Jumfern, de sünd uck all verhext we'n. All gahn se nu hen, een achter de anner, un gröten se's Königin sammt de flinke Jungkeerl, de se all erlöst hett. Man de Königsdochter will keen Tied verspillen, se lett foorts Perde vör ehr gollne Kutsch spannen un maakt sik ferdig för un reisen af. Denn lett se de Lüttbuer sin jüngste Soehn in Sied un kostbare Scharlack kleeden, staffeert em ut mit Wapen un anner Kraamstücken, as sik dat woll för en Prinz passen dä, un do is ut de arme Jung mitmal de feinste stolte Jungkeerl wurrn, de sik jichens en Swert umbunnen hett. As nu allens klaar is för de Reis, seggt de Königsdochter: „Ik weet woll, du denkst an din Bröder, de ünnerwegens sünd na Huus mit se's Bruten. Darum woe'n wi na din Vadder reisen, dat he doch seh'n kann, wat för'n Bruut du di verdeent hest."

Bi all dat kümmt de Jung sik vör, as weer he dalfullen ut'e Wulken. Man dar is keen Tied un besinnen sik, darför stiggt he gau in'e gollne Kutsch, un denn fahr'n se afste' mit vel Staat un grote Folg, dat se de ole Lüttbuer in sin Kaback gu'n Dag seggen woe'n.

As se denn en Tiedlang fahrt sünd, kamen se na de Kroog, de dar an'e Weg liggt. Do hett de Jung grote Lust un weeten, um sin Bröder, as se dat wennt sünd, noch dar binnen sitten. Darum lett he de Kutsch anholen un geiht rin in'e Gaststuuv. As he de Dör upmaakt, ward he de Lüttbuer sin Soehns wies, de sitten dar mang Foet un Kröös un freten un supen un laten sik dat guut gahn. Un de Bröder hebben elk sin Bruut bi sik, un vun wat för'n Aart de sünd, dat kann een sik ja denken. Dar is vertellt wurrn, se sünd so dünn un dröög we'n as Holtpinnen, hebben Gesichter hatt so witt as de Wand vun en Baadstuuv, Trüüns[1] as Farkens un Mundecken so geel as bi junge Swulken. As de Jung dat allens sehn hett, geiht he gau weg, ahn dat em een kennt hett. He stiggt wedder bi sin Bruut in'e gollne Kutsch un fahrt de Weg wieder mit sin heele Folg. Man de Gäste in'e Gaststuuv wunnern sik, wat dat för'n staatsche Königssoehn we'n is, de dar jüst langkamen is.

---

[1] Trüün = Schweineschnauze (dän. tryne)

De junge Mann un sin smucke Bruut fahren nu hen na de Lüttbuer sin Kaat, un as se dar ankamen, is dat al recht wat laat an'e Avend. Do gahn se rin un fragen, um se dar Nacht blieven koenen. De Lüttbuer seggt, wat ja wahr is, he luert up sin dree Soehns un se's Bruten, un denn hett he ja man so'n ringe Kaat, de passt sik doch nich as Harbarg för so'n vörnehme Lüüd. Man de Königsdochter seggt, se will dat sodennig hebben, un do kann de Lüttbuer ehr dat nich afslaan.

De Prinzessin lett nu tostellen to en düchtige Wiehnachtsfest, un se schickt ehr Deensten to Dörps, se schoe'n Gäste vun wied un sied inladen. As dat denn to Avend geiht un dat Gastbott is klaar, do kamen de Buer sin beide öllste Soehns anslept mit se's Bruten, un dat is ja keen Wunner, dat de Ole nich recht fröhlich is to de dare Swiegerdöchter. As se sik nu to Disch setten, fraagt de Königsdochter, wodennig de Buer denn bi so'n feine Dischdook un so'n smucke Drinkbeker kümmt. „Ja", seggt de Ole, „min beide öllste Soehns sünd los we'n un hebben de as Lohn för se's Deenst kregen." Do seggt de Prinzessin: „Nee, din öllste Soehns hebben gar nix verdeent, nich dat eene un nich dat anner. Man wenn du de Wahrheit weeten wullt, denn is dat din jüngste Soehn we'n, un hier sühst du Mackers darto, to dat Dischdook un to de Beker."

Do steiht de Jungkeerl up vun'e Disch un fallt sin Vadder um'e Hals, un all koenen se seh'n, de frömde Prinz is keen anner as de Lüttbuer sin jüngste Soehn, de lütte Jung, de vun sin Lüüd nie nich för vull nahmen wurrn is. As de Ole nu sin Soehn wedderkennt un to hör'n kriggt, wodennig dat allens togahn is, do wunnert he sik bannig un will meist sin

Ogen nich truu'n. Man sin beide öllste Soehns stahn vör se's Vadder un all de Festlüüd mit Schann un lange Näsen, un dat is bald dat heele Dörp rum, wo falsch un leeg se we'n sünd.

De Jungkeerl un de smucke Prinzessin fiern nu se's Hochtied mit grote Lust un Stahoi[1], un dat gifft en Wiehnachtsfier, so wat hebben de Lüüd nich sehn, so lang' as se denken koenen. Man as Wiehnachten vörbi is, treckt de Bruut mit ehr Brüdigam wedder in ehr Land, un de ole Lüttbuer nehmen se mit. Un do is de Jung König wurrn oever dat heele Riek un hett dar eendrächtig un in Leev levt mit sin smucke Königin. Un dar leven se vundaag noch.

---

[1] Stahoi = Aufwand, Aufhebens, Aufstand (dän. ståhej)

De König un de Buerndochter

Dar is mal en König we'n, de hett en Wickersche[1] fraagt, wat em för de Tokunft bevörsteiht, un do hett he de Bescheed kregen, he schull mal en arme Buer sin Dochter to sin Königin maken.

De König is bannig vergrellt we'n oever de dare Wahrseggerie, denn he is bannig stolt we'n up sik, un nu hett he meent, dat liggt doch woll an em sülven, um dat wahr ward, wat de Oolsch seggt hett, oder nich. Nie in Leven denkt he an un nehmen so'n eenfache Deern to Fruu, leever will he gar keen Königin hebben, dat is wiss un seker! Man he hett de dare Wahrsproek nich mehr ut sin Kopp rutkregen.

Do geiht he een Dag mal up Jagd, un do dröppt sik dat, he bemött en arme Buer, de is buten in't Holt för un halen Brennholt, dat he sin Stuuv warm kriggt, denn dar liggt sin Fruu mit en nübaarne Dochter blangen sik. De König kümmt in Snack mit de Buer, un do vertellt de vun dat Kind un wo dull he un sin Fruu sik to de smucke lütte Deern freuen.

Do kümmt de König wedder in'e Brass, denn de Wickersche hett ja seggt, de mal sin Königin warrn schall, de schull jüst to de Tied un Stunn baren warrn, wo de Buer sin Fruu, as he nu hört, ehr lütte Deern kregen hett. As he denn vun'e Jagd na Huus kümmt, schickt he een vun sin Bedeenters hen, dat de dat Kind wegsnappt, un denn brennt he et en Teken up'e Arm, leggt dat in en lütte Kist, de is utsmert mit Pick, un dar leggt de König uck noch en Summ Geld rin. Denn ward de Kist utsett up de wille Stroom, de bi de König sin Slott langlöppt. Un

---

[1] Zauberin und Wahrsagerin, nicht so böse wie eine Hexe.

denn meent de König, nu mutt he nich mehr bang' we'n, wat vörherseggt is, kunn wahr warrn.

De lütte Kist swümmt mit de Stroom dal na en Moehl. Dar fischt de Möller 'n up, un wo he sülven keen Kinner hett, freut he sik bannig to de lütte Deern un treckt ehr groot as sin eegne Dochter, un se hett dat richtig guut bi em.

Sodennig vergeiht männig en Jahr. Do bemött de König mal de Wickersche un seggt to ehr, he hett darför sorgt, dat dar nix vun ward, wat se vörherseggt hett, denn de Buerndochter hett he utsett up'e Stroom, un dar is se sachs to Dode kamen.

„Se is nich doot", seggt de Wickersche, „in Gegendeel, se is de smuckste vun all de Deerns, de ik sehn heff. Söök man, denn finnst du ehr."

Dat passt de König ja nu ganz un gar nich, un he geiht up Reisen, dat he de smucke Buerdeern söken un verdarven will. Un as he do dalreist lang de Stroom, kümmt he toletzt jüst na de dare Moehl, 'nem se dat Kind upnahmen hebben.

Dar steiht an't Över vun'e Stroom de allersmuckste Deern un wascht dar Tüüg. De König geiht hen na ehr un fraagt um en Sluck Water, un as se em de henlangt, ward he up ehr blote Arm dat Teeken wies, wat he de Buer sin lütte Deern inbrennt hett.

Do ward em klaar, he hett de Deern funnen, de he söcht; man he will dat uck so inrichten, dat se sik in düsse Welt nie nich wedder bemöten. He seggt to de Deern, he is de König vun't Land, un se schall em Schrievtüüg geven, dat he en ielige Breev an sin Mudder schrieven kann. Naher seggt he to de Deern, se schall foorts na't Slott gahn mit dat, wat he schreven hett. Un de Deern kann ja nich anners as doon, wat de König ehr updragen hett, un do maakt se ik up de lange Weg mit de König sin Breev.

Man dat is jüst to de Tied we'n, dat de leeve Gott un Petrus hier up'e Eerde wannert sünd, un do finnen se de Deern, as se mal liggt to slapen ünner en Boom. Do seggt de leeve Gott to Sankt Peter, he schall de Breef nehmen, de de Deern in'e Tasch hett, un schall 'n upmaken un em denn vertellen, wat dar in steiht in'e Breef.

Petrus deit dat un vertellt denn de leeve Gott, in'e Breev hett de König sin Mudder Order geven un laten de Deern foorts um'e Eck bringen. „Riet de Breev twei!" seggt de leeve Gott, un as Petrus dat daan hett, kriggt he Order, he schall en anner Breev schrieven, un dar schall in stahn, de König gifft de ole Königin Order, se schall de Deern mang ehr vörnehmste Hoffdamen setten un ehr holen as en Prinzessin. Petrus deit, wat de leeve Gott seggt hett, un de nüe Breef kümmt denn dar hen, 'nem de ole we'n is, man de Deern ward dar nix vun wies. Un as se waak ward, is se alleen, un denn geiht se, bet se na't Slott kümmt. Dar gifft se de ole Königin de Breev, un as de Königin 'n les't hett, sett se de Deern mang ehr boeverste Hoffdamen, un se ward ehrt as en fiene Prinzessin.

Wat later kümmt de König vun sin Reis torügg un fraagt bannig kort af, um sin Mudder dat mit de frömde Deern na sin Order maakt hett. „Ja, wiss heff ik dat", seggt se. „Denn woe'n wi dar man nich mehr vun snacken" seggt de König, un do snackt dar keen Minsch vun, wodennig de frömde Deern an'e Hoff kamen is.

Dat Dumme is man, de König verkickt sik in de nüe smucke Hoffdaam, un do maakt he ehr to sin Königin; denn dat kann em ja nie nich infallen dat se de dare Buerdeern we'n kunn. Man as se en Tied verheiraad't sünd, kümmt he dar een Morrn oever to, as se sik jüst antrecken deit, un do ward he dat Teeken up ehr Arm wies. Do ward he denn so splitterndull, he gifft foorts Order un maken de Königin doot, un as Teeken, dat se sin Order richtig utföhrt hebben, schoe'n se em ehr Tüüg wiesen, vullsappst mit ehr Bloot.

Do gahn se mit de Königin rut in't Holt för un bringen ehr um'e Eck. Man een vun ehr Kamerdeerns, de hett ehr bannig leev, un de seggt, se schall man ehr lütte Hund mitnehmen, denn se weet woll, de Deener, de de Königin afmurksen schall, hett dar nich dat Hart för un doon dat, wenn he dar man up jichens en Aart vun frie kamen kann.

As se nu rutkamen in't Holt, maakt de Deener de Hund doot un stippt de Königin ehr Tüüg in dat Bloot; un to de Königin seggt he, se schall sik afglieden so wied weg, dat de König nie nich to weeten kriggt, dat se noch an't Leven is. Un dat Tüüg wiest he de König as Bewies, dat sin Königin würklich doot is.

Wieldes wannert se ümmer wieder un wieder in't Holt rin. Keen levige Seel bemött se dar, se geiht un geiht bloots ümmerlos so lang', as dat Dag is, un bi Nacht slöppt se an'e Grund, un nähren deit se sik vun wille Ber'n. Toletzt kümmt se na en Huus, un dar geiht se rin, se denkt, se finnt dar sachs wecke Minschen. Man dar binnen süht se bloots twölf Stöhle un twölf Schappen un twölf nich maakte Betten.

Do denkt se, se will man dar in't Huus blieven, bet dar wecken na Huus kamen vun de, de dar wahnen. Un wieldes se töven deit, maakt se de Betten un fegt de Del. Un denn finnt se en beten wat to eten in all de twölf Schappen, un dar maakt se en Mahltied vun un deckt de Disch un stillt uck ehr Smacht.

De Dag vergeiht, man dar kümmt keen Minsch, un as dat Nacht ward, leggt se sik in en Eck, de kann een dat anseh'n, dar kümmt meist nie nich een hen. As se dar en Tied legen hett, hört se Lüüd rinkamen in'e Stuuv, un as de Licht anfengt hebben, kann se vun ehr Schuulstä' seh'n, dat sünd twölf Mannslüüd, un vun dat, wat se snacken, markt se foorts, dat sünd Rövers. Nu wunnern de sik ja düchtig, wokeen dar woll in se's Huus we'n is un hett dat so rein un kommodig maakt. Man denn eten se un gahn upletzt to Bett. De Königin is nich guut toweg' dar, 'nem se in Schuul liggt, man toletzt slöppt se uck in. Un as se de neegste Morrn waak ward, sünd de Rövers all weg; man in'e Schappen finnt se frische Etensaken.

Nu schall de Königin bald wat Lüttes hebben, un do truut se sik nich un biestern noch länger in't Holt rum. Se oeverleggt sik, se will man dar in't Huus blieven un dat in'e Reeg holen un sodennig in vörut de twölf Rövers wat sachtmödig stimmen.

Elkeen Nacht kamen de Rövers na Huus, un ümmer duller wunnern se sik, wo fein de Stuuv in'e Reeg is. Un toletzt hört se een Nacht, wo se sik een de anner toswören, wenn dat en Fruunsminsch is, de sik dar unsichtbar in't Huus upholen deit, denn woe'n se ehr in Ehren holen, wenn se sik mal wiesen schull.

As de Königin de dare Eed hört, kümmt se rut ut ehr Verstek un vertellt se, wokeen se is un wo ehr Mann ehr hett dootmaken laten wullt. Do deit se de Rövers leed, se gahn vör ehr up'e Kneen un nehmen ehr an as se's Königin un verspreken, se woe'n ehr bistahn, ehr un ehr lütte Gör, wenn't denn dar is. Oever dat dare Verspreken freut se sik, is ja klaar, un do blifft se bi de Rövers, un dar kriggt se denn uck ehr un de König sin lütte Jung.

Mal bemött de König wedder de Wickersche, un do vertellt he ehr, ehr Wahrsproek is richtig wahr wurrn, man he hett sin Königin dootmaken laten, dat nich en Buerdeern ehr Gör mal sin Riek arvt.

„De Königin is nich doot, se levt un wahnt in en grote Holt", seggt de Wickersche. Man do lett de König ehr fastsetten un seggt, se kann sik dat utsöken, um se leever will sülven verbrennt warrn oder hengahn na de Königin un ehr verdarven. Do seggt de Wickersche de König to, se will dat woll torechtkriegen, dat de Buerndochter bald as Liek liggen deit, un mit dat Verspreken is de König tofreden.

En Tied later kümmt dar en Fruunsminsch na de Rövers se's Huus un will Ringen verkopen. De Königin is alleen mit ehr Kind, un as se de feine Ringen süht, kriggt se Lust un probeern dar een vun an. Man knapp hett se sik de Ring an'e Finger staken, do fallt se um as doot. As de Rövers na Huus kamen un sehn ehr dar liggen ahn Leven, do kümmt se dat hart an. Man as se de afsünnerliche Ring an ehr Finger sehn, kümmt se dat gediegen vör, un se woe'n 'n aftrecken. Man de sitt so fast, se moeten ehr de affielen. Knapp is de Ring vun'e Finger, do kümmt dat Leven wedder torügg in'e Königin, un een kann sik denken, wo de Rövers sik freu'n.

Na en Tied bemöten de König un de Wickersche sik wedder, un do dwingt he ehr darto un seggen wahr un vertellen em, wat se süht.

„Ik seh, dat din Königin wedder in't Leven kamen is un mit din Soehn buten in't wille Holt wahnt", seggt de Wickersche. Do drauht he ehr wedder, dat geiht ehr an't Leven, wenn se de Königin nich dootmaakt, dat keen Minsch ehr wedder in't Leven torügghalen kann.

„Dat kann ik sachs doon", seggt de Wickersche; „man hier hest du en Buddel, de kannst du ehr ünner de Näs holen, wenn du de Königin mal finnen deist un geern wullt, dat se doch wedder lebennig ward." De König nimmt de Buddel, un denn gahn de König un de Wickersche wedder ut'neen.

Nich lang' darna ward de Königin ehr Soehn en smucke Appelboom wies mit de feinste Appeln an, man de sitten höger, as de Prinz langen kann. Do geiht he rin na sin Mudder un seggt, se schall em doch en paar Appeln vun de dare smucke Appelboom afplöcken. Tofällig hören de Rövers dat. Se sünd bang', dat kunn wat nüe Hexenkraam we'n un wahrschuu'n de Königin vör un gahn na de Appelboom, un eerstmal hört se darna.

Man de neegste Dag fangt de Jung wedder an un dibbert, he will geern een vun de dare feine Appeln hebben, un nu is de Königin ja alleen mit ehr Soehn, un do kann se nich mehr nee seggen, se geiht rut na de smucke Boom. Man as se mit de Hand henlangt na en Appel, do flüggt ehr de as so'n Flintenkugel liek in'e Mund un sett sik in ehr Kehl, un do kriggt se keen Luft mehr un mutt sticken.

As de Rövers na Huus kamen, löppt de Jung in'e
Stuuv rum un blarrt un jammert un truut sik nich
rut na de Boom. De Rövers sünd bang', dar is wedder
wat passeert un gahn rut, un do liggt de Königin dar
doot. Man dütmal koenen se an ehr keen Teeken vun
Hexenkraam seh'n, un do meenen se, se is vergift't
vun'e Appeln vun de dare gediegene Boom, 'nem de
Jung vun snackt hett, man de is nu gar nich mehr
dar. As se keen Leven wedder in ehr rinkriegen koe-
nen, leggen se ehr in en apene Sarg un stellen dat in
en Lusthuus[1]. Denn setten se sik sülven dar um
rum, un sodennig blieven se sitten, bet se all doot-
bleven sünd vör Truer. So leev hebben se de Königin
hatt.

Nu is de Jung denn alleen in't Huus, un nümms
weet, wodennig em dat harr gahn kunnt, wenn he
dar lang' harr blieven musst. Man een Dag fallt dat
de König in un jagen jüst in dat Holt. Do kriegen de
Hünne Liekenruch in'e Näs, un nich lang', do steiht
de König vör dat Lusthuus, 'nem de twölf Rövers um
sin Königin ehr Sarg liggen.

De König kennt ehr foorts wedder, denn se liggt dar
jüst so frisch un smuck, as se to se's Hochtied we'n
is, un em fallt in, dat dat nu an em liggt un halen
ehr in't Leven oder laten ehr liggen bet an'e Jüngste
Dag. Man jo länger he ehr ankickt, jo leever mag he
ehr lieden, un toletzt seggt he: „Ik will ehr up'e Proov
stellen. Wiest se sik gegen mi as en Königin, denn
schall se blangen mi up'e Thron sitten; man wiest se
sik as en Deenstdeern, denn schall se Deenstdeern
blieven so lang', as se levt."

---

[1] Lusthuus = Laube

Denn kriggt he de Buddel rut, de de Wickersche em geven hett, un hollt 'n de Königin ünner de Näs, un foorts flüggt de verhexte Appel rut ut ehr Hals, un se ward wedder lebennig.

Do smitt de König ehr sin Mantel hen un seggt, de schall se oever ehr Dodenhemd leggen un denn in't Huus gahn un wat to eten maken un Tellern up'e Disch kriegen för de König un sin Lüüd. Un se kennt woll ehr Mann wedder, man se hollt ehr Swiegstill un lett sik nix anmarken un geiht in't Huus. Se fangt foorts an un süßeln mit't Eten un decken Disch, man as se all an'e Disch sitten, wiest sik dat, all de König sin Lüüd hebben se's Teller kregen, man för de König is dar keen.

„Wo kümmt dat denn, dat se de König nich düsse Deenst wiest?" wunnern de Hofflüüd sik.

Do kümmt de Königin ehr Soehn an'e Disch mit de König sin Teller un seggt: „Min Mudder seggt, dat hört sik för dat Kind un bedeenen sin Vadder."

Do freut de König sik düchtig, denn nu süht he, de Buerndochter denkt as en Königin, un do nimmt he ehr un de Jung in'e Arm, dat all de Hofflüüd dat sehn, un denn reisen se na't Slott, un dar ward de Königin foorts up'e Thron blangen de König sett. Denn schickt he Bott na de Wickersche un lett ehr seggen, se dörv nie nich wedder dat Leven ut sin Königin hexen. Un dat hett se denn uck nich daan.

De Prinzessin up'e Glasbarg

Dar is mal en König we'n, de hett so'n Lust hatt to de Jagd, he hett sik keen gröttere Vergnögen wusst as jachtern achter wille Deerten ran. Do hett he denn fröh un laat buten legen in't Feld mit Haavk un Hund un hett ümmer Jagdglück hatt. Man mal kümmt dat sodennig, dat he nich kumpabel is un finnen uck man een Stück Wild, liekers he vun fröh morrns an na alle Kanten söcht.

As dat nu to Avend geiht un dat ward Tied un rieden na Huus mit sin Lüüd, ward he wies, wo en Dwarg oder „wille Mann" vör em in't Holt rinlöppt. Foorts gifft de König sin Perd de Sparen, ritt achter de Dwarg ran un grippt em. Un do wunnern se sik all, wo gediegen de utsüht; denn he is lütt un grimmig as en Düvel un sin Haar is struppig as Bessenkruut. Man wat de König uck to em seggt, he antert nich, nich in Guden un nich in Bösen. Dar ward de König füünsch oever, wo he ja al vörher vergrellt we'n is vun wegen sin Jagd, un he gifft sin Lüüd Order, se schoe'n de dare Keerl faat nehmen un guut verwahren, dat he jo nich utkniepen kann. Denn treckt de König na Huus na sin Hoff, un dar is wieder nix vun to vertellen.

Domals is dat gude ole Moo' we'n, dat de König un sin Lüüd bet deep in'e Nacht an'e Beerdisch seten un drunken hebben, un denn is dar en Barg snackt un noch mehr sapen wurrn. As se nu wedder to Disch sitten un lustig sünd, kriggt de König en grote Seidel faat un seggt: „Wat dücht ju um unse Jagd vundaag? Is dat al mal seggt wurrn vun uns, dat wi na Huus kamen sünd ahn een eenzige Stück Wild?" – „Dat is woll wahr, wat du seggst", seggen de Mannslüüd,

„un darbi is dar doch sachs nich nochmal so'n gude Jäger to finnen up'e Welt as du. Man liekers bruukst du di ja nich beklagen oever unse Jagd, denn du hest ja en Stück Wild fungen, as dat noch nich darwe'n is." So'n Snack gefallt de König oever de Maten guut, un he fraagt wieder, wat se denn dücht, wat he an besten mit de dare Dwarg anfangen schall. „Ja", seggen de Hofflüüd, „du scha'st em man inspunst holen hier up din Hoff, dat dat wied un sied bekannt ward, wat du för'n Jäger büst. Man seh to, dat du em guut verwahrst un he nich utkniepen kann, denn he is slau un achtertücksch vun Natur." As de König dat hört, seggt he en lange Tied gar nix. Denn böhrt he de Seidel tohööcht un seggt: „Ik will doon, as I seggen, un dat schall nich an mi liggen, wenn de wille Mann utknippt. Man dat will ik ju seggen, wenn een em frielett, de schall starven ahn Gnaad, un wenn dat min eegne Soehn is." Darmit maakt he de Seidel leddig, un dat is en düre Eed. Man de Hofflüüd kieken sik verbaast an, denn sodennig hebben se de König noch nie nich snacken hört, un se koenen woll marken, em is dat Beer to Kopp stegen.

As de König de neegste Morrn waak ward, fallt em foorts wedder in, wat he an'e Beerdisch laavt hett. He lett denn foorts Timmerlüüd un Buuholt kamen un lett en lütte Huus oder Buur buun dicht bi de Königshoff. Dat Buur ward tohopentimmert ut grote Balkens un verwahrt mit starke Sloet un Schotten, dat keeneen dar dörbreken kann, bloots merrn in'e Wand blifft en lütte Lock oder Finster, dat se dar wat to eten dörschuven koenen. As denn allens klaar is, lett de König de wille Mann bringen, sett em in't Buur un nimmt sülven de Sloeteln in Verwahr. Dar mutt de Dwarg nu inspunst sitten bi Dag un bi

Nacht, un de Lüüd kamen angahn un anfahrt för un begapen em. Man keeneen hört em jichens klagen oder uck man een Woort seggen.

Dar vergeiht denn en ganze Tied. Do kümmt dat mal so, dat et Unfreden gifft in't Land, un de König mutt in'e Krieg trecken. As he nu afste' schall, seggt he to sin Königin: „Du musst nu min Riek regeern, ik legg Land un Lüüd in din Hand. Man een Deel musst du mi verspreken, dat du de wille Mann guut verwahrst, dat de jo nich utknippt, wieldes ick nich dar bün." Ja, de Königin seggt em to, se will in allens ehr Bestes doon, un de König gifft ehr de Sloeteln to dat Buur. Denn leggt he af mit sin Schep, treckt de Seils hooch un seilt wied, wied weg na anner Länner, un allerwegens, 'nem he henkümmt, winnt he. Un de Königin steiht an'e Seekant un kickt em achterna, so lang' as se noch sin Wimpel over de See fleegen süht. Denn geiht se wedder na de Königshoff mit ehr Deensten. Dar sitt se nu un neiht Siedentüüg un luert, dat ehr Mann wedder na Huus kümmt.

De König un de Königin hebben tosamen een Kind, en Prinz, de is noch lütt, man he lett dat Beste hapen. As de König nu wegreist is, löppt de Jung een Dag mal in'e Königshoff rum, un do kümmt he uck na dat Buur mit de wille Mann in. Dar sett he sik dal un spelt mit sin Goldappel. As he dar nu so spelt, hett he dat Mallöör, dat de Appel unverwahrens rinfallt dör dat Finster in'e Wand vun dat Buur. Foorts kümmt de wille Mann hen un smitt de Goldappel wedder rut. Dat, dücht de Jung, is en lustige Spill. Un so smitt he de Appel wedder rin, un de wille Mann smitt 'n ümmer wedder rut, un sodennig spelen se en ganze Tied. Man so lang' dat uck geiht, toletzt ward ut de Spaaß Kummer, denn de wille

Mann behollt de Goldappel un will 'n nich wedder hergeven.

As denn nix helpt, keen Drauh'n un keen Beden, do ward de Lütte toletzt blarr'n. Do seggt de wille Mann: „Din Vadder hett leeg an mi hannelt, dat he mi insparrt hett, un du kriggst din Appel nie nich wedder, wenn du mi nich rutlettst." − „Wodennig schall ik di denn rutlaten?" seggt de Jung. „Giff mi doch min Goldappel! Min Goldappel!" − „Pass up", seggt de wille Mann, „un do, wat ik di nu segg. Gah rup na din Mudder, de Königin, un segg, se schall di lusen. Un denn seh to un klau'n ehr de Sloeteln ut'e Tasch un kumm her un maak de Dör up. Denn kannst du de Sloeteln jüst so wedder torüggdoon, as du se nahmen hest, dat keen Minsch dat markt."

Ja, up de Aart snackt de wille Mann de Jung so lang' wat vör, bet de toletzt deit, wat he will; he geiht hen na sin Mudder, seggt, se schall em mal lusen un klaut ehr de Sloeteln ut'e Tasch. Denn löppt he dal na't Buur un maakt de Buurdör up, un de wille Mann kümmt rut. Ehrer he nu geiht, seggt de Dwarg: „Hier hest du din Goldappel wedder, as ik di dat toseggt heff. Un velen Dank uck, dat du mi rutlaten hest. En anner Mal, wenn du in Noot büst, will ik di uck wedder helpen." Un denn löppt he weg. Man de Prinz geiht wedder na sin Mudder un deit de Sloeteln torügg up'e sülve Aart, as he se eersten nahmen hett.

As se nu marken an'e Königshoff, de wille Mann is weg, do gifft dat en grote Stahoi[1], un de Königin schickt Lüüd up Weg un Steg för un kieken ut na

---

[1] Stahoi = Aufstand, Aufhebens (dän. ståhej)

em. Man he is weg, un he blifft weg. Dat duert denn en Tied, un de Königin ward ümmer duller benaut, denn se rekent dar elkeen Dag mit, dat ehr Mann wedder na Huus kümmt. Un denn süht se, wo sin Schep oever de See anseilt kamen, un vel Lüüd sammeln sik an'e Seekant för un begröten em. As he nu an Land kümmt, is sin eerste Fraag, um se uck hebben de wille Mann guut verwahrt. Do mutt de Königin ja ingestahn, wat dar los is, un se vertellt allens, wodennig dat togahn is. Do ward de König oever de Maten füünsch un seggt, de dat daan hett, de will he strafen, wokeen dat uck we'n mag. He lett de Saak an'e heele Königshoff ünnersöken, un elkeen Mann sin Kind mutt hen un utseggen; man keeneen weet wat. Toletzt mutt de lütte Prinz uck vör't Brett. As he nu vör de König kümmt, seggt he: „Ik weet, dat is min Schuld, dat min Vadder so füünsch is. Man liekers kann ik de Wahrheit nich verswiegen, denn ik bün dat we'n, de de wille Mann rutlaten hett."

Do ward de Königin dodenblass, un all de annern uck, denn dar is keeneen, de de Prinz nich lieden mag. Toletzt seggt de König: „Dar schall keeneen seggen koenen, ik harr min Woort nich holen, wenn dat uck um min eegen Fleesch un Bloot geiht. Du musst starven, as du dat verdeenst." Darmit gifft he sin Knechten Order, se schoe'n de Prinz to Holts bringen un em dootmaken. Man de Jung sin Hart schoe'n se de König mitbringen as Teeken, dat se daan hebben, wat he se heeten hett.

Do gifft dat grote Truer mang de Lüüd, sowat is noch nich dar we'n, un all beden se um Gnaad för de Prinz; man de König sin Woort steiht fast. Do truu'n de Knechten sik nich un doon wat anners, as wat de

König seggt hett, un se nehmen de Jung mang sik un maken sik up'e Weg. As se denn wied, wied in't Holt rinkamen sünd, warrn se en Harder wies, de wahrt dar wecke Swiens. Do seggt de eene to de anner: „Mi dücht, dat is nich guut un leggen Hand an de König sin Soehn; laat uns leever en Swien kopen un dar dat Hart vun nehmen, denn meenen se all, dat is de Prinz sin Hart." Ja, dat, dücht de anner Knecht, is en plietsche Infall. Do kopen se de Harder en Swien af, bringen dat Deert in't Holt un slachten dat un snieden dat Hart rut. Un to de Prinz seggen se, he schall sik man afglieden un nie nich wedderkamen. Man sülven gahn se torügg na de Königshoff, un een kann sik ja denken, wat dar för'n Truer is, as se vertellen, de Prinz is doot.

De Königssoehn deit nu, wat de Knechten em seggt hebben. He geiht ümmer vörföötsch wieder so wied, as he kann, un nie nich finnt he wat anners to eten as Noet un wille Ber'n, de dar in't Holt wassen. As he denn wied, wied lapen is, kümmt he an en Barg, un baven up'e Barg steiht en hoge Föhrenboom. Do denkt he bi sik: „Ik mutt man mal rupklarrn up'e dare Föhr un sehn, um ik nich kann en Weg finnen." Ja, as seggt, so daan; he klarrt rup up'e Boom. As he denn ganz na baven in'e Topp kümmt un kickt rundum na alle Sieden, do ward he en ganz, ganz grote Königshoff wies, de liggt wied weg un blinkert in'e Sünn. Do freut he sik un maakt sik foorts up'e Padd in de dare Richt. Ünnerwegens bemött he en Jung, de is bi un plögen, de fraagt he um se nich dat Tüüg tuuschen koenen, un dat doon se denn. Sodennig utstaffeert kümmt he denn toletzt hen na de Königshoff, geiht rin un fraagt um en Deenst. Un do ward he annahmen as Harder un mutt de König sin Veeh wahren. Do stromert he nu in't Holt rum vun fröh bet laat. Man mit de Tied vergitt he sin Kummer, un he wasst un ward en grote, fixe Keerl, so een gifft dat nich nochmal.

De Geschicht geiht nu wieder mit de König, de de dare Königshoff hören deit; he is verheiraad't we'n un hett mit sin Königin een enkelte Dochter. De is vel smucker as anner Deerns, un darbi sachtmödig un fründlich, un de ehr mal kriggt, de kann sik glücklich nömen. As de Prinzessin nu föftein Jahr oold is, kamen dar en ganze Slarrs Friers, dat is ja klaar, un liekers se se all en Korf gifft, warrn dat ümmer mehr, un do weet de König gar nich, wat he se seggen schall. Do geiht he rin in'e Deernsstuuv na sin Dochter un seggt, se schall sik dar een vun utsöken, man dat will se nich. Do ward he vergrellt un seggt: „Wenn du di sülven keen utsöken wullt, denn do ik dat; man dat kunn angahn, dat de di denn nich recht na de Mütz is." Darmit will he weggahn. Man de Deern hollt em fast un seggt: „Ik kann seh'n, dat mutt so warrn, as du di dat in'e Kopp sett hest. Man liekers musst du nich meenen, ik nehm de eerste beste. Bloots de schall mi kriegen, de de hoge Glasbarg ruprieden kann in vulle Wapen." Ja, dat dücht de König en gude Vörslag. He is inverstahn mit sin Dochter ehr Bedingen un lett Bott utgahn oever't heele Riek, de de Glasbarg hoochrieden kann, schall de Prinzessin to Fruu hebben.

As nu de Dag dar is, de de König fastsett hett, ward de Prinzessin mit grote Staat un prachtvull utstaffeert rutbröcht na de Glasbarg. Dar ward se ganz baven rupsett mit en Goldkroon up'e Kopp un en Goldappel in'e Hand, un se is so oever de Maten smuck, dar is nich een, de nich geern sin Leven

238

waagt harr för ehr. Dicht bi, nedden an'e Barg, versammeln sik all de Friers mit feine Perde un blenkern Wapen, dat et in'e Sünn lüchten deit as Füer, un rundum kamen de gemeene Lüüd in grote Flocks un woe'n tokieken. As denn allens torecht is, gifft dat en Teeken mit Hoorns un Trumpetten, un foorts jagen de Friers, een na de anner, mit alle Macht de Barg tohööcht. Man de Barg is hooch un glatt as Ies un uck noch oever de Maten steil. Dar is denn uck keen, de wieder as en lütte Stück na baven kümmt, ehrer he Hals oever Kopp wedder dalfallt, un de een un de anner brickt sik woll uck Arms un Beens darbi. Darvun gifft dat vel Larm as uck vun dat Wrinschen vun de Perde, dat Bölken vun'e Lüüd un dat Kloetern vun'e Wapen, dat de Krach un dat Ropen wied to hör'n sünd.

Wieldes all dat nu in'e Gangen is, stromert de Königssoehn mit sin Ossen deep in't Holt rum. As he denn de Larm un dat Kloetern vun de Wapen hört, sett he sik dal up en Steen, leggt de Back in'e Hand un fallt in deepe Gedanken. Denn he ward dar an denken, wo geern he dar uck mit bi weer un rieden as de annern. Do hört he mitmal Schre', un as he hoochkickt, steiht de wille Mann vör em. „Velen Dank nochmal", seggt de wille Mann. „Man wat sittst du hier so alleen un trurig?" – „Ja", seggt de Prinz, „wat schull ik nich trurig we'n. Schall ik mi vellicht freu'n? Dinetwegen heff ik utneih'n musst ut min Vadder sin Land, un nu heff ik nich mal en Perd un Wapen un kamen hen na de Glasbarg un rieden in'e Wett um de Prinzessin." – „Och", seggt de wille Mann, „wenn't wieder nix is, dar is sachs Raat för. Du hest mi do hulpen, nu will ik di denn uck wedder helpen."

Darmit nimmt he de Prinz bi de Hand un bringt em deep rin in'e Eerde na sin Höhl un wiest em, wonem dar en Panzer hängt, de is dör un dör ut de hardeste Stahl smed't un so blank, dar liggt recht so'n blaue Schemer um. Dicht bi steiht en prachtvulle Perd, vullstännig sadelt un utstaffeert, un schraapt de Barg mit sin Hoofiesens vun Stahl un kaut up't Bitt, dat de Schuum dallöppt an'e Grund. De wille Mann seggt: „Nu seh to un treck di an un ried hen un versöök din Glück! Ik pass wieldes din Ossen." Ja, dat lett de Prinz sik nich tweemal seggen, he treckt Helm un Harnisch an, snallt sik Sparen an'e Fööt un binnt sik en Swert um, un he föhlt sik in de Stahlpanzer so licht as en Vagel in'e Luft. Denn springt he mit een Swung in'e Sadel, gifft de Hingst de Toegels un ritt gau hen na de Barg.

De Prinzessin ehr Friers schoe'n nu jüst upholen mit se's Spill, un keen vun se hett de Pries wunnen, wenn se uck all daan hebben, wat se kunnen. As se nu noch stahn un oeverleggen un denken, vellicht hebben se dat neegste Mal mehr Glück, warrn se upmal wies, wo en junge Keerl ut'e Holtkant reden kümmt, un dat liek up'e Barg to. He is heel un deel in Stahl kleed't mit Helm up'e Kopp, Schild an'e Arm un Swert an'e Siet un sitt so fein to Perd, dat is rein en Lust un kieken dat an. Foorts kieken se all na de dare frömde Ridder un fragen een de anner, wokeen dat woll is, denn nümms hett em al mal sehn. Man se hebben nich vel Tied un wunnern sik un fragen; denn knapp is he rut ut't Holt, do lüft't he sik in'e Stiegboegels, gifft dat Perd de Sparen un jaagt de Glasbarg liek hooch. Man he ritt nich heel na baven, merrn up'e Schraad smitt he sin Hingst rum un ritt de Barg wedder dal, dat dat Füer man so um'e Hoofiesens sprütt't. Denn verswinnt he wedder in't Holt so gau, as en Vagel flüggt.

Nu gifft dat ja en grote Stahoi mang all de Lüüd, un dar is keen, de sik nich wunnert oever de dare frömde Ridder. Man ik bruuk dat ja woll gar nich eerst seggen, dat dat keen anner we'n is as unse Prinz. Un all sünd se sik eenig, en feinere Perd oder en driestere Hoffmann hebben se nie nich sehn, un de Prinzessin schall dat ja woll uck dücht hebben, denn vun do an dröömt se elkeen Nacht bloots vun de dare frömde Jungkeerl.

Dar vergeiht wedder en Tied, un de Prinzessin ehr Friers schoe'n se's Glück dat tweete Mal versöken. De Königsdochter ward nu wedder mit grote Staat un prachtvull utstaffeert na de Glasbarg bröcht. Dar ward se ganz baven rupsett mit en Goldkroon up'e Kopp un en Goldappel in'e Hand. Dicht bi, nedden an'e Barg, versammeln sik all de Friers mit feine Perde un prachtvulle Wapen, dat is en Lust un kieken dat an, un rundum kamen de gemeene Lüüd tohopen un woe'n tokieken bi dat Spillewark. As denn allens torecht is, gifft dat wedder en Teeken mit Hoorns un Trumpetten, un foorts jagen de Friers, een na de anner, mit alle Macht de Barg tohööcht. De Barg is hooch un glatt as Ies un uck noch oever de Maten steil. Dar is denn uck keen, de wieder as en lütte Stück na baven kümmt, ehrer he Hals oever Kopp wedder dalfallt. Darvun gifft dat wedder vel Larm un uck vun dat Wrinschen vun de Perde, dat Bölken vun'e Lüüd un dat Kloetern vun'e Wapen, dat de Krach un dat Ropen bet wied in't deepe Holt to hör'n sünd.

Wieldes all dat nu passeert, geiht de junge Prinz un wahrt sin Ossen, as dat sin Arbeit is. As he denn de

Larm un dat Kloetern vun de Wapen hört, sett he sik dal up en Steen, leggt de Back in'e Hand un fangt an to blarrn. Denn he denkt an de smucke Königsdochter, un em kümmt dat in'e Sinn, wo geern he dar uck mit bi we'n weer un rieden as de annern. Do hört he mitmal Schre', un as he hoochkickt, steiht de wille Mann liek vör em. „Moin", seggt de wille Mann. „Wat sittst du hier so alleen un trurig?" – „Ja", seggt de Prinz, „wat schull ik nich trurig we'n. Schall ik mi vellicht freu'n? Dinetwegen heff ik utneih'n musst ut min Vadder sin Land, un nu heff ik nich mal en Perd un Panzer un kamen hen na de Glasbarg un rieden in'e Wett um de Prinzessin." – „Och", seggt de wille Mann, „wenn't wieder nix is, dar is sachs Raat för. Du hest mi do hulpen, nu will ik di wedder helpen."

Darmit nimmt he de Prinz bi de Hand un bringt em deep dal in'e Eerde na sin Höhl un wiest em, wonem dar en Panzer hängt, de is dör un dör ut dat reinste Sülver smed't un so blank, dat et wied lüchten deit. Dicht bi steiht en sneewitte Hingst, vullstännig sadelt un utstaffeert, un schraapt de Barg mit sin sülverne Hoofiesens un kaut up't Bitt, dat de Schuum dallöppt an'e Grund. De wille Mann seggt: „Nu seh to un treck di an un ried hen un versöök din Glück! Ik pass wieldes din Ossen." Ja, dat lett de Prinz sik nich tweemal seggen, he treckt gau Helm un Harnisch an, snallt sik Sparen an'e Fööt un binnt sik en Swert um, un he föhlt sik in de Sülverpanzer so licht as en Vagel in'e Luft. Denn springt he mit een Swung in'e Sadel, gifft de Hingst de Toegels un ritt gau hen na de Barg.

De Prinzessin ehr Friers schoe'n nu jüst upholen mit se's Spill, un keen vun se hett de Pries wunnen, wenn se sik uck all anstrengt hebben. As se nu noch stahn un oeverleggen un denken, vellicht hebben se dat neegste Mal mehr Glück, warrn se upmal wies, wo en Jungkeerl ut'e Holtkant reden kümmt, un dat piel up'e Barg to. He is heel un deel in Sülver kleed't mit Helm up'e Kopp, Schild an'e Arm un Swert an'e Siet un sitt so fein to Perd, en rischere junge Mann hett noch keeneen sehn. Foorts dreihn se all de Kopp na de dare frömde Ridder un warrn nu wies, dat is desülve as dat letzte Mal. Man he lett se nich vel Tied un wunnern sik un fragen; denn knapp is he up'e Platz kamen, do lüft't he sik in'e Stiegboegels, gifft dat Perd de Sparen un jaagt liek de steile Glasbarg hooch. Man he ritt nich heel to Enne; as he baven up'e Barg ankümmt, grötet he de Prinzessin so, as sik dat schickt, smitt miteens sin Hingst rum un ritt de Barg wedder dal, dat et um'e Hoofiesens gloesen ward. Denn verswinnt he in't Holt so gau as en Stormwind weiht.

Nu gifft dat ja noch gröttere Stahoi as dat eerste Mal, un dar is keen, de sik nich wunnert oever de dare frömde Ridder. Un all sünd se sik eenig, en feinere Perd oder en driestere junge Mann kann dat nich geven, un dar ward vertellt, de Prinzessin hett sik root anstaken as en Roos, as he ehr baven up'e Barg grötet hett.

Dar vergeiht wedder en Tied, un de König sett en Dag fast, dat sin Dochter ehr Friers dat drütte Mal se's Glück versöken schoe'n. De Königsdochter ward nu wedder mit grote Staat un bannig smuck utstaffeert na de Glasbarg bröcht. Dar ward se ganz baven rupsett mit Goldkroon un Goldappel, jüst so as vörher. Nedden darvör versammelt sik de heele Flock Friers mit feine Perde un blanke Wapen, sowat Feines hett een noch nich sehn, un rundum kamen de gemeene Lüüd tohopen för un kieken sik dat Spillewark an. As denn allens torecht is, ward dat Teeken geven mit Hoorns un Trumpetten, un foorts jagen de Friers, een na de anner, mit alle Macht de Barg tohööcht. Man dat is wedder datsülve: De Barg is glatt as Ies un darto noch oever de Maten steil, un sodennig kümmt keeneen wieder as en lütte Stück na baven, ehrer he Hals oever Kopp wedder dalfallt. Darvun gifft dat vel Larm un uck vun dat Wrinschen vun de Perde, dat Bölken vun'e Lüüd un dat Kloetern vun'e Wapen, dat de Krach un dat Ropen bet wied in't Holt to hör'n sünd.

Wieldes all dat sik nu afspelt, geiht de junge Prinz un wahrt sin Ossen as ümmer. As he denn de Larm un dat Kloetern vun de Wapen hört, sett he sik dal up en Steen, leggt de Back in'e Hand un blarrt solte Tranen. Denn he denkt an de smucke Königsdochter, un em kümmt dat in'e Sinn, dat he geern sin Leven wagen wull för un winnen ehr. Do steiht mitmal wedder de wille Mann vör em. „Moin", seggt de wille Mann. „Wat sittst du hier so alleen un trurig?" – „Ja", seggt de Prinz, „wat schull ik nich trurig we'n. Schall ik mi vellicht freu'n? Dinetwegen heff ik utneih'n musst ut min Vadder sin Land, un nu heff ik nich mal en Perd un Panzer un kamen hen na de Glasbarg un rieden in'e Wett um de Prinzessin." – „Och", seggt de wille Mann, „wenn't wieder nix is, dar is sachs Raat för. Du hest mi do hulpen, nu will ik di wedder helpen."

Darmit nimmt he de Prinz bi de Hand un bringt em na sin Höhl deep nedden in'e Eerde un wiest em, dar hängt en Panzer, de is dör un dör ut idel Gold smed't un so blank, dat de Goldschien wied umrum lüchten deit. Dicht bi steiht en prachtvulle Hingst, vullstännig sadelt un utstaffeert, un schraapt de Barg mit sin gollne Hoofiesens un kaut up't Bitt, dat de witte Schuum dallöppt an'e Grund. De wille Mann seggt: „Nu seh to un treck di an un ried hen un versöök din Glück!" Ja, de Prinz toegert nich un doon, wat he seggt, he treckt gau Helm un Harnisch an, snallt sik gollne Sparen an'e Fööt un binnt sik en Swert um, un he föhlt sik in de Goldpanzer so licht as en Vagel in'e Luft. Denn springt he mit een Swung in'e Sadel, gifft de Hingst de Toegels un ritt gau hen na de Glasbarg.

De Prinzessin ehr Friers schoe'n jüst nu upholen mit se's Spill, un keen vun se hett de Pries wunnen, wenn se uck all se's Bestes daan hebben. As se nu noch stahn un raatslaan, wat se nu maken schoe'n, warrn se upmal wies, wo en Jungkeerl ut'e Holtkant reden kümmt, un dat piel up'e Barg to. He is vun baven bet nedden in Gold kleed't mit gollne Helm up'e Kopp, gollne Schild an'e Arm un gollne Swert an'e Siet, un he sitt so fein to Perd, en rischere junge Mann hett dat noch nich geven up'e Welt. Foorts dreihn se all de Kopp na em un warrn wies, dat is desülve Ridder, de se de Malen vörher sehn hebben. Man he lett se nich vel Tied un wunnern sik un fragen; denn knapp is he up'e Platz kamen, do lüft't he sik in'e Stiegboegels, gifft dat Perd de Sparen un jaagt as en Blitz liek de steile Barg tohööcht. As he denn ganz baven up'e Barg ankamen is, grötet he de Prinzessin mit grote Ehrbarkeit, böögt vör ehr de Kneen un kriggt ut ehr eegne Hand de Goldappel. Denn smitt he sin Hingst rum un ritt de Barg wedder dal, dat dat Füer um'e gollne Hoofiesens sprütten deit un en lange Goldstremel achter em in'e Luft liggt. Denn verswinnt he in't Holt as en Steern.

All de Lüüd warrn losbölken vör Freud, dat et noch wied weg to hör'n is. De Hoorns tuten, de Trumpetten klingen, de Perde wrinschen, de Wapen kloetern, un de König lett utropen, de frömde Goldridder hett de Pries wunnen. Wat de Prinzessin sülven darbi denken deit, dar woe'n wi man nix vun seggen; man dat heet, se is blass un root wurrn, as se de junge Mann de Goldappel hett geven schullt.

Nu moeten se denn bloots noch rutkriegen, wokeen de goldkleed'te Ridder is, denn keeneen hett em kennt; un all luern se dar up, dat he sik foorts an'e Königshoff infinnen deit. Man he kümmt nich. Dar wunnern se sik düchtig oever, un as de Tied vergeiht ward de Prinzessin ümmer blasser un dünner. Man de König is vergretzt, un de Friers quesen un quarken Dag för Dag. As dar denn anners keen Raat mehr is, lett de König toletzt tostellen to en grote Versammeln an'e Königshoff, un elkeen Mannsminsch, hooch oder sied, schall dar henkamen, dat de Prinzessin sülven sik dar een mang utsöken kann. Ja, do is dar denn uck keen, de nich geern hengeiht, eenmal vun wegen de Prinzessin, un denn uck vun wegen de König sin Order, un do kamen dar denn Lüüd ahn Tall tohopen. As se denn all dar sünd, kümmt de Königsdochter rut ut'e Königshoff mit grote Staat un geiht mit ehr Kamerdeerns mang de heele Flock rum. Man wat se uck na alle Kanten söken deit, se finnt doch nich, wat se söcht.

As se denn na de buterste Ring kümmt, ward se mitmal en Mann wies, de steiht dar inmummelt mang all de Lüüd. He hett en breede Hoot up un en wiede graue Mantel an, so as dat bi de Harders begäng is; man he hett de Kappuuz hochtrocken, dat sin Gesicht nich to seh'n is. Foorts löppt de Prinzessin hen, treckt de Kappuuz dal, fallt de Mann um'e Hals un röppt: „Hier is he! Hier is he!" Do warrn all de Lüüd lachen, denn se sehn, dat is de König sin Harder, un de König sülven röppt: „Gott trööst mi, wenn ik so'n Swiegersoehn krieg!"

Man de Mann lett sik dat nich ankamen, he seggt: „O, dar maakt du di man keen Sorgen um! Du kriggst jüst so guut en Königssoehn, as du en König büst!" Un darmit smitt he sin wiede Mantel af. Man do lacht dar keeneen mehr, denn süh mal, kiek, statts de griese Harder steiht dar en smucke junge Prinz, in Gold kleed't vun Kopp bet Foot, un mit de Prinzessin ehr Goldappel in'e Hand. Un all kennen se em nu wedder as de Mann, de de Glasbarg hoochreden is.

Nu is dar natürlich en Freud, sowat gifft dat gar nich, un de Prinz nimmt sin Bruut mit grote Leev in'e Arms un vertellt, wonem he herkümmt un all dat anner, wat em tostött is. Un de König lett sik keen Ruh, he lett foorts tostellen to Hochtied un laad't dar all Lüüd to in, de Friers mit. Dar ward denn en Gastbott in'e Gangen bröcht, sowat is noch nich dar we'n, un de Prinz kriggt de Königsdochter, un dat halve Riek mit. Man as de Hochtied denn en paar Daag duert hett, woll en soeven, do nimmt he sin smucke junge Bruut un treckt mit grote Staat na Huus na sin Vadder sin Land. Dar ward he willkamen heeten, as een sik dat nich beter vörstellen kann, un de König un de Königin blarr'n vör Freud, dat se em lebennig wedderkriegen. Denn hebben se glücklich elk in sin Riek levt, un wenn se nich intwüschen dootbleven sünd, denn leven se vundaag noch. Man keeneen hett mal wedder wat vun de wille Mann hört.

Un nu is 't all.

****

Ja, nu is't all – nich bloots dat Märken un uck nich bloots düt Book. Mit düt Book Nummer twintig geiht de heele Reeg „Märkens up Platt" to Enne. Veerhunnertveerunveertig Geschichten sünd dat wurrn, un mi dücht, dat langt. Nu ward dat bi lütten to swaar un finnen noch wat, wat nich al in jichens een vun düsse Märkens mit in steiht un denn uck to dat Plattdüütsche passen deit. Denn dat is ja, wat ik wull: Ik wull de Tall vun plattdüütsche Märkens vergröttern. Un do heff ik denn versöcht un verplanten Geschichten ut allerhand verscheedene Länner in unse plattdüütsche Welt. Um mi dat glückt hett, moeten de Lesers afmaken.

Hol Ju fuchtig!

Hannewitt 2019   Klaus-Peter Asmussen